눈의 경전

눈의 경전

해이수 장편소설

자음과모음

塵勞迥脫事非常
緊把繩頭做一場
不是一番寒徹骨
爭得梅花撲鼻香

—「難保歲寒心」, 黃檗 希運(唐, 禪師)

번뇌를 벗어나는 일이 예삿일이 아니니
승두(화두)를 단단히 잡고 한바탕 공부할지어다.
추위가 한 번 뼈골에 사무치지 않으면
어찌 코를 찌르는 매화 향기를 얻을 수 있으리오.

—「난보세한심」, 황벽 희운(당, 선사)

차례

길게 휘어진 시간

1

마체르모(Machermo, 4,450m)를 떠나서 네 시간쯤 걸었을 때, 완은 얼굴에서 발라클라바를 벗겨냈다. 악천후에 안면을 보호하는 그것은 이미 습설과 콧물에 젖어서 얼음이 서걱거렸다. 고도 4,700미터 지점에서 눈은 전후좌우에서 휘몰아치고 땅에서도 솟구쳤다. 눈보라 속에서 사나운 채찍 소리가 들렸다. 강풍에 실린 눈발이 완의 뺨을 할퀴며 괴성을 질렀다.

"넌 그녀를 버렸어!"

완은 고개를 숙이며 눈을 질끈 감았다. 두 손으로 귀를 틀어막자 물속에 잠긴 듯 먹먹한 고요가 밀려들더니 손을 떼자 폭풍설의 굉음이 요란했다. 라바르마(Lhabarma, 4,417m) 산장에서 아침을 먹고 떠난 후 완은 일곱 시간 가까이 이 소음에 귀를 먹은 지 오래였다.

자리에서 꼼짝도 못 하고 완은 숨을 헐떡거렸다. 가슴을 들먹일 때마다 벌어진 입으로 눈발이 한 움큼씩 빨려 들어갔다. 무성한 수염 위로 눈이 하얗게 들러붙었다. 숨을 쉴 때마다 목구멍 뒤를 고드름으로 긁는 듯한 아픔도, 냉기가 폐를 찌르고 들어오는 통증도 더는 느껴지지 않았다. 배낭을 짊어진 어깨는 감각이 없었다. 허벅지까지 눈밭에 파묻힌 터라 한 번 넘어지면 일어날 엄두가 나지 않았다.

고개를 돌리니 설면 가운데로 거뭇거뭇하게 물이 흐르는 게 보였다. 듬성듬성 자란 히말라야 소나무는 밑동부터 우듬지까지 통째로 결빙된 채 서 있었다. 지도에서 본 대로 그곳은 빙하 호수였다. 물은 얼었다가 녹고 다시 얼어 터지면서 군데군데 사람의 키만큼 융기해 있었다. 한 무리의 등산객들이 그대로 눈을 뒤집어쓰고 냉동된 것 같았다.

완은 살얼음이 낀 고글마저 벗어버렸다. 얼어붙은 눈썹은 몇 시간 전부터 깜빡일 때마다 풀을 발라놓은 것처럼 끈적거렸다. 실눈을 치켜뜨자 주변이 온통 뿌옇게 보였다. 이때, 바닥에서 하늘로 치솟은 눈보라가 성난 파도처럼 완을 후려쳤다. 그의 몸이 휘청거리며 손에서 발라클라바와 고글이 떨어졌다.

완은 쿰부 히말라야의 눈길을 헤맨 지가 며칠째인지를 헤아렸다. 한참 만에 그는 열흘이 지났다는 사실을 간신히 기억해냈다. 매일 손가락으로 꼽던 일을 떠올리는 데 왜 그리 시간이 걸렸을까 본인조차 의아했다. 이런 자신이 왠지 우스워서 그는 입술을 일그러뜨리며 히죽 웃었다. 검게 타버린 입술을 가로질러 턱 끝에 매달린 굵은 콧물이 눈 위로 떨어졌다.

정신을 차리려고 완은 진저리를 치며 두 팔을 휘두르고 괴성을 내질렀다. 주먹싸움에서 당해낼 수 없는 상대를 향해 헛손질을 하며 안간힘을 쓰는 모양새였다. 그리고 크게 휘청거리다가 배낭을 멘 채 모로 쓰러졌다. 뺨에 닿은 눈의 감촉은 의외로 포근했다. 누우면 안 된다는 걸 알고 있지만 쏟아지는 잠의 유혹을 뿌리칠 만한 기운이 없었다.

얼마 지나지 않아 완은 자신을 부르는 소리를 들었다. 도대체 폭풍설이 몰아치는 4,700미터의 산중에서 자기를 알아보는 이가 누군지 궁금했다. 완은 눈꺼풀에 힘을 주어 간신히 눈을 떴다. 귀청을 찢을 듯한 바람 소리가 더는 들리지 않았다. 후추처럼 맵게 쏟아지던 분설도 그친 상태였다. 주위는 다만 고요하고 환했다.

가까이 들리는 목소리는 따뜻하고 애틋했다. 그녀가 누구인지 완은 비로소 알 듯했다. 발목까지 닿는 드레스를 입고 머리를 찰랑거리며 여인은 사뿐사뿐 걸어왔다. 마치 5년 전 그녀를 마지막으로 보던 날로 돌아간 기분이었다. 여인은 다가와 누워 있는 완 앞에 한쪽 무릎을 꿇고 앉았다. 그리고 작고 부드러운 손으로 완의 뺨을 어루만졌다.

2

카트만두 트리뷰 반 공항을 나올 때, 김완은 약간 불안했다. 누가 픽업을 나오기로 한 것도 아니고, 특별한 목적지를 정해놓은 것도 아니었다. 그는 그저 20킬로그램의 배낭을 멘 단독 여행자에 불과했다. 그 흔한 관광책자도 준비하지 않아서 그야말로 언어와 문화, 지리에 관한 지식이 전무한 공간에 내던져진 셈이었다. 번화가로 알려진 타멜 거리에서 숙식이 가능하다는 단순 정보 외에는 아는 게 없었다.

출구로 향하자 시위대의 구호 같은 외침에 완은 귀가 먹먹했다. 통로 양편으로 백여 명의 택시 기사들이 도열해서 손을 내뻗으며 호객 행위를 하는 중이었다. 얼이 빠질 지경이어서 완은 이곳을 빨리 빠져나가야 한다는 생각뿐이었다. 타국 문화에 두려움이 적은 서른 후반의 그에게도 이런 첫인상은 유쾌하지 않았다.

공항 청사를 나오자 택시 기사를 비롯한 짐꾼 십여 명이 완을 에워쌌다. 그을린 얼굴에 지저분한 옷을 입은 그들은 포도 알만 한 눈동자로 완을 훑어보며 "어디를 가느냐?"고 목청껏 물었다. 요청하지 않았는데도 서로 완의 짐을 들겠다고 집요하게 따라붙었다. 검고 투박한 손들이 사방에서 배낭을 끌어당겨서 완은 빼앗기지 않기 위해 승강이를 벌였다. 이대로 자신의 다리를 번쩍 들어 승합차에 실어 가도 아무도 모를 것 같았다. 무턱대고 택시를 탈 수는 없었다. 어디로 데려갈지 알 수 없고 어디를 간다고 해도 그곳은 어딘지 모를 곳이었다.

밀고 당기는 가운데 완의 눈에 한국어 글씨가 들어왔다. 키가 작은 현지인이 가슴에 '호텔 네팔짱'이라고 적힌 도화지를 안고 서 있었다. 에워싼 무리에서 벗어나려고 완은 무작정 그쪽으로 갔다. 그는 숙소를 예약한 한국인을 픽업 나온 운전수였다. 동승이 가능하냐고 묻자 운전수는 빠진 앞니를 내보이며 환하게 웃었다. 눈앞에서 일감을 놓친 호객꾼들은 곧 건너편에서 혼자 청사를 나서는 외국 여성에게 떼로 몰려갔다.

호텔 차량은 도색이 군데군데 벗겨지고 조수석 문이 움푹 꺼진 소형 승용차였다. 공항을 벗어나자 도시의 남루한 풍경에 완은 눈을 뗄 수가 없었다. 붕괴된 건물의 잔해와 길에 널린 쓰레기 더미들, 그 쓰레기 더미를 뒤지는 아이들, 그 사이로 초라한 좌판을 벌인 아낙네들, 무기력한 얼굴로 앉아 있는 사내들, 총 대신 회초리를 들고 선 군인들, 봉두난발을 한 맨발의 순례자들, 비쩍 말라 떠도는 개들이 보였다. 숨을 쉬기 힘들 만큼 매연과 먼지가 지독한 탓에 완은 손으로 눈과 코를 비비며 구석구석을 유심히 살폈다.

도로에는 차선이 없어서 각종 차량과 오토바이, 소달구지, 마차, 릭샤, 자전거가 무질서하게 한 몸뚱이로 뒤엉켜 밀려오고 밀려갔다. 그들은 각자의 속도로 달리며 서로 경쟁하듯 경적을 울려댔다. 완은 참지 못하고 손수건으로 코를 틀어막았다. 이런 세상이 있다는 것을 모르고 살아온 자신이 왠지 헛살았다는 기분이 들었다. 평생 들을 경적 소리를 호텔로 가는 이십 분 안에 다 들은 듯했다.

호텔은 붉은 벽돌로 지은 4층 건물이었다. 우리 시골의 마당 딸린 여관과 비슷했다. 사장이 한국인이고 한국 식당을 겸한 까닭인지 길목에서부터 우리말이 간간이 들려왔다.

완이 마당에 들어서자 현지인 호텔 종업원 다섯 명이 한 줄로 서서 야단을 맞고 있었다. 호통을 치는 사람은 언뜻 남성인지 여성인지 분간이 어려웠다. 키는 작지만 단단해 보였고, 괄괄한 목소리로 팔을 휘두르며 불같이 화를 내는 모양새가 보통 성격이 아닌 것 같았다. 네팔어라서 정황을 가늠할 수는 없으나 주위의 손님들은 안중에도 없이 당장 종업원들의 정강이를 한 대씩 걷어찰 기세였다.

프런트를 지키는 현지인 청년이 배낭을 받아 들며 동승한 일행을 방으로 안내했다. 완이 트레킹 에이전시의 위치를 묻자 청년은 호텔에서도 트레킹 업무를 대행한다며 사무실을 손끝으로 가리켰다. 침대가 네 개인 도미토리는 하루 숙박료가 우리 돈으로 이천 원이 안 됐다. 완은 문에서 멀리 떨어진 창가의 침대에 배낭을 풀었다. 이십대 초반 군복무 시절을 제외하고 이토록 무거운 행장을 꾸리긴 처음이었다.

사무실에서 완을 맞이한 이는 조금 전 종업원들을 혼내던 사람이었다. 명함을 받고 보니 중년의 한국 여성이었고 이 호텔의 사장이었다. 여사장은 화가 덜 풀렸는지 여전히 얼굴이 붉으락푸르락했다. 완은 책상 한편의 액자를 보고 슬쩍 웃고 말았다. 유명 여가수가 팔짱을 끼고 찍은 사진 아래에는 '고마워요, 산적♡'이라는 친필 서명이 되어 있었다. 여사장은 체구는 작아도 호방한 기운이 넘쳤는데, 호피 모자와 수염만 갖춘다면 몸짓과 말투가 영락없는 산적이었다.

완은 에베레스트 베이스캠프(Everest Base Camp)까지 걷는 트레킹 코스를 문의했다. 그리고 솔루 쿰부로 가는 비행기편과 셰르파를 구해달라고 부탁했다. 여사장은 등 뒤의 벽에서 25,000분의 1 에베레스트 지도를 가리켰다. 안나푸르나와 랑탕 밸리 지도가 그 옆에 나란히 붙어 있었다. 여사장의 목소리는 걸걸하고 시원시원했다.

"EBC 트레킹은 여기서 출발해서 이곳을 쭉 통과해서 여기까지 걸어야 해요."

볼펜 끝은 직사각형 지도의 하단 왼쪽 귀퉁이에서 상단 오른쪽 모서리까지를 대각선으로 길게 가로질렀다. 그야말로 끝에서 끝이었다. 그 길을 실제로 걸으면 보름이 넘게 걸린다고 했다. 기상 상황에 따라 사나흘은 더 걸릴 수도 있다고 했다. 여사장은 도시에서 성장한 완의 유약한 턱 선과 근육 없는 어깨와 마디 가는 손가락을 훑어보며 덧붙였다.

"근데 별로 추천하고 싶지 않네요. 네팔이 처음이면 안나푸르나로 가세요. 게다가 겨울 산행이면 안나푸르나가 딱이죠."

안나푸르나는 코스가 완만하고 아기자기해서 트레킹이 비교적 편하고 편의시설이 잘 갖춰져 한국인이 많이 선택한다고 했다. 그러나 에베레스트는 경사가 급하고 기상이 변이 심해서 겨울 트레킹이 험난하다는 설명이었다. 올겨울에 에베레스트 쪽으로는 트레커를 알선한 적이 없다는 말을 듣다가 완은 눈을 반짝이며 물었다.

"어느 쪽이 무지개가 많이 뜹니까?"

"무지개요?"

생뚱맞은 표정으로 여사장은 완을 바라봤다. 완은 양팔을 높이 들어 공중에 반원의 포물선을 그렸다.

"네, 무지개 있잖아요, 이 봉우리에서 저 봉우리까지 하늘을 가로지르는, 아주 커다랗고 선명한!"

어린아이 같으면서도 자못 진지한 완의 몸짓에 여사장은 너털웃음을 지었다. 그리고 고개를 갸웃하더니 "아니, 거 무지개야 날씨가 만드는 거지 특별한 지역이 따로 있나요?" 하고 반문했다. 완은 망설이다가 다짐하듯 말했다.

"그럼, 에베레스트로 하겠습니다. 전 일정 코스로요."

"EBC 전 일정이면 17일 정도는 잡아야 하고 하루 숙식비로 20달러 정도가 들어요. 거긴 가을 산행도 만만찮은 곳이니까 눈이 내리면 일정이 길어져요. 특히 이런 겨울엔 고산병도 심해서 무리인데. 안나푸르나 일주일 코스도 괜찮은 데가 많은데, 왜 굳이……."

여사장은 EBC 코스를 만류하는 기색이 역력했다. 완은 더는 망설이고 싶지 않아서 100달러짜리 신권 네 장을 꺼내 테이블에 올려놓았다.

"일단 필요한 경비는 이걸로 하세요."

왕복항공료 200달러와 셰르파 고용 비용 200달러였다. 셰르파는 하루에 10달러를 지불하니, 20일 치의 비용이었다. 사장이 소개비로 얼마를 챙기는지 알 바가 아니었다. 완은 의자를 뒤로 빼며 말했다.

"내일모레 출발하는 항공편을 잡아주시고 영어를 잘하는 셰르파를 구해주세요. 모자라는 돈은 돌아와서 추가로 지불할게요."

빳빳한 달러를 챙기며 여사장은 어쩔 수 없다는 듯 고개를 끄덕였다.

"그런 건 걱정 마세요. 아, 저녁식사는 호텔 식당에서 해요. 내가 내는 거니까."

"감사합니다. 그런데……."

자리에서 일어나다 말고 완은 좀 전에 왜 그렇게 종업원들을 혼냈는지를 슬쩍 물었다. 여사장은 백모와 흑모가 뒤섞인 쇼트커트 머리를 손가락으로 훌훌 빗어 넘기며 너털웃음을 지었다.

"아, 별거 아니에요. 여기 애들은 약속이나 규칙을 제멋대로 어기는 습성이 있거든요. 나사가 풀릴 때마다 그렇게 한번씩 조여줘야 해요. 약속을 안 지켜서 다음부터 꼭 지키겠다는 약속을 받아도 매번 저 모양이니 화가 안 나겠어요?"

'약속'이라는 단어가 완의 귀에 유독 도드라지게 들렸다. 완은 "네, 그렇군요" 하고 웃으며 "약속 안 지키는 사람이 어디 네팔인들뿐이겠습니까?"라며 가볍게 응수했다.

순간 여사장의 얼굴이 일그러지며 이마에 굵은 주름이 잡혔다.

"그런 모르시는 말씀 마세요. 지난번에 파상이라는 셰르파 녀석이 설산 중턱에 수녀님을 버려두고 그냥 내뺐지 뭡니까? 그게 어디 말이나 되는 짓이에요? 내가 그 사실을 알고 얼마나 화가 났는지 몰라요."

여사장은 목소리 톤이 한층 올라갔다. 길 안내를 맡은 셰르파가 눈 덮인 히말라야 산중에 수녀를 버리고 도망쳤다는 말은 완에게도 적잖이 놀라웠다. 그래서 어떻게 했느냐고 완이 묻자, 여사장은 테이블을 쾅 내리치고 주먹을 완 앞에 흔들었다.

"당장 불러다가 따귀를 갈기고 조인트를 냅다 까면서 소리쳤죠. 너 이 새꺄, 니가 무슨 짓을 한 줄 알아! 그건 살인이야, 살인! 시집도 못 간 처녀를 죽게 만들고 넌 행복할 것 같아? 넌 보나 마나 지옥 가, 새꺄!"

여사장은 완의 눈앞에서 손가락질을 하고 고함을 내질렀다. 종주먹질과 호통을 고스란히 듣는 완은 어느새 죄인 같은 표정을 지었다. 여사장은 곧 목소리 톤을 내렸다.

“그랬더니 그놈이 무릎을 탁 꿇더니 다시는 안 그러겠다고 싹싹 빌더라고요. 요즘은 파상이 잘나가서 얼굴 보기 힘들어요. 한국인 트레커들 사이에서 인기가 좋거든요.”

여사장은 이제껏 곧추세웠던 몸을 의자 등받이에 털썩 기대며 껄껄껄 웃었다. 완도 굳은 얼굴을 풀고 자리에서 일어났다. 사장이 문득 물었다.

“아니, 근데 에베레스트는 뭐하러 가요? 이 겨울에 고생스럽게. 척 보니까 산을 잘 아는 분도 아닌 것 같은데.”

완은 빙긋 웃음으로 대답을 대신하고 출구를 향해 몸을 돌렸다. 사무실 문을 열고 나오자 그의 얼굴은 급격히 어두워졌다. 산을 알거나 잘 알고 싶어서 그곳에 가는 건 아니었다. 그것은 다만 그렇게 하기로 한 약속 때문이었다. 약속을 미루고 미룬 나머지 더는 미룰 수 없는 한계에 이르렀을 뿐이었다.

3

이튿날 첫 방문지는 스와얌부나트(Swayambhunath)였다. 네팔에서 가장 오래된 사원으로 유네스코가 세계문화유산으로 지정한 곳이었다. 사실 그런 역사 문화적 유명세보다 완의 관심을 끈 것은 따로 있었다. 그곳에 가면 카트만두를 '한눈에 볼 수 있다'는 말 한마디 때문이었다. 전체를 한눈에 보는 건 신의 영역이었다. 얼핏 들은 그 한마디에 끌린 것은 한 치 앞을 볼 수 없을 정도로 암울했던 지난 몇 개월간의 가슴앓이 탓인지도 몰랐다.

호텔 게스트 중 그곳을 찾아간다는 한국 남자 대학생 셋과 완은 길을 나섰다. 1년에서 2년씩 인도, 티베트, 네팔, 부탄 지역을 여행하는 청년들이었다. 모두 건강하고 당당하며 얼굴에 그늘이 없었다. 아르바이트를 하느라 아등바등하고 학점을 올리느라 전전긍긍하고 스펙을 늘리느라 애면글면하는 학생들과 달랐다. 젊은 친구들 사이에는 재산의 빈부 격차뿐만 아니라 체험의 빈부 차이도 심각했다.

여행담을 듣는 동안 완은 저 나이 때 저렇게 여행하지 못한 것이 아쉬웠다. 완은 도서관의 딱딱한 의자에 앉아서 도스토옙스키와 톨스토이를 억지로 읽느라 머리를 싸매던 자신을 떠올렸다. 읽어야 한다는 강박에 시달렸을 뿐 행복하게 읽는 법을 모르던 때였다. 군복무를 마치고 유럽여행을 처음 한 달 다녀와서 이 세계를 다 안다는 듯이 뻐기고 다니던 일은 부끄럽기까지 했다. 과거의 자신과 지금의 이들은 세상을 바라보는 스케일 자체가 달랐다.

큰길로 나가서 몇 명의 현지인들에게 스와얌부나트행 버스 노선을 묻자, 그들은 하나같이 가이드를 자청했다. 가이드가 필요하지 않다고 하면 현지인들은 농담을 던지고는 총총히 사라졌다.

"그곳에 가려면 버스가 아니라 헬리콥터를 타야죠."

결국 완은 학생들과 사원 근처까지 택시를 타고 갔다. 사원은 고개를 뒤로 한껏 꺾어야만 시야가 닿는 높은 곳에 솟아 있었다. 돌계단으로 된 참배로가 하늘에 이르는 사다리처럼 가파르게 이어졌다.

초입부터 서너 계단에 한 번씩 잡상인들이 발길을 막아섰다. 더 오르니 갓난아이에게 젖을 물린 젊은 여자가 뙤약볕 아래에서 동냥 그릇을 내밀었다. 완은 지갑에서 돈을 꺼내어 주었다. 여자를 뒤로하자 한쪽 눈이 없는 병든 할아버지가 다가와 손바닥을 내밀었다. 노인에게 적선하니 다리 없는 사내가 뭔가를 달라고 외쳐댔다.

계단은 끝이 없고 서너 계단마다 구걸하는 사람들이 완을 향해 깡마른 팔을 뻗었다. 몸으로 살아온 세월이 한눈에 보이는 그들은 몸으로 모든 말을 전했다. 완은 그때마다 낮은 액수의 돈을 건넸다. 줄까 안 줄까를 고민하는 일이 더 어렵고 피곤했다. 그렇게 삼십 분쯤 오르자 종아리와 허벅지가 당겨왔다. 헬리콥터를 타야 한다는 현지인들의 농담이 이해가 됐다.

마침내 매표소를 지나서 사원에 들어서자 완은 이상야릇한 탄성을 내뱉었다. 자신이 초라하고 바보같이 여겨졌다. '가장 오래된 사원'이라는 말에 완은 줄곧 경주의 불국사나 구례의 화엄사와 흡사한 분위기를 상상했다. 고즈넉하고 가지런하며 청명한 솔바람이 부는 경내, 나직한 독경 소리가 흐르고 빗자루로 정갈하게 쓸어낸 마당 등을 기대한 것이다. 네팔은 오래된 불교 국가이니 그 신성함의 정도가 훨씬 높을 것이라 여겼다.

그러나 스와얌부나트는 달랐다. 그곳은 뙤약볕 아래 지글지글 끓는 혼돈의 도가니였다. 평일 한낮임에도 사원에는 다양한 연령층의 이루 셀 수 없는 사람들로 북적거렸다. 기도하는 아저씨들, 마니차를 돌리는 아주머니들, 법당에 들어가 절을 하는 처녀들, 대화를 나누는 청년들, 아무 생각 없이 서 있는 할머니들, 정물처럼 앉아 있는 할아버지들, 심심하게 몰려다니는 아이들, 각국에서 온 관광객들이 아무렇게나 뒤섞여 있었다.

게다가 사원은 몹시 지저분했다. 구정물이 흐르는 마당에는 피부병에 걸린 개들과 고양이, 염소가 어슬렁거리며 돌아다니고, 악취를 풍기는 원숭이 떼가 난데없이 괴성을 지르며 튀어나와 방문객들을 놀라게 했다. 몇 무리의 까마귀 떼와 비둘기 떼가 하릴없이 여기저기서 날아올랐다. 돌과 쇠로 만들어진 모든 조각상에는 동물들의 오래된 분비물과 검은 기름때가 엉겨 붙어 있었다.

더욱이 경내는 각종 소리로 가득했다. 스투파(탑) 주위에서 신도들이 기도문을 외우는 중간중간 마니차가 덜그럭거리며 끊임없이 돌아갔다. 어디선가 종소리가 간헐적으로 들렸다. 어떤 종소리는 어깨를 깜짝 움츠릴 정도로 날카로웠고 어떤 종소리는 음향의 꼬리가 잡히지 않을 정도로 느리면서도 둔중했다. 한쪽에서는 장기를 비롯해서 각종 푼돈내기 게임을 즐기는 무리들이 흥분해서 고함을 질러댔다.

뜨거운 햇살에 완은 어지러움을 느끼며 손을 들어 이마를 짚었다. 한쪽에서 기름 타는 냄새가 계속해서 코를 찔렀다. 그들은 초를 태우고 향을 태우고, 이름을 알 수 없는 여러 가지를 태우며 절을 했다. 고개를 들자 경구(警句)를 적어 넣은 타르초의 오색 깃발이 만국기처럼 바람에 펄럭였다. 잔돈이 떨어졌다고 말했음에도 계단 중간에서부터 따라온 아이들은 끈질기게 완의 꽁무니를 쫓아다녔다.

국경을 넘어온 여행의 피로와 예기치 못한 장소에서 맞이한 현기증이 겹친 탓이겠지만, 불경스럽게도 완은 지옥도(地獄圖) 안으로 들어온 듯한 착각에 휩싸였다. 이십 분도 못 되어 이곳을 떠나고만 싶었다. 동행한 대학생들을 찾으려고 주위를 두리번거리는데, 다시 종소리가 귓전을 때렸다. 그러자 놀란 비둘기 떼가 스투파, '지혜의 눈(The Eyes of Wisdom)' 쪽으로 날아올랐다. 하늘을 찌를 듯한 탑의 중간 기단에는 두 개의 큰 눈이 그려져 있었다. 세상을 내려다보는 불탑의 눈동자와 마주친 순간 완에게 뜻밖의 생각이 휘몰아쳤다.

이것은 지옥도가 아니라 내가 이제껏 파악하지 못한 세상의 모습이 아닐까. 저 크고 명징한 지혜의 두 눈은 서로 뒤엉킨 이 지상의 것들을 똑바로 보고 있지 않은가. 겨울 볕 속의 봄볕, 낮과 등을 맞댄 밤, 고요와 잇닿은 소음, 편안에 도사린 불안, 울음이 섞인 웃음, 사랑에서 발아한 증오, 찰

나에 깃든 영원, 죽음을 끌어안은 삶……. 그렇다면 지금 눈앞의 이 어지러운 풍경은 차라리 한 폭의 축약도가 아닐까.

그제야 비로소 날이 섰던 완의 신경이 누그러지며 새삼 주위가 친근하게 다가왔다. 신전과 성소는 저들에게 쉼터이자 놀이터였다. 아무런 경고 문구와 제한구역이 없다는 점도 특이했다. 혼돈스러운 풍경은 자연스러운 뒤섞임으로 바뀌어 이해됐다. 완은 큰 원을 그리며 경내를 돌아 사원의 입구로 걸음을 옮겼다.

입구에는 거대한 청동 바즈라(Vajra, 金剛杵)가 카트만두 시내를 내려다보고 있었다. 완은 앞에 세워진 영문 안내판을 읽었다. 인도 신화의 최고의 신 인드라(Indra)는 갈퀴가 수천 개 달린 이 막강한 무기로 천둥과 번개를 일으켜 악을 물리친다는 설명이었다. 마지막 문장에서 완은 눈을 뗄 수 없었다.

'이것은 그 무엇에 의해서도 파괴되지 않지만 그 무엇이라도 파괴할 수 있는 것. 또한 인간의 욕망과 집착 등 모든 번뇌의 씨앗을 없애주는 신성한 법구(法具).'

완은 조심스레 팔을 들었다. 그리고 자신을 에워싼 욕망과 집착, 번뇌의 씨앗을 없애려는 듯 손을 뻗어 바즈라의 갈퀴를 움켜쥐었다. 감전이라도 될 것 같았지만 미지근한 감촉뿐이었다. 원숭이 세 마리가 괴성을 지르며 근처 나무에서 바즈라 위로 뛰어내렸다. 완은 자리를 피해 걷다가 법당에 들어섰다.

법당 안은 서늘하고 향냄새가 진동했다. 완은 불상을 우러러보다가 이마, 가슴, 배, 양 팔꿈치, 양 무릎을 바닥에 대고 납작 엎드렸다. 절이 서른 번이 넘자 몸에서 열기가 오르며 등골에서 땀이 흐르기 시작했다. 예순 번이 넘자 한 사람의 얼굴이 떠올랐다. 유밍이었다. 찬찬히 바라보니 스물네 살의 유밍이 환하게 웃는 얼굴이었다. 자신을 네팔까지 부른 중국 여인, 상대방은 까맣게 잊은 약속을 숨이 끊기던 순간까지 가슴에 품었던 사람……. 백팔 배를 올리고 나자 숨이 턱 끝까지 차오르고 땀이 바닥으로 뚝뚝 떨어졌다. 완은 오체투지한 자세로 이마를 바닥에 찧으며 유밍을 위해 기도했다.

4

카트만두 공항에서 루클라행 비행기의 이륙 예정 시각은

오전 6시 30분이었다. 그러나 7시 50분이 돼서야 동체의 엔진에 시동이 걸렸다. 삼십 분의 비행을 위해 한 시간 이십 분을 기다린 것이 완은 의아스러웠지만 열 명의 동승자들은 운항이 가능하다는 사실만으로도 감사하는 분위기였다. 운이 없으면 이 삼십 분짜리 노선을 사나흘씩 기다리는 일도 흔하다고 했다.

15인승 경비행기는 어딘가 허술하고 불안정해 보였다. 마치 80년대 유행하던 '봉고 승합차'에 날개를 달아놓은 듯했다. 완의 자리에서 두 걸음을 떼면 기장과 부기장의 뒤통수에 손이 닿았다. 그들이 조정하는 작동장치들과 계기판은 놀이기구의 장난감 같았다. 간이 낚시 의자처럼 등받이가 아무렇게나 접히는 좌석에 앉았을 때, 완은 덜컥 겁이 났다. 안전벨트는 등산배낭의 허리끈만도 못했고 좌석은 금방 뽑혀 나갈 판이었다.

이륙 시동이 걸리자 완이 아무리 목에 힘을 줘도 턱이 달달 떨릴 정도로 기체가 흔들렸다. 스튜어디스가 운행이 안정된 틈을 타서 쟁반을 들고 다니며 물엿 사탕과 팥알만 한 솜뭉치를 권했다. 고도와 기압, 소음을 못 견디는 승객들은 솜뭉치로 귀를 틀어막았다. 제트기류를 만날 때마다 이대로 창과 문짝이 떨어져 나가 공중분해가 되는 상상을 완은 떨쳐낼 수가 없었다. 옆구리에 강한 파도를 맞은 배처럼 좌우로 몇 미터씩 아찔하게 미끄러질 때마다 승객들은 괴성을 질렀다.

현지인 할머니 몇 분은 염주를 굴리며 입으로 주문을 외웠고, 엄숙한 얼굴로 손을 모아 기도하는 유럽인들도 보였다. 완은 멀리 있는 신(神)보다 입안에 든 물엿으로부터 묘한 위안을 받았다. 어릴 적 동네 가게에서 거스름돈 대신 받던 것과 같은 싸구려 사탕은 온 신경이 혀에 집중될 만큼 지독히 달았다. 하지만 그것도 잠깐이었다. 사탕이 녹자 완은 심한 갈증을 느끼며 때 묻은 솜뭉치로 귀를 틀어막고 억지로 눈을 감았다. 안전장치가 제거된 삼 분가량의 롤러코스터를 열 번 연속 타는 벌을 받는 심정이었다. 이곳에서 저곳으로 건너가는 데 지불해야 할 정서적 비용치고는 과도했다.

루클라(Lukla, 2,804m)는 에베레스트 트레킹의 관문이었다. 쿰부 히말라야의 첫발을 떼는 시작점이자 마지막 발자국을 남기는 종착점이기도 했다. 세계 최고지대의 루클라 공항(2,866m)이 위치한 이곳은 '에베레스트'라는 영적 공간과 '카트만두'라는 문명 도시를 이어주는 교량 역할을 담당했다. 신성과 세속이 서로 이마를 맞댄 채, 설산에서 내려온 자들과 도시에서 올라온 자들이 교차하는 곳. 완에게는 마치 이쪽 세계와 저쪽 세계가 동시에 보이는 접경 지점이자 그 기운이 왕래하는 공유 지역으로 여겨졌다.

산의 경사면을 깎아 만든 공항이 가까워지자 절벽 아래로 비행기의 잔해가 보였다. 완은 저 먼 곳에 겹겹을 이루는 설산 준봉보다 당장 바닥에 아무렇게나 흩어진 동체에서 눈을 떼지 못했다. 표지판이 없어도 '사고 다발 지역'이라는 사인이 한눈에 들어왔다. 잔해를 치우지 못했다면 수거 못 한 사체가 있을지 몰랐다.

둥지를 향해 곤두박질치는 거대한 새처럼 비행기는 공터만 한 착륙장으로 급강하했다. 순식간에 고도가 낮아지자 승객들은 일제히 눈을 감으며 외마디 비명을 질렀다. 바퀴가 바닥에 닿아 튈 때마다 불에 달군 콩처럼 여기저기로 몸이 튀어 올랐다.

루클라 공항에 첫발을 디뎠을 때 완을 맞이한 것은 눈발이었다. 큰 행사를 시작하기 전 무대 위로 떨어지는 색종이처럼 눈이 내리고 있었다. 수하물 센터에서 배낭을 찾아 나오자 눈송이 속에서 네팔인 사내가 다가왔다. 카트만두의 호텔에서 연결한 셰르파였다. 탑승객 중 현지인을 제외하고 아시아인은 완밖에 없으므로 식별이 쉬웠을 것이다.

"나마스떼!"

셰르파는 합장하며 고개를 약간 숙였다.

"나마스떼!"

완 역시 두 손을 모으고 고개를 조아렸다. 셰르파는 완이 멘 두 개의 배낭 중 하나를 받아 들며 자신의 이름을 '푸르바'라고 밝혔다. 고수머리에 까만 피부가 영락없는 히말라야 산골 사나이였다. 두툼한 볼에 장난기가 붙은 얼굴은 순박하다기보다는 빤질빤질한 인상을 풍겼다. 나이는 완보다 두 살 어린 서른일곱이었지만, 중학생 딸과 초등학생 아들을 두었다고 했다.

완과 푸르바는 루클라에서 팍딩(Phakding, 2,623m)까지 아기자기한 내리막길을 네 시간가량 걸었다. 중간에 푸르바가 사는 첩룽(Choplung) 마을의 집에 들러 차로 목을 축이는 동안 푸르바는 자신의 배낭을 메고 나왔다. 팍딩에서 점심을 먹고 두 시간 반을 더 걸어 조르살레(Jorsale, 2,810m)에 도착하니 저녁이었다.

쿰부 히말라야의 첫날 밤을 보낸 곳은 '붓다 게스트 하우스'였다. 숙소의 명칭 탓에 완은 부처의 손님이 된 듯했다. 오후 5시만 되어도 해가 떨어져 사위가 캄캄했다. 전력 수급 상황이 좋지 않은지 정전이 되자 식당에만 초 한 개가 켜졌다. 투숙한 손님은 완밖에 없었다. 주인 남자는 마른 야크 똥으로 무쇠 난로에 불을 지피고 아내는 갓난아이를 등에 업고 주방으로 들어갔다.

완은 저녁을 기다리며 식탁에 앉아 수첩을 펼쳤다. 아직도 남아 있는 신분 질서 탓에 푸르바는 다른 데서 식사를 하는지 보이지 않았다. 흔들리는 촛불 앞에서 글을 쓰며 완은 자신이 아주 멀고도 생경한 장소로 들어왔다는 것을 체감했다. 스와얌부나트에 들렀던 어제 일이 까마득하게 여겨졌다. 부엌에서는 도마질이 한창이었다. 갓난아이의 칭얼거림도 간간이 들렸다. 완은 스무 살 무렵 자주 읽던 시인의 시구를 빌려 수첩에 또박또박 적었다.

'이 산에서 보름만 살자. 이 산에서 보름만 뜬눈으로 살자. 이 산에서 보름만. 이 차오른 달이 기울 때까지 그리고 이 그리움이 없어질 때까지.'

이윽고 식탁에 차려진 '셰르파 스튜'에서는 뜨거운 김이 모락모락 피어올랐다. 셰르파들이 즐겨 먹는 이 음식은 각종 채소를 넣고 끓인 수제비와 비슷했다. 투박한 숟가락으로 감자를 떠서 입에 넣으니 폭신하게 익어서 맛이 구수하고 담백했다. 고춧가루를 넣지 않은 배추조림은 시원하고 달았다. 1달러의 소박한 저녁을 먹는 동안 완은 수많은 얼굴들을 떠올렸다.

오후 7시가 되자 모두들 잠자리로 흩어졌다. 완은 따뜻한 물로 세수를 하고 종일 등산화를 신었던 발을 닦고 싶은 마음이 간절했다. 그러나 정전이 풀리지 않은 어둠 속에서 막 잠든 아기를 토닥이는 주인 내외를 번거롭게 만들고 싶지 않았다. 더운 물 한 바가지 값이 저녁값을 웃도는 것도 포기의 이유였다.

헤드램프를 켜고 완은 객실로 돌아왔다. 천장과 바닥, 사면을 나무로 짠 큰방에는 침대가 세 개 놓여 있었다. 완은 겉옷을 벗고 내복 차림으로 침낭에 들어갔다. 밤이 되자 날이 추워져서 헤드램프 아래로 쏟아지는 입김이 고스란히 보였다. 완은 수첩을 펼쳐 셰르파 스튜를 '서럽고 따뜻하고 그리운 맛'이라 쓴 뒤 '죄를 짓고 도망친 자가 종일 떠돌다가 첫 끼니를 먹는 기분'이라 덧붙였다. 그리고 망설이다가

한 문장을 마지막으로 적었다.

'그녀를 그리워할 틈도 없이 허비한 지난 5년을 이 보름으로 갈음할 수 있을까?'

자신도 모르게 고개를 좌우로 저었다. 그럴 수 없다는 것을 익히 알지만 일단 이 길 외에는 달리 방도가 없다는 것도 알고 있었다. 수첩을 덮고 완은 침낭 지퍼를 얼굴까지 올렸다. 새벽에 일어나려면 일찍 잠자리에 들어야 했다. 손목시계의 야광 바늘이 오후 7시 반을 가리켰다. 서울이었다면 이 시각에 잠을 자는 건 꿈도 못 꿀 일이었다.

어둠 속에서 뒤척이던 중에 별안간 방이 환해지자 완은 소스라치게 놀라며 일어났다. 분명히 안에서 방문을 잠갔기 때문에 들어온 사람은 없었다. 카트만두에서 쿰부로의 이동 그리고 여섯 시간 반의 산행이 주는 고단함에도 불구하고 완은 깊이 잠들지 못했다. 침낭 속의 수면이 편하지 않은 까닭도 있고, 기분 나쁜 추위 탓도 있었다. 난로나 히터 같은 난방시설이 전무한 산장의 안과 밖은 겨우 널빤지 한 장 차이였다.

그렇게 엎치락뒤치락하다가 얼굴 위에서 대롱거리는 알

전구가 갑자기 빛을 환하게 뿜자 완은 코앞에서 귀신이라도 본 듯 꽥 하고 비명을 질렀다. 마치 누군가 곁에 앉아서 자신을 잠들지 못하게 괴롭히다가 끝내 신경질적으로 스위치를 올린 듯한 착각이 들었다. 비명을 지르고 나서도 완은 얼빠진 표정을 쉽게 가라앉힐 수가 없었다. 시계를 보니 새벽 2시였다.

정전이 해제되어 전기가 돌면서 전구가 켜졌다는 것을 완은 곧 짐작하게 되었다. 침낭에서 나오자 침대 세 개가 놓인 큰방은 그야말로 황량하고 낯설었다. 유리창 밖으로 눈발이 흩날렸다. 내복 차림으로 서 있으려니 어깨가 오그라들고 다리가 부들부들 떨렸다. 벽걸이 온도계의 눈금은 영하 10도였다.

완은 설핏 잠이 들었을 때의 꿈을 떠올렸다. 유밍은 그의 팔을 완강히 붙들고 놓지 않았다. 아무리 떼어놓으려고 뿌리치고 윽박질러도 애원하며 매달리는 유밍과의 승강이는 좀처럼 끝나지 않았다. 그녀는 온몸으로 그의 욕설과 발길질을 다 받아내면서도 손의 힘을 풀지 않았다. 완은 침대 모서리에 주저앉아 머리를 감싸 쥐었다.

코끝이 찡해지며 눈물이 핑 돌았다. 코끝에 맺힌 눈물은 내복 바지 위로 떨어졌다. 완은 알고 있었다. 자신을 울게 하는 건 그녀의 죽음이 아니라 그녀와의 기억이라는 것. 완은 소매로 눈물을 닦아냈다. 그러자 북반구의 설산에서 7년 전 남반구의 해안 도시로 시간과 공간이 접혔다. 시드니의 푸른 하늘 아래 자줏빛 벽돌로 지은 대학 도서관이 보였다.

구원자

5

알 수 없는 통증에 완은 미간을 찌푸리며 손바닥으로 배를 문질렀다. 시선은 여전히 챕터의 마지막 영어 문장을 끈질기게 쫓았다. 노트에 핵심을 요약한 뒤에야 손목시계를 봤다. 오후 6시였다. 세 칸 떨어진 열람석에서는 금발의 백인 여대생이 호메로스를 읽고 있었다.

오전 8시에 도서관에 와서 점심 샌드위치를 먹을 때만 빼고 자리를 지켰으니 아홉 시간 반 동안 공부한 셈이었다. 아니, 공부를 한 것이 아니라 완은 사자에게 쫓기는 가젤처럼 필사적으로 내달렸다. 스마트한 전략이나 올바른 방향

따위는 따져볼 겨를이 없었다. 달리기를 멈추는 순간 사자의 이빨이 자신의 뒷다리를 물어뜯을 거라는 공포가 그를 의자에서 일어나지 못하게 했다.

책상에는 펼쳐진 자료가 세 권이고 앞으로 검토할 논문이 세 편 더 남아 있었다. 이는 단지 교수가 알려준 참고 자료에 불과했다. 영어가 모국어가 아닌 탓에 텍스트를 완독하는 것도 아니고 필요 부분만 발췌해서 읽는 데도 매번 시간이 모자랐다. 무엇보다 이 자료를 다 섭렵한다 해도 이번 과제물을 완성할 수 있을지 막막했다. 그룹원 서너 명과 함께 나눠 읽고 아이디어를 모으면 수월하게 끝낼 일을 혼자서 감당하려니 눈앞이 캄캄했다.

분석언어학 과제물은 그룹워킹으로 디자인되어서 연구 규모가 크고 제출 분량이 상당했다. 기말고사 대체 연구물이 그룹으로 진행된다는 공고가 나자 학생들은 순식간에 모임을 결성하여 담당 교수 데보라에게 보고를 했다. 열세 명의 수강생은 세 명씩 네 그룹으로 나뉘었다. 데보라는 그 신속한 반응과 뜨거운 학구열을 격려했다. 완은 어느 그룹에도 속하지 못한 상태였다.

완은 손에 쥔 펜을 내려놓으며 한숨을 쉬었다. 배인지 가슴인지 모를 곳에서 다시 통증이 올라왔다. 완은 손바닥으로 그곳을 문지르며 한 시간 전부터 자신을 괴롭힌 이것이 허기일지 모른다고 생각했다. 자리에서 엉덩이를 떼며 일어나다가 그는 감전된 듯 눈을 감으며 멈칫했다. 뜨겁게 달군 송곳이 항문을 쿡, 찌르고 들어오는 것처럼 쩌릿했다.

"하, 참, 이게 뭐람!"

난감한 듯 중얼거리며 완은 엉거주춤 허리를 폈다. 설상가상에 첩첩산중이었다. 보름 전부터 변에 피가 섞여 나왔다. 스트레스와 피로가 겹치자 치질 증세가 심각했다.

대학원에 입학한 지 두 달째였다. 완은 하루도 빠짐없이 도서관 7층 문학 자료실의 창가 자리를 굳건히 지켰다. 빅토리아 공원과 면한 벽에는 유리창이 두 걸음 간격으로 배치되어 자연광이 들어왔다. 길쭉한 창을 끼고 책상을 하나씩 놓았는데, 열여덟 개의 책상 중 여덟 번째가 완이 늘 앉는 자리였다. 책걸상은 낡고 초라하며 딱딱하고 불편했다.

전공 서적이 비치된 5층 어학관은 같은 과 학생들로 붐볐고 6층 동양학관은 아시안 학생들로 넘쳤다. 7층 문학관은 가장 넓고 방대한 자료가 구비되어 있으나 한산했다. 창문으로 들이치는 햇살 탓에 완의 왼쪽 뺨과 팔다리가 까맣게 타들어갔다. 자리에서 일어나 밖을 내다보면 마치 유리관에 갇힌 기분이었다. 4월 봄방학에 해당하는 일주일의 부활절 휴가에도 완은 자리를 떠나지 않았다.

그렇게 도서관에 출석부를 찍기까지는 라자의 조언이 컸다. 라자는 방글라데시 다카의 한 대학에서 교양 영어 교수직을 20년간 하다가 언어학 석사를 받기 위해 유학 온 중년의 학구파였다. 언어학 전공 학생들은 오후 6시 혹은 8시쯤 수업이 끝나면 입시생처럼 도서관으로 직행하는 게 불문율이었다. 강의가 끝날 때마다 과제물이 부과되어서 참고도서 선점이 중요했다. 보통 일곱 페이지 내외의 페이퍼를 다음 시간까지 제출해야 하는데, 기본적으로 문헌을 세 권 이상 참고해야 했다. 아무것도 모르고 첫 학기에 네 과목을 수강한 완은 이틀에 한 편꼴로 페이퍼를 작성하느라 울고 싶을 지경이었다. 한 주가 지나면 더 높은 난이도의 과제가 쏟아지기 때문에 시간과 체력을 고도로 분배하지 않으면 커리큘럼을 따라갈 수 없었다.

개강 3주가 지날 무렵, 완은 동급생들과 섞여 습관적으로 도서관으로 향했다. 그러나 도무지 안으로 들어갈 기분이 내키지 않았다. 지난밤을 꼬박 새워서 리포트를 제출하고 세 시간 내내 수업에 집중하느라 기진맥진한 상태였다. 가까운 펍(pub)에 들어가 맥주나 마시고 싶었지만 내일과 모레에도 마감이 있어서 술보다 잠을 택하는 일이 차라리 현명했다. 팔다리를 쉬지 않고 힘차게 놀려 끝없이 밀려드는 페이퍼의 파도를 타넘는 학생이 승자였다.

"혹시 담배 한 대 빌릴 수 있나?"

벤치에 앉아 담배를 피우고 있을 때, 라자가 다가왔다. 라자는 반백의 짧은 머리를 하고 높은 콧등에 가는 금테 안경을 낀 모습이 이지적이었다. 무엇보다 강의실 앞줄에 앉아서 교수님과 수준 높은 질의문답을 나누는 몇 안 되는 학생이었다. 매사에 서두르는 법이 없고 표정이 부드러웠다. 교수에게서 혹시 질문이 날아올까 전전긍긍하는 완은 그를 늘 선망의 눈초리로 바라보았다.

완은 자리에서 일어나 담배를 건네고 정중히 불까지 붙여줬다. 라자는 빙긋 웃었다. 둘은 아무 말도 없이 담배를 피웠다. 먼저 입을 연 것은 완이었다.

"굉장히 힘드네요."

라자는 맛있게 연기를 들이마셨다가 내뿜으며 동의한다는 듯 고개를 끄덕였다. 완은 라자를 거인처럼 우러러봤다.

"이 과정을 마친 학생들이 정말 부럽고 존경스러워요."

라자는 석사 논문을 제출하고 피드백을 기다리는 기간에 강의를 들으러 나오는 케이스였다. 대개 논문 제출 후에는 공부가 지긋지긋해져서 학교 근처도 얼씬하지 않는 게 일반적이나 그는 피드백을 받는 중에도 강의를 듣고 과제까지 제출하는 희귀 학생이었다. 라자는 웃으며 입을 열었다.

"자네 몇 과목을 신청했지?"

"네 과목을 신청했는데, 과제물이 쏟아져서 죽을 지경이에요."

그럴 줄 알았다는 듯 라자는 고개를 끄덕이며 연기를 뿜었다.

"한 과목을 서둘러 취소하고 방학 때 채우게. 그게 요령이야."

완의 머리에 불이 번쩍 들어왔다. 그런 방법이 있다는 것을 미처 몰랐던 완은 당장 무릎이라도 꿇고 싶었다. 라자는 마치 고난의 수행 중에 만난 현자 같았다. 라자가 물었다.

"그런데 자네 나이가 몇이지?"

"서른한 살입니다."

"스물대여섯으로 봤는데 생각보다 많군. 내가 아주 쉬운 방법을 하나 가르쳐주지."

완은 담뱃불을 끄고 라자의 두 눈에 초점을 맞췄다.

"적어도 아홉 시간씩 매일 저기 앉아 있게. 그러면 자네도 이 과정을 마칠 수 있어."

"적어도 아홉 시간씩 매일이요?"

완은 제대로 들었는지 확인하기 위해 되물었다. 수업시간까지 더하면 식사와 수면을 빼고는 공부만 하라는 뜻이었다. 라자는 대답 없이 볼이 홀쭉하도록 마지막 연기를 들이마시고는 가로등 불빛을 향해 내뿜었다. 그리고 재떨이에 담배를 끄고는 금테 안경 너머로 완을 바라봤다. 가로등을 등지고 있어서 라자의 눈빛은 무연하게 사물 너머를 응시하는 인도 철학자의 흑백사진을 연상시켰다. 그는 천천히 손을 들어 검지로 도서관 문을 가리켰다. 완은 가방을 챙겨서 바로 도서관으로 뛰어 들어갔다.

6

데보라 교수의 분석언어학 강의가 끝날 무렵이었다. 그룹 결성 2주가 지났음에도 완은 여전히 어디에도 속하지 못한 상태였다. 기말고사 대체 연구물이어서 성적에 결정적인 과제였고 마감이 보름 앞으로 바짝 다가와 있었다. 분석언어학 수강생 13명의 국적은 11개국이었다. 대개가 정부 장학생이어서 실력이 월등하고 성적에 목숨을 걸 정도였다.

학생들은 민족·종교·언어권끼리 뭉쳐 서로를 도왔다. 미국·영국·호주 출신끼리 그룹을 이루고, 사우디아라비아·쿠웨이트·이란 등의 이슬람권이 결집하는 식이었다. 지난 학기와 연관이 깊은 강의여서 데보라의 수업을 전 학기에 들은 학생은 '섭외 1순위'였다. 반면에 민족·종교·언어권에서 별다른 유대감이 없는 데다가 허둥대는 신입생인 완은 그야말로 '제외 1순위'였다. 신속한 그룹 결성의 배경에 이런 정보가 작용한다는 것을 완은 2주 후에야 겨우 알 수 있었다.

리서치 중간 점검이 코앞인데도 완은 아우트라인도 잡지 못해서 이대로라면 F 학점이 뻔했다. 완은 끝까지 혼자 해보겠다고 독하게 마음을 먹었으나 한편으로는 서서히 몰락하는 자신을 지켜보고 있었다. 필수과목에서 F를 받으면 유학생은 대개 고국으로 돌아갔다. 그 과목을 다시 듣기까지 소요되는 비용과 체류 문제 해결이 쉽지 않았다.

노암 촘스키의 제자인 데보라 교수는 손끝으로 완을 가리켰다. 그리고 학생들을 둘러보며 말했다.

"여기 이 키 크고 잘생긴 남학생과 리서치를 진행하고 싶은 그룹 있나요?"

여학생들 사이에서 잠깐 웃음소리가 났으나 서로 얼굴을 쳐다볼 뿐 손을 드는 사람은 없었다. 이미 그룹원 간의 분량 배분이 끝나고 연구가 상당히 진척된 상태에서 그 누구도 괜한 혼란을 만들려 하지 않았다.

"아무도 없나요? 그룹원은 네 명이어도 상관없어요."

거기서 끝을 내면 좋으련만 데보라는 한 번 더 호소했다. 아무도 구입을 원치 않는 경매 상품이 된 듯 부끄러워서 완은 쥐구멍에라도 숨고 싶었다.

"그럼, 여기 이 외롭고 가여우며 우리 대학원의 유일한 한국 남학생을 구제해주고 싶은 그룹은?"

찬물을 끼얹은 듯한 정적만 흘렀다. 그때 강의실 한쪽에서 꺅, 하는 여학생의 비명소리가 났다. 연이어 혼비백산 소리를 지르며 몇 명씩 떼로 의자 위로 올라갔다. 날씨가 더워지자 열어놓은 강의실 문으로 쥐가 들어온 것이었다. 생쥐가 아니라 몸통이 팔뚝만 한 들쥐였다. 쥐는 미친 듯이 뛰어다니며 강의실을 아수라장으로 휘저어놓고는 완이 앉은 쪽으로 돌진했다. 완이 자리에서 황급히 몸을 피하자 마침내 쥐는 정원 쪽으로 열린 문으로 빠져나갔다.

데보라는 들쥐가 사라지자 혼잣말로 "혹시 마법에 걸린 폴이 아닐까?" 하고 중얼거렸다. 학생들이 '폴'이 누구냐고 묻자 자신의 강의에서 세 번이나 낙제를 받은 유학생이라고 했다. 그 폴이 한이 맺힌 나머지 쥐로 변해 찾아왔다는 말이 흥미로울 법도 했으나 아무도 웃지 않았다. 그건 농담이 아니었다. 한 학생을 세 번 낙제시킬 정도로 데보라는 'F 학점의 마녀'로 악명이 높았다. 고국으로 못 돌아가고 충분히 남아서 주위를 떠돌 만했다. 이번에도 한두 그룹이 낙제를 받을지 몰랐다.

데보라는 다음 주부터 그룹별 중간 점검을 하겠다는 공지로 강의를 마쳤다. 그리고 가방을 싸는 완에게 다가와 말했다.

"이번 주까지 그룹을 꼭 결정해요. 혼자 할 수도 있겠지만, 그건 좋지 않아. 수업 의도에도 어긋나고."

완은 애써 웃으며 그렇게 하겠다고 대답했다. 그룹에 넣어주려고 도와준 점에 대해서도 감사하다고 덧붙였다. 데보라가 "굿 럭!"이라고 말하고 강의실을 나가자 완은 한숨을 쉬며 어깨를 축 늘어뜨렸다. 뾰족한 수가 없었다. 벌써 몇몇 그룹으로부터 거부의 답변을 들은 상태였다.

모두들 서둘러 도서관으로 향했지만 완은 곧바로 공부할 엄두가 나지 않았다. 날이 저물자 가로등에 불이 들어왔다. 벤치에 앉아서 우울한 얼굴로 담배를 피워 물자 흥분해서 날뛰던 들쥐의 까만 눈동자가 떠올랐다. 자신을 향해 돌진한 건 마치 네가 다음 낙제자라는 화살표로 여겨졌다. 마침 여유 있는 걸음으로 라자가 다가왔다. 완이 담배를 권하고 불을 붙여주자 라자는 연기를 빨아들이며 입을 열었다.

"며칠 전에 고향 친구가 학교로 나를 찾아오겠다는 거야. 그 친구는 여기 영주권을 따서 가족과 행복하게 살고 있지. 학교 구경도 하고 근처에서 저녁을 함께하자고 해서 좋다고 했어. 그런데 그 친구가 묻더군. '학교에서 자네가 공부하는 건물을 어떻게 찾아가나?'"

라자는 말을 멈추고 연기를 길게 뿜으며 완을 바라보았다. 완은 어떻게 대답했냐고 물었다.

"그거야 아주 쉽네. 이 캠퍼스에서 최악의 빌딩을 찾으면 그게 바로 언어학부 건물일세. 그 건물의 가장 덥고 더러운 강의실로 오면 되네."

라자의 농담에 완의 입가에 쓴웃음이 돌았다. 그 덥고 더러운 강의실의 꼴찌가 바로 자신이었다.

"자네, 아직 그룹을 못 정했지?"

"혹시 그쪽 그룹에서 받아줄 수 있나요?"

완의 눈에 슬며시 불이 들어왔다. 라자는 인도·방글라데시·스리랑카 유학생 그룹에 속해 있었다. 최고점은 따놓은 것과 마찬가지였다. 더욱이 라자는 학점이 필요한 상황이 아니어서 그룹원이 동의한다면 완을 충분히 넣어줄 수도 있었다.

"담배 한 대 더 피워도 되겠나?"

"얼마든지요."

완은 재빨리 담배를 권하고는 불을 붙여줬다. 라자는 달고 맛있게 연기를 뿜으며 말을 이었다.

"그러잖아도 내가 제안은 했지. 나는 괜찮은데, 다른 그룹원이 고개를 갸웃하더군."

"왜요?"

“자네가 별로 커리를 좋아하지 않게 생겼대.”

일말의 기대를 걸었으나 재확인한 것은 거부의 메시지였다. 완은 굳은 얼굴을 들키기 싫어서 시선을 다른 곳으로 피했다. 라자는 담배의 빨간 불씨를 들어 한 곳을 가리켰다.

“저 여학생을 아나?”

얼핏 남녀 성별 구분이 안 될 만큼 덩치 큰 학생이 걸어오고 있었다. 등에 가방을 메고 양쪽 어깨에도 무거운 보조 가방을 메고 있었다. 그 보조 가방은 여대생이 들고 다니기엔 꽤나 어색한 헝겊 장바구니였다. 완도 수업시간에 본 적이 있는 중국 여학생이었다. 치수가 큰 한 벌의 잠바를 내내 입고 다녔고 웃는 모습을 본 적이 없었다. 말수가 적고 무뚝뚝해서 완과는 인사를 나눈 적도 없었다.

하지만 완은 그녀의 한쪽 보조 가방에 두 개의 도시락이 들어 있다는 건 알고 있었다. 그녀는 ‘적어도 열 시간씩 매일’ 도서관에서 공부하는 별종이었다. 끼니때가 되면 한적한 곳에서 점심과 저녁 모두 혼자 도시락을 먹고 혼자 차를 마셨으며 그 와중에도 책을 내려놓지 않았다. 지난주에는 강의실에서 완의 앞에 앉았는데, 며칠 감지 않은 머리가 지저분했고 잠바의 어깨에는 내려앉은 비듬이 보였다. 오래된 기름과 소금을 섞은 듯한 중국인 특유의 냄새가 났다.

"유심히 보게. 자네와 전공이 같을 거야. 이름은 유밍이지."

언어학 대학원은 응용언어학, 횡문화소통학 등으로 전공이 세분화되어 있지만 개설 강좌 수가 많지 않았다. 이쪽 전공자는 저쪽 필수과목을 계열 선택으로 듣기 때문에 서로가 아는 처지였다. 그녀가 같은 전공인지는 미처 몰랐던 사실이었다. 라자가 느닷없이 완에게 물었다.

"자네는 내 말을 믿나?"

"믿지 않을 이유가 없죠."

라자는 완에게 현자와 다름없었다. 20년의 강단 생활을 통해 라자는 학생의 면면을 직감적으로 파악하는 능력을 체득한 듯했다. 무엇보다 연륜이 있고 여유가 넘칠 뿐만 아니라 모든 학생을 알고 있었다.

"저 여학생을 잡게. 그러면 자네는 구원을 받을 거야."

완은 미간을 찌푸리며 라자를 바라보았다. '뭐야, 제정신이야? 오늘은 유독 심하잖아?'라는 생각이 들었다. 라자가 자기 그룹에 넣어주지도 못하고 그동안 담배를 얻어 피워서 미안한 김에 즉흥적인 농담을 한다고 여겨졌다. 완은 문득 이 말이 현자의 예언일까 아니면 광인의 허언일까, 의문이 들었다. 어느 쪽이든 선뜻 납득하기 어렵긴 마찬가지였다.

"저 여학생을 잡다니요? 덩치를 보세요. 잡기는커녕 오히려 제가 잡힐 것 같은데요."

라자는 웃지 않았다. 때마침 셔틀버스가 도착했다. 학생들이 줄을 서서 올라타는 동안 라자는 필터 끝까지 꼼꼼하게 연기를 들이마셨다. 가방을 어깨에 주렁주렁 매단 중국 여학생도 버스에 올라탔다. 라자는 꽁초를 재떨이에 비벼 끄고는 완에게 말했다.

"그럼, 행운을 비네."

그리고 손을 한번 들어 보이고는 버스에 올라탔다.

7

호메로스를 읽는 금발 여학생의 뒷모습은 왠지 외로워 보였다. 완은 그녀를 뒤로한 채 도시락을 들고 도서관 밖으로 나왔다. 그러고는 콘크리트 벤치에 앉아 샌드위치와 종이팩에 든 주스를 꺼냈다. 낮 동안 달궈진 벤치는 미지근하게 식고 있었다.

맞은편의 쿼드랭글 빌딩에서 파이프오르간 연주가 들려

왔다. 붉은 사암으로 벽돌을 구워 만든 중세 고딕풍의 본관 건물은 철학과와 고고학과 학생들이 수업을 듣는 곳이었다. 첨탑 아래의 강당과 사각형의 중정(中庭)에서는 졸업식이나 각종 연회가 열렸다. 샹들리에가 켜진 3층 볼룸(ballroom)의 창으로 연미복과 파티 드레스를 입은 백인 남녀들이 칵테일 잔을 든 모습이 비치기도 했다.

첨탑에는 영국 황실 문장이 찍힌 교기가 늘 힘차게 펄럭였다. 그 첨탑 안에서 음대생이 직접 연주를 하는지, 녹음한 곡을 트는지 모르겠지만 저녁 6시면 어김없이 파이프오르간 소리가 흘러나왔다. 해 질 녘의 오르간 연주는 웅장하면서도 성스러운 분위기를 자아냈다.

오늘따라 완은 유독 지치고 서글픈 기분을 감출 수가 없었다. 아침에 만든 샌드위치는 눅눅할 대로 눅눅해져 있었다. 특히 사흘 전, 데보라가 자신을 도우려고 했음에도 그 누구도 자신을 그룹원으로 받아들이지 않은 일을 떠올리면 맥이 빠졌다. 이번 주까지 그룹을 알려달라고 했으나 벌써 목요일이었다.

"왜 이 학문을 하려고 하죠?"

대학원 입학자격시험에서 두 번을 떨어진 뒤 합격했을

때, 면접관이 물었다. 완은 꽤나 관념적인 문어체의 어휘를 사용하여 대답했다.

"제 자신의 학문에 대한 지평을 넓히고 지적인 도전을 위해서 이 학과를 지원했습니다."

언어학부 교수들은 난감한 표정을 지었다. 면접에 참여한 네 분의 교수 중 두 분은 마주 보며 티 나지 않게 웃었다.

"좋아요. 그럼 학위를 마친 후 귀국해서 무엇을 할 계획인가요? 영어를 가르칠 건가요?"

"아닙니다. 저는 돌아가면 소설을 열심히 쓸 계획입니다."

"언어학을 공부하고 나서 소설을 쓰겠다는 뜻인가요?"

"귀국 후 창작 활동을 더욱 활발히 하겠다는 뜻입니다. 언어학은 단지 인문학에 대한 깊이를 확충하고 제가 속한 이 세계를 폭넓게 통찰하기 위한 방편으로 선택한 것입니다."

면접관들은 별다른 언급을 하지 않았다. 영어가 모국어도 아닌 이 아시안 젊은이가 무슨 생각으로 이런 장황한 말을 늘어놓는지 두고 보자는 표정이었다. 평가표에 기록을 하며 그들은 고개를 끄덕였으나 완을 이해한다기보다는 면접을 끝내기 위한 제스처에 가까웠다. 그들의 반응이 어찌 되었든 그것은 당시 완의 진심이었다.

첫 학기 기말고사를 코앞에 둔 시점에서 돌아보면 완의 그 대답은 순진하기 이를 데 없는 것이었다. 막상 입학하니 '학문에 대한 지평' 혹은 '지적인 도전' 따위의 교양적 수사가 무색할 정도로 공부는 피가 튀겼다. 현지 학생들도 매시간 회의가 든다고 할 만큼 과정은 버거웠다. 관념적이고 모호한 입학 동기를 가진 완은 현실적으로 영어 교사가 되겠다거나 교수 혹은 번역가의 커리어를 쌓겠다는 다른 학생들보다 공부를 더 못했다. 실질적이고 뚜렷한 목표에 비해 관념적이고 모호한 동기는 무력하고 무용했다.

완은 샌드위치를 씹지도 않은 채 주스로 축여 넘겼다. 파이프오르간은 베토벤의 교향곡을 연속으로 연주했다. 한국을 벗어나면 더 넓은 세계가 보일 줄 알았는데, 완은 오히려 왜소해져갔다. 자신의 능력과 소양에 대해 이토록 실망스러운 적도 처음이었다. 용기를 내어 다시 그룹마다 문을 두드렸으나 좀처럼 열리지 않았다. 땅거미가 짙어지자 완은 코끝이 시큰했다. 캠퍼스 곳곳에 설치된 둥근 가로등에 일제히 불이 들어왔다.

누군가 그림자를 드리우며 벤치 쪽으로 다가왔다. 이번 학기 내내 한 번도 벗지 않은 잠바를 걸친 탓에 완은 쉽게 알아차렸다. 힘없이 샌드위치를 씹으며 완은 인사를 했다. 그녀는 며칠 감지 않은 머리를 뒤로 질끈 동여매고 가방을 주렁주렁 멘 채 서 있었다. 도서관 앞이 아니라 센트럴 역의 지하통로에서 마주쳤으면 홈리스라 여길 만한 수준이었다. 척 봐도 세수는 안 한 얼굴이었다.

"안녕?"

완이 손을 살짝 들며 알은척을 하자 그녀는 움직이지 않고 가만히 서 있었다. 완은 티 나지 않게 시선을 다른 곳으로 돌렸다. 쿼드랭글 빌딩 유리창의 주홍색 불빛을 보고 있는데, 유밍이 물었다.

"너 여기서 뭐 하니?"

"잠깐 쉬면서 분석언어학 리서치 생각하고 있어. 왜 그렇게 어렵니? 너도 알겠지만 난 아직 그룹에도 못 들어갔어."

"너 나한테 한국어 가르쳐줄 수 있어?"

그야말로 유밍은 뚱딴지같은 물음을 던졌다. '아, 이런 상황에서 난데없이 한국어라니…….' 듣던 대로 평범한 여학생은 아니었다.

"글쎄, 일단 이 연구 과제가 끝나야지 생각해볼 만한 문제인데. 이걸 끝낼 수 있을지 모르겠어."

"그럼, 너 이번 리서치가 끝나면 가르쳐줄 수 있어?"

완의 입에서 얕은 한숨이 나왔다. 지금 한국어를 가르치고 안 가르치고의 문제를 논할 기분이 아니었다. 그녀는 완의 대답을 기다리지도 않고 중국에서 한국 드라마를 즐겨 봤다고 했다. 〈겨울연가〉 외 몇몇 TV 드라마를 얘기하고 〈8월의 크리스마스〉를 비롯한 몇몇 영화도 언급했다. 무겁지도 않은지 가방을 주렁주렁 매달고 서서 완의 얼굴에 그림자를 드리우며 열심히 얘기했다. 영어가 유창했고 의외로 목소리가 또랑또랑했다. 완은 가로등을 등지고 선 그녀 탓에 기분이 좀 답답했다.

"그러지 말고 좀 앉지그래?"

벤치의 옆자리를 가리켰으나 유밍은 들은 척도 안 하고 계속해서 드라마와 영화 얘기를 했다. 완이 보지 못한 것이 대부분이었다. 완은 그저 고개를 끄덕이며 대응을 하다가 틈을 봐서 화제를 바꿨다.

"그런데 데보라가 F 학점의 마녀라며? 넌 지난 학기에 들어서 알잖아?"

지난 학기 데보라는 11명이 듣는 대학원 수업에서 6명에게 낙제점을 주어 본국으로 돌려보냈다. 언어학부 일곱 명의 교수들은 눈 하나 깜짝 않고 F 학점을 주기로 악명 높았다. 과제물과 시험을 다 치르고 출석률이 백 퍼센트여도 수준 미달이면 낙제였다.

완은 데보라의 분석언어학뿐만 아니라 티펜탈러 교수의 문법 과목도 낙제를 예약한 상태였다. 알아볼 수 없는 글씨로 판서를 하며 알아들을 수 없는 발음으로 강의를 하는 티펜탈러 교수의 냉혈한 얼굴을 떠올리자 당장 비명을 지르고 싶었다. 쌍권총을 양쪽에 차고 귀국행 수트케이스를 꾸리는 패배자의 모습이 떠올랐다. 더욱이 '마우스 폴'의 뒤를 잇는 '스투피드 코리안'이 되는 건 국가 망신이나 다름없었다.

완의 물음에 유밍은 대답도 하지 않고 그렇게 서 있었다. 그녀는 작년 2학기에 입학해서 전 과목 최고점을 기록한 괴물로 소문이 자자했다. 완은 우울하게 샌드위치의 마지막 조각을 입에 넣었다. 유밍은 침묵 끝에 말을 꺼냈다.

"좋아. 너 나한테 '누나'라고 부르면 우리 그룹에 넣어줄게."

그녀는 한국어로 '누나'라고 발음했다. 완은 샌드위치를 씹지도 않고 꿀꺽 삼켰다. '우리 그룹에 넣어줄게'라는 말만 귓가에 쟁쟁했다. 어떡해서든 이 난관을 뚫고 가야 했다. 자신의 나이가 서른이 넘고 상대는 이십대 초반일 것 같다는 사실 따위는 지금 중요하지 않았다. 완은 빨대로 종이팩 주스를 힘껏 빨았다. 목울대가 울리도록 그것을 삼킨 뒤 완은 그녀를 올려다보며 말했다.

"누우나아!"

어느덧 파이프오르간은 베토벤의 〈합창〉 절정 파트로 넘어가는 중이었다. 마치 코앞에서 연주를 듣듯이 멜로디는 웅장하고 힘이 넘쳤다. 유밍이 손을 내밀어 악수를 청했다. 완은 두 손으로 그 손을 잡았다. 덩치와는 달리 작고 따뜻한 손이었다.

"누나, 누나!"

시키지 않았는데도 완이 몇 번 더 부르자 유밍의 무뚝뚝한 얼굴에 웃음이 피어났다. 고른 치열이 드러나며 입술 양 끝이 살짝 말려 올라갔다. 처음 보는 웃는 얼굴이었다.

8

서른한 살의 완이 스물네 살의 유밍에게 '누나'라고 부른 그 굴종의 열매는 기대 이상 달았다. 완은 학과 최고 엘리트들과 과제를 준비하며 대학원 공부를 어떻게 하는지 경험했다. 그들은 좁은 범위의 구체적인 주제를 잡고 명확한 목표를 설정한 뒤 일정 분량을 자발적으로 나눴다. 무엇보다 손이 빨라서 초고가 빨리 나왔다. 어려운 부분이 나오면 논쟁으로 시간과 감정을 소모하는 대신 교수에게 찾아가 보완점을 지도받고 신속히 수정했다. 마감 날의 페이퍼 제출보다는 작성 과정에서 내용의 높낮이와 완급, 방향을 조정하며 배우는 것을 더 중요시 여겼다. 학생들은 주도적으로 의문점을 해결해서 행복했고 데보라는 페이퍼의 완성도를 향상시키는 것을 즐거워했다. 알고 나면 이런 수순이 온당한 것임에도 완은 그동안 크게 유용하지 않은 자료에 골몰하느라 시간과 기력을 허비한 게 부끄러웠다.

방법을 알자 완은 냉혈한 티펜탈러 교수의 과제물에도 주도적인 자세를 취했다. 완은 차마 티펜탈러를 찾아갈 수는 없어서 유밍에게 그것을 점검받았다. 그녀도 같은 과목을 들어서 아는 만큼 완의 페이퍼를 성실히 지적하고 보완해주었다. 혼자서 전전긍긍했던 때와는 완전히 다른 세상이었다. 그러자 방향감이 생기면서 생활에 활기가 돌기 시작했다. 자연스럽게 완은 유밍과 함께 밥을 먹고 도서관에서 공부를 했다. 라자의 충고대로 한 과목을 취소한 후로는 나머지 세 과목에 대한 몰입도가 높아지고 여유를 갖게 되었다. 이 모든 게 유밍을 만난 덕이었다.

여전히 유밍은 학기말이 되도록 단벌 회색 잠바 차림이었다. 배낭에는 구형 노트북 컴퓨터를 넣고 다니고 양쪽 어깨에는 시장 가방을 매달고 다녔다. 치수가 큰 잠바를 입고 책상 앞에 웅크려 앉은 그녀의 뒷모습은 한 마리 미련한 곰을 연상시켰다. 아침부터 저녁까지 공부 외에는 관심이 없어서 '집, 강의실, 도서관'으로 이어지는 동선 밖으로는 나가지 않았다. 친구와 펍에 가본 적도 없고 시드니에 온 지 1년이 되도록 하버브리지나 오페라 하우스조차 못 본 상태였다.

그러한 폐쇄성에도 불구하고 완은 그녀가 의외로 웃음이 적지 않다는 사실을 알게 되었다. 말을 걸지 않으면 종일 한마디 대꾸도 하지 않을 만큼 답답했지만, 농담을 하면 아니 그것이 농담이라고 인식하면 즐거워했다. 어떨 때는 완의 익살스러운 제스처만으로도 웃음을 못 참았다. 완은 그걸 알고 자주 유밍에게 과장된 동작을 했다.

"혹시 너 한국에서 코미디언이었니?" 하고 물으면 완은 눈을 한껏 똥그랗게 뜨고 입을 크게 벌린 뒤 놀라운 듯 물었다.

"어, 어떻게 알았지? 누나 혹시 천재 아냐?"

"왜 모르겠어? 이렇게 재미있는데."

"이렇게 재미있는데 왜 이제야 알았지? 누나 혹시 바보 아냐?"

완이 장난기 가득한 눈으로 경련을 일으키듯 눈썹을 위아래로 빠르게 움직이자 유밍은 말문이 막힌 나머지 웃고 말았다. 완이 보기에 그건 억지웃음이 아니었다. 만약 그것이 억지웃음이라면 완은 눈치를 채고 그만두었을 것이다. 어쩌면 그녀는 유쾌해지려는 분위기 자체를 즐기는지도 몰랐다.

공부를 하다가 날씨가 좋으면 둘은 학교와 면한 빅토리아 공원으로 산책을 나갔다. 넓게 펼쳐진 푸른 잔디밭을 가만가만 걷다 보면 눈의 피로가 풀리고 머리가 시원해졌다. 블루검트리의 잎사귀를 흔들며 불어오는 바람은 싱그럽고 달콤했다. 공원 한가운데의 호수에서 물오리 떼가 자맥질을 하는 모습은 잔걱정을 잊게 했다. 잔디와 호수와 나무를 제외한 시야의 4분의 3은 온통 새파란 하늘이었다.

"곰은 말이야, 어떤 물건이든지 한 번 손아귀에 들어오면 절대 놓지 않는 습성이 있어. 그래서 곰에게 습격당한 사람들은 맞아 죽거나 물려 죽기도 하지만 대부분은 질식사야."

산책을 마치고 도서관으로 돌아오는 길에 완은 물오리 사냥에 이어 곰 사냥에 대해 얘기했다.

"질식사?"

"두 손으로 얼마나 꽉 붙드는지 갈비뼈나 척추뼈가 으스러질 정도래."

놀랍고 끔찍하다는 듯 어깨를 움츠리는 유밍을 향해 완은 물었다.

"곰 사냥꾼은 바로 그런 곰의 습성을 이용해. 너 곰 잡을 때, 어떤 도구를 이용하는지 알아?"

유밍은 완이 고개를 끄덕일 때까지 "엽총? 올가미? 덫? 함정?" 등을 연달아 말했다.

"어허, 그건 초보 사냥꾼의 발상이라고."

"그럼 도대체 뭐로 잡는데?"

"통나무."

"통나무로 때려잡는 거야?"

완은 고개를 좌우로 천천히 젓고는 잘 들어보라는 제스처를 취했다.

"간단해. 통나무를 들고 곰이 사는 동굴 앞으로 가는 거야. 그리고 통나무를 굴 안으로 밀어 넣어. 이때 포인트는 통나무로 몇 번 찌르듯 약을 올려야 해. 곰이 어떻게 하겠어?"

"통나무를 움켜쥐겠지."

"그렇지! 사냥꾼이 밖에서 통나무를 몇 번 잡아당기면 곰은 앞발로 그 통나무를 필사적으로 끌어당기지. 일단 손에 잡히는 건 절대 놓치지 않으니까. 숨이 끊어질 때까지 놓지 않는다고."

"그러면? 그러면 어떻게 되는 거야?"

유밍은 아이처럼 완의 팔을 잡고 흔들었다.

"사냥꾼이 통나무를 놓아주면 곰은 그것을 품 안으로 끌어당기면서 빼앗기지 않으려고 점점 뒷걸음을 치지. 결국엔 등이 굴의 막다른 곳에 이르게 돼."

"그럼 어떻게 해? 그다음엔?"

"그다음엔 별거 없어. 그냥 산에서 내려오면 돼."

유밍은 치 그게 뭐야, 하는 얼굴로 완을 바라봤다. 그렇게 해서 무슨 곰을 잡느냐는 것이다. 완은 오히려 뻔뻔스럽게 유밍에게 핀잔을 주었다.

"곰 잡기가 그렇게 쉽니? 중요한 건 바로 시간이라고. 보름쯤 지났을 때, 굴 안으로 들어가는 거야. 곰은 굶어서 기력이 탈진한 상태에서도 여전히 온 힘을 다해서 통나무를 붙잡고 있느라 맛이 가 있지."

유밍의 눈이 다시 커졌다. 완은 유밍의 귀에 대고 속삭이며 손을 슬쩍 잡았다.

"그때 말이야, 이렇게 조용히 곰의 손을 잡고 데리고 나오면 되는 거야. 사냥 끝!"

유밍은 어이가 없다는 듯 키득거리기 시작했다. 키득거림은 깔깔거림으로 바뀌더니 유밍은 그만 잔디밭에 주저앉고 말았다. 완은 근처 나무 아래에서 부러진 가지를 주워서 그녀를 향해 내밀었다. 유밍이 그것을 잡고 일어서려고 할 때 완이 손을 놓자 그녀는 뒤로 넘어지며 구르고는 또 정신없이 웃었다.

결국 데보라의 기말고사 대체 연구 보고서에서 완이 속한 그룹은 최고 점수인 'HD(High Distinction)' 등급을 받았다. 뇌에 손상(Head Damage)이 올 정도로 공부하지 않으면 절대 받을 수 없다는 최고 점수였다. 낙제를 간신히 면하는 'Pass'만 받아도 감지덕지했을 완은 미친 듯이 소리를 지르며 캠퍼스를 뛰어다니고 싶었다. 그러나 동급생들 앞에서 그런 내색을 하는 것은 민망한 일이었다. 최고 점수를 받았어도 자랑할 사람이 아무도 없었다. 학기를 마치던 날, 완은 기대하지 못한 주말 파티의 초대장을 받았다.

쑨달라

9

조르살레 사가르마타 국립공원(Sagarmatha National Park) 입구에서 완은 천 루피를 지불하고 트레킹 허가서를 받았다. 설산 외부에서 내부로의 진입을 허락하는 티켓이었다. 사무실 칠판에는 연도에 따라 월별 방문자 현황이 빼곡히 적혀 있었다. 이번 1월은 다른 시기에 비해 그 인원수가 현저히 적었다.

허가서와 함께 받은 팸플릿의 내용은 흥미로웠다. 1856년 영국 왕립지리학회가 '마운틴 에베레스트'라는 명칭을 붙이기 전까지 서방세계에서는 이 고봉을 그저 'b 봉우리' 또는 '15호 봉우리'라고 불렀다. '에베레스트'는 영국령 인도 측량국 국장을 역임한 조지 에베레스트 경의 이름에서 온 것이었다. 네팔어로는 '사가르마타(우주의 머리)'였고 이 산에서 나고 자란 셰르파들은 신의 이름인 '초모랑마(대지의 어머니 여신)'라 불렀다.

완은 '에베레스트'와 '사가르마타'와 '초모랑마' 중에서 자신의 입장을 정했다. 일단 식민 통치국이 붙인 이름은 제외했다. 이곳은 히말라야 산맥에서도 셰르파의 고장 '솔루쿰부(Solu-Khumbu)' 지역이기 때문에 네팔어보다는 부족어인 '초모랑마'가 이들을 존중하는 어휘였다. 발음 자체가 여신(女神)을 부르는 것이어서 신성한 기분마저 들었다.

때때로 야크 떼가 방울을 울리며 지나갔다. 크고 검은 눈 위에 양쪽으로 돋은 날카로운 뿔, 비대하면서 단단한 몸통을 둘러싼 긴 털이 특이했다. 몰이꾼들은 특유의 휘파람과 고함으로 그들을 몰았다. 좁은 산길에서 줄을 지어 짐승들이 지날 때마다 완과 푸르바는 한쪽으로 비켜섰다. 야크들은 하나같이 등에 커다란 주머니를 차고 양옆에는 무거운 짐을 메고 있었다. 완이 저 주머니가 뭐냐고 묻자 푸르바가 대답했다.

"저건 야크 도시락이야. 저 위로 올라가면 풀 한 포기 나지 않으니까."

저 무거운 짐을 잔뜩 짊어지고도 야크가 불평 없이 가파른 산을 오르는 이유는 달고 향기로운 건초 도시락에 대한 기대 덕분이었다. 완은 불현듯 소프트 셸 재킷의 가슴 포켓을 더듬어 지갑을 꺼냈다. 그리고 지갑의 지퍼를 열어 실금반지를 확인하고는 옷가슴 깊숙이 넣고 갈무리했다.

조르살레(2,810m)에서 남체(Namche, 3,440m)까지는 쉬는 시간을 포함하여 약 네 시간 거리였다. 고도차가 무려 630미터여서 길은 끝없는 경사로였다. 완은 오르막길을 천천히 올라갔다. 처음 3,000미터를 넘어서는 날이라 고산병이 걱정되었다. 고산병에 걸리면 완은 이곳에 와서도 지켜야 할 자신과의 약속을 지킬 수 없었다.

3,000미터만 넘어도 공기 중 산소량은 68퍼센트로 감소했다. 고산병은 줄어든 산소량이 몸에 익숙하지 않아 생기는 현상으로 2,500미터를 넘으면 어디서든 걸릴 수 있었다. 두통, 식욕부진, 불면에 이어 구토와 호흡곤란에 이르면 폐가 상하고 의식불명 상태에 빠진다. 쿰부에는 해마다 사망자가 속출하고 있으나 치료제는 아직 없다고 했다.

하루에 고도차를 300미터 이상 올리지 말고 천천히 걷는 게 유일한 예방책이었다. 이 병의 심각한 결과에 비해 치료법은 의아할 정도로 간단해서 몸에 이상이 오면 휴식을 취하거나 낮은 고도로 하산하는 게 전부였다. 이 병을 피해가는 특수체질은 없다는 점에서 히말라야에서는 두 발을 가진 자라면 누구나 평등했다.

남체는 쿰부에서 가장 큰 셰르파족 마을이어서 완은 현지인들과 자주 앞서거니 뒤서거니 걸었다. 문짝을 등에 지고 나르는 청년이 지나가고, 머리끈으로 연결한 큰 광주리에 각종 채소를 담고 오르는 네팔 처녀와 아낙네들도 지나갔다. 그들은 완보다 훨씬 무거운 짐을 지고 허술한 슬리퍼를 신었음에도 눈이 마주치면 환한 표정을 지었다. 완은 그때마다 "나마스떼" 하고 인사했다.

세 시간쯤 걸었을 때, 지게에 과일을 가득 담고 올라오는 행상들과도 인사를 나눴다. 푸르바는 상인들이 지리(Jiri 1,905m)에서부터 루클라를 거쳐 열흘씩 걸어서 온다고 했다. 내일 남체에 큰 장이 들어서기 때문이었다. 완은 지게 광주리에 가득 담긴 둥글고 노란 열매가 궁금했다. 푸르바에게 묻자 "오렌지"라는 답이 돌아왔다.

완이 보기엔 오렌지는 아니었다. 푸르바와 얘기를 나눠 보니 그는 사물의 이름을 되는대로 싸잡아 말하는 습성이 있었다. 독수리, 매, 솔개 등을 구분하지 않고 무조건 독수리라 했고, 분명히 수형(樹形)과 바늘잎 수가 다름에도 잎 끝이 뾰족하면 뭉뚱그려 소나무라 했다. 그래서 완은 푸르바에게 저 열매가 오렌지인지, 자몽인지, 레몬인지, 라임인지, 귤인지, 만다린인지, 유자인지 정확하게 말해달라고 했다. 푸르바가 난감한 표정을 지으며 상인에게 현지어로 묻자, 상인은 완을 보고 웃으며 대답했다.

"쑨달라."

한겨울 이 높은 산중에서 과일을 먹는 건 쉽지 않은 일이었다. 가격이 하룻밤 숙박료를 웃돌 정도로 비쌌지만 완은 잘 익은 것으로 다섯 개를 골랐다. 노란색이 기분을 그렇게 좋게 만드는지 전에는 몰랐던 사실이었다. 상인은 지게 멜빵 자국이 깊게 파인 어깨를 주무르며 내일 남체에서 더 비싸게 팔 거라고 덧붙였다. 고도에 따라서 가격이 달라지는데 특별히 2,000미터 가격으로 준다며 그는 누런 이를 드러내며 웃었다. 완은 고개를 숙이며 고맙다는 뜻의 현지어인 "단니바드"라고 인사했다.

산 중턱에서 배낭을 풀고 앉아 완은 푸르바에게 쑨달라 두 개를 주고 자신은 세 개를 가졌다. 쑨달라는 껍질과 알맹이가 따로 노는 '늙은 귤' 같았다. 두꺼운 종이 같은 껍질을 벗겨내고 주황색 알맹이 한쪽을 입에 넣으니 과피가 터지며 달고 신 과즙이 나왔다. 완과 푸르바는 동시에 마주보며 행복하게 웃었다. 목이 마르던 참이어서 그 맛이 그만이었다. 그리고 남은 것을 각자 가방에 넣었다. 갈 길이 먼 사람은 좋은 것을 확보하면 일단 챙기는 게 급선무였다.

완이 쑨달라 하나를 아껴서 다 먹었을 때, 몇 걸음 떨어진 곳에 개 한 마리가 눈에 들어왔다. 조르살레 공원 입구부터 따라온 흰둥이였다. 등뼈와 갈비뼈가 고스란히 드러날 정도로 비쩍 말라서 볼품이 없었다. 푸르바가 쑨달라 껍질을 던져줬으나 개는 코를 한 번 들이대더니 먹지 않고 완을 바라보았다. 그 먼 길을 따라왔다는 게 신기했다.

"세 시간이나 우리를 따라오다니. 너 집이 남체니?"

완이 개에게 묻자 푸르바가 말했다.

"저런 개는 떠돌이 개야."

완은 몇 걸음을 걸어가서 개의 목과 이마를 쓰다듬었다. 잘 먹지 못해서 몸피는 앙상하지만 코끝이 촉촉하고 눈이 맑았다. 완의 눈에 그 개는 떠돌이가 아니라 고결한 정신을 지닌 순례자 같았다. 아무 곳에나 똥오줌을 지리지 않았고 사방을 킁킁거리며 주워 먹을 것을 찾지도 않았다. 그저 완의 두세 걸음 뒤를 묵묵히 따라왔다. 이젠 사라졌겠지 싶어서 이따금 고개를 돌리면 멈춰 서서 물기 어린 눈으로 완을 바라보았다.

영리하거나 힘이 센 것들은 순례를 하지 않는 법이다. 그런 힘든 여정에 오르지 않아도 자신의 영토 안에서 충분히 잘 살기 때문이다. 밥벌이에 하루하루가 고단한 부류도 고행을 하지 않는다. 일상 자체가 고행이기 때문이다. 죄를 지어 추방당했거나 거룩한 정신적 부담을 가진 자만이 순례를 선택한다. 모든 개에게 불성(佛性)이 있는지는 모르겠으나 이 개는 불성이 있는 것 같았다.

완은 가방에서 쑨달라 하나를 꺼내서 껍질을 벗겨냈다. 그리고 알맹이를 쪼개어 개의 주둥이 앞에 내밀었다. 푸르바가 무슨 말을 하려는 듯 팔을 뻗었으나 벌써 개는 쑨달라를 삼키고 완의 손바닥을 핥았다. 다른 한쪽을 떼어 다시 개에게 주었다. 나머지를 다 먹고 완의 빈 손가락을 핥는 개의 혀는 따뜻하고 촉촉했다. 완은 이 개가 짖는 소리를 한 번도 듣지 못했다는 생각이 들었다.

"너는 왜 짖지 않니?"

완은 개의 여윈 목을 쓰다듬으며 물었다. 그러자 푸르바가 배낭을 짊어지며 대답했다.

"여기 개는 함부로 짖지 않아."

10

남체는 산중의 큰 마을이었다. 돌과 나무로 지은 낮은 건물들이 계단식으로 층을 이루어 거대한 말발굽 모양으로 배치되어 있었다. 대개의 집들은 흰 벽으로 외장을 하고 붉고 파란 지붕으로 마감해서 멀리서 보면 장난감 블록 마을처럼 보였다. 마을 옆과 뒤로 흰 눈을 뒤집어쓴 어마어마한 봉우리들이 보였다. 유독 웅장한 두 개의 봉우리 이름을 푸르바에게 묻자 하나는 '파리'이고 다른 하나는 '콩테가'라고 했다.

남체는 고산병이 본격적으로 시작되는 지점이었다. 남한 최고봉인 한라산의 고도가 1,950미터임을 상기하면, 해발 3,000미터가 넘는 환경은 처음 접하는 것이므로 스스로의 체력과 체질을 과신하는 것은 만용이었다. 완은 네 시간의 산행과 며칠째 잠을 제대로 못 이룬 탓인지 나른한 현기증을 느꼈다.

완과 푸르바가 짐을 푼 '아마다블람 로지'는 이십대의 세 자매가 산장을 지키고 있었다. 점심으로 토스트와 차를 간단히 먹은 뒤 완은 밖으로 나갔다. 산행에 필요한 물품을 구입할 수 있는 마지막 장소였다. 인터넷과 국제전화가 가능한 곳이 눈에 띄었다. 완은 잡화점에서 필름을 구입하고 싶었으나 너무 비싸서 포기하고 초모랑마산(産) 허브로 만든 티백 한 통을 샀다.

로지로 돌아오니 마당에서 레이와 니마가 빨랫줄을 네트 삼아 배드민턴을 치고 있었다. 막내 니마는 통통하고 귀여운 스타일인 반면 둘째 레이는 세 자매 중 제일 훤칠하고 영어도 유창했다. 조용하고 친절한 장녀 꾸마리에 비해 상당히 서구화된 여자였다. 부엌에서 꾸마리가 부르자 막내 니마가 들어가며 라켓을 완에게 건네주었다.

얼떨결에 라켓을 받아 들자 셔틀콕이 날아들어서 완은 그것을 공중으로 쳐올렸다. 3,440미터의 고원 남체의 푸른 하늘 위로 하얀 셔틀콕이 포물선을 그리며 날아다녔다. 떨어뜨리지 않고 열 번을 넘게 왕복하자 부엌 창밖으로 꾸마리와 니마가 고개를 내밀어 응원을 했다. 결국 레이가 실수로 콕을 떨어뜨리자 응원은 안타까운 탄성으로 바뀌었다. 레이는 게임을 해서 이긴 사람이 진 사람에게 '꿀밤 주기'를 하자고 했다.

고소 적응을 위해 걸음조차 천천히 옮겨야 하는 고원에서 완은 마당의 좌에서 우로, 앞에서 뒤로 숨을 헉헉대며 뛰어다녔다. 하지만 몸은 뜻대로 따라주지 않았다. 휘두른 라켓이 헛스윙일 경우가 잦았고 엉뚱한 방향으로 콕을 날려버리기 일쑤였다. 완이 기를 쓰고 뛰어가서 콕을 제대로 받지도 못하고 나동그라지자 꾸마리와 니마, 푸르바가 배꼽을 쥐고 웃음보를 터뜨렸다. 반면에 레이는 땀 한 방울 흘리지 않고 사뿐사뿐 스텝을 밟았다.

게임에서 진 완이 주저앉아 땀을 뻘뻘 흘리며 헐떡거리자 레이는 가까이 오라는 듯 검지를 까딱까딱 놀렸다. 할 수 없이 완은 레이 앞으로 걸어가 한 손으로 머리를 올려 이마를 내밀었다. 장거리 달리기를 한 것처럼 어질어질하면서 속이 울렁거렸다. 레이가 가운뎃손가락을 세게 튕기자 딱, 소리와 함께 눈앞에서 불이 번쩍했다. 세 자매와 푸르바는 박수를 치며 정신없이 웃어댔다. 레이가 완에게 한 마디를 했다.

"헤이, 웨이크 업!"

그 말은 왠지 '정신 차려!'보다는 '똑바로 못해!'라는 뜻으로 들렸다. 완은 저들과 함께 웃었으면 했으나 이상하게도 표정이 납처럼 굳어졌다. 배드민턴이란 게 적절히 주고받아야 재미가 있는데, 불현듯 자신의 주고받는 실력이 의외로 형편없다는 것을 확인했기 때문이었다.

저녁을 먹기 위해 식당에 앉았을 때, 완은 심한 어지러움을 느꼈다. 차오르던 숨은 제법 가라앉았으나 눈앞이 빙글빙글 돌아서 의자에서 곧 나동그라져 웃음거리가 될 것만 같았다. 메뉴판을 펼치고도 글씨가 눈에 들어오지 않아 망설이자 푸르바가 돼지고기를 추천했다. 이 산장 위로는 돼지고기를 맛보기 힘들다는 게 이유였다. 완은 '돼지고기와 볶음 배추 달밧'을 주문했다. 달밧은 밥과 국 그리고 반찬 몇 가지가 나오는, 백반에 해당하는 음식이었다.

달밧을 기다리는 동안 완은 컨디션이 몹시 좋지 않았다. 날이 저물고 기온이 급격하게 떨어지면서 몸이 오들오들 떨렸다. 헛구역질이 몇 번이나 올라오고 두통이 밀려왔다.

지난밤 잠을 설친 상태에서 고도를 630미터나 올리고, 그런 상황에서 배드민턴을 치느라 격렬히 뛰어다닌 탓인지도 몰랐다. 대개 이틀 정도 차분히 쉬며 고소 적응을 하는 남체에서 이런 일련의 일들이 겹친 까닭인지도 몰랐다.

궂은 안색으로 말없이 앉아 있는 완에게 푸르바는 나가서 무엇을 샀느냐고 물었다. 완은 필름을 사고 싶었으나 가격이 너무 비싸서 포기하고 티백을 200루피에 샀다고 말했다. 완이 티백 상자를 들어 보이자 꾸마리와 레이, 푸르바가 동시에 웃음을 터뜨렸다. 세 사람의 붉은 입속이 들여다보였다. 레이는 그 티백이 50루피도 안 된다고 했다. 완은 컨디션이 바닥으로 떨어지는 것을 느꼈다. 저녁이고 뭐고 바로 침실에 올라가 드러눕고만 싶었다.

바람이 거세지자 식당의 들창이 덜컹거렸다. 레이와 푸르바는 셰르파어로 즐겁게 수다를 떨었다. 막내 니마는 부엌에서 음식을 하는지 보이지 않았다. 꾸마리는 식당과 부엌을 오가며 이것저것을 지시했다. 완은 왠지 이런 우울하고 불쾌한 기분이 앞으로도 계속될 것만 같았다. 호텔 여사장의 만류가 떠오르고 지난 이틀간 다른 트레커들이 보이지 않은 점도 꺼림칙했다. 사십 분을 기다려도 음식은 나오지 않았으므로 몰려든 걱정은 꼬리에 꼬리를 물고 불어났다.

너무 성급히 초모랑마 산행을 결정한 것은 아닌지 하는 의구심이 서른 가지를 훌쩍 넘길 무렵, 테이블 위에 돼지고기 달밧이 차려졌다. 밥에서 따뜻한 김이 피어올랐다. 한 시간을 넘게 기다려 음식 냄새를 맡자 괜히 코끝이 찡해지며 눈물이 핑 돌았다. 손바닥 반절 크기로 두껍게 썬 돼지고기는 식욕을 크게 자극하지는 않았다. 까만 껍질과 두꺼운 비계가 혐오스럽게 여겨질 정도였다.

그러나 한입 베어 먹은 순간, 완은 말을 잊고 말았다. 부드러운 육질에 깊이 밴 짭짤하면서도 매운 소스가 입맛을 사로잡았다. 껍질은 쫄깃쫄깃해서 식감을 더했으며 두꺼운 비계는 고소했다. 우악스럽게 생긴 돼지고기가 그토록 맛있을 줄은 짐작조차 못 한 일이었다. 밥알은 고슬고슬했고 볶은 양배추는 상큼하게 아삭거렸다.

음식을 갖다 준 막내 니마는 곁에 서서 반응을 살폈다. 완은 밥을 먹다가 숟가락을 내려놓고 자리에서 일어나 지갑을 꺼냈다. 그리고 다정하게 20루피를 건넸다.

"니마, 이건 내 인생에서 최고로 맛있는 달밧이야."

완이 엄지를 치켜들자 니마는 부끄러운 듯 팁을 받았다.

푸르바와 꾸마리, 레이가 일제히 웃었다. 그 말은 사실이었다. 왜냐하면 완은 달밧을 난생처음 먹어봤기 때문이었다. 식사를 하는 동안 꾸마리는 난로에 톱밥을 계속 넣어줘서 분위기를 훈훈하게 만들었다. 레이가 약간 시니컬한 어조로 물었다.

"최고를 그렇게 쉽게 말하다니? 그러다가 이거보다 더 맛있는 달밧을 먹으면 어쩌시려고?"

레이는 어깃장을 놓는 게 분명했다. 한결 기분이 나아진 완은 음식을 꼭꼭 씹으며 말했다.

"이거보다 더 맛있는 달밧은 없을 거야."

"더 맛있는 달밧이 있다면?"

"그건 뭐…… 최고의 맛을 뒤엎는 달밧이겠지."

푸르바와 꾸마리가 흥미로운 듯 서로를 마주 보았다. 레이는 '어라, 제법인데?' 하는 표정이었다. 네팔 여자에게서는 쉽게 발견할 수 없는 냉소적인 태도였다. 서양인을 자주 상대하다 보니 같은 동양인을 얕잡아보게 된 건지도 몰랐다.

"최고의 맛을 뒤엎는 달밧? 좋아, 그럼 그거보다 더 맛있는 달밧을 먹으면?"

의외로 집요했다. 사람에게 교묘히 무안을 주면서 재미를 느끼는 스타일의 여자였다. 완도 질 수는 없었다.

"그동안의 최고를 잊게 만드는 달밧."

대답을 하고 완이 웃자 모두 따라 웃었다. 고기를 씹으며 완은 그들과 시시껄렁한 농담을 주고받았다. 고산족들이 저 아래 평지로 내려가면 '저산병'에 걸리느냐 따위였는데, 식사 전의 우울함으로 돌아가지 않기 위한 방편이었다. 따뜻한 곳에서 음식을 먹으니 오한과 울렁거림이 사라지고 두통은 확연히 줄어들었다. 차를 마시고 나자 완은 몸에 힘이 돌며 의욕이 생겼다. 반드시 일정을 마치고 돌아오는 길에 이 산장에 들러 같은 메뉴를 먹어야겠다고 생각했다.

저녁 8시가 되어 2층의 방으로 올라가서 잠자리에 들 준비를 하는데, 노크 소리가 났다. 문을 열어주자 니마가 뜨거운 물주전자를 들어 보이며 말했다.

"따또빠니 가져왔어요."

완은 따또빠니를 주문하지 않았으므로 왜 이것을 가져왔는지 어리둥절했다. 니마가 웃으며 말했다.

"물병을 침낭 안에 넣고 자면 따뜻하게 잘 수 있어요."

"아, 그렇구나."

20루피의 팁이 가져온 친절이었다. 완은 물병에 뜨거운 물을 받고는 그것을 꼭 끌어안는 시늉을 했다. 올해 스물이 됐다는 니마가 순진한 얼굴로 풋, 하고 웃었다. 그런데 물을 따라주고도 니마는 문간에 서서 가지 않았다.

"아저씨, 여긴 뭐하러 왔어요?"

완은 어떻게 대꾸를 해야 할지 몰라서 상식적인 대답을 했다.

"트레킹을 하려고 왔지."

"그러니까 왜 트레킹을 하러 이 겨울에 이 먼 곳까지 왔냐고요?"

궁금한 게 많은 아이였다.

"그러게, 나도 여기 와보니까 그 이유를 까먹었어. 바보인가 봐!"

그러자 니마는 다시 풋, 웃음을 터뜨렸다. 그녀는 한 손에 뜨거운 주전자를 들고 문틀에 기대어 서서 가지 않았다. 옆모습을 보니 붉은 털실로 짠 스웨터를 입은 가슴이 봉긋했다. 어디선가 본 듯한 익숙한 모습이었다. 완은 배낭에서 초콜릿을 꺼내어 그녀에게 주었다. 니마는 주전자를 바닥에 내려놓고 초콜릿 봉지를 바로 뜯었다.

"니마, 여기 무지개가 뜨니?"

"무지개요?"

"응, 혹시 본 적 있어?"

"저기 파리부터 콩테가까지 이어진 커다란 무지개를 본 적이 있어요. 드물긴 하지만."

드물긴 하지만 볼 수 있다는 말에 완의 얼굴이 환해졌다. 니마가 바닥에서 주전자를 들며 물었다.

"참, 내일 아침은 몇 시에 뭘 먹을 건가요?"

"그야 물론 돼지고기 달밧."

완이 빠르게 대답하자 니마는 초콜릿을 먹다 말고 키득거렸다. 로지에서는 다음 날 아침 메뉴를 전날 저녁에 미리 물어서 손님이 원하는 시간에 준비했다.

"그건 아침에는 안 돼요."

"내일은 장터 구경을 가기로 했으니까 8시에 포리지를 먹을게."

니마는 손을 흔들고 잘 자라며 층계를 내려갔다. 완은 침낭 안에 따또빠니를 넣고 잠자리에 들었다. 왜 진작 이걸 몰랐을까, 후회가 들 만큼 온기가 훈훈했다. '따또빠니'란 '뜨거운 물'을 가리켰다. 그러니까 '따또'는 '따뜻한'이고 '빠니'는 '물'이었다. 아, 따또빠니, 따또빠니…… 완은 그 포근한 낱말을 중얼거리며 따또빠니를 품에 안고 잠이 들었다.

완은 어둠 속에서 눈을 떴다. 누군가 옆에 앉아 있는 듯한 기분이 들었다. 막상 고개를 돌리자 옆에는 아무도 없었다. 이곳이 어딘지를 아는데 어제보다는 짧은 시간이 걸렸다. 새벽 1시가 조금 넘었고 따또빠니는 미지근하게 식어 있었다. 침낭 안에서 애벌레처럼 한참을 꿈틀거리다가 완은 자리에서 일어나 불을 켰다.

방한복을 챙겨 입고는 침대 위에 지도를 펼쳤다. 지도는 무릎담요만 했다. 목적지는 5,364미터에 위치한 EBC였다. 직사각형 지도 좌하귀의 출발지점과 우상귀의 도착지점이 대각선 루트로 까마득하게 이어져 있었다. 그 거리를 보니 한숨과 함께 입김이 한 발이나 나왔다.

'늦었지만 유밍, 너와의 약속을 지킬 수 있을까? 이곳까지 오를 수 있을까?'

완은 중얼거렸다. 질문을 하면 답이 마련된다는 것을 완은 알고 있었다. 모든 질문은 답을 안고 있으므로 때로는 질문 자체가 답을 찾아가는 최선의 길이었다. 자신의 물음에 완은 대답했다.

'그럼, 오를 수 있지. 그 약속을 지켜야만 이 무거운 짐을 내려놓겠지.'

완은 손을 뻗어 지도의 현 지점을 검지 끝으로 짚었다. 그리고 중지를 내밀어 한 걸음을 내디뎠다. 그렇게 남체에서 가야 할 코스를 손가락 걸음으로 천천히 걸어갔다. 손끝은 탱보체(Tangboche, 3,867m)를 지나 팡보체(Pangboche, 4,252m)를 거쳐 딩보체(Dingboche, 4,350m)를 넘고 로부체(Lobuche, 4,930m)를 통과하여 고락 셉(Gorak shep, 5,170m)에 올라섰다. '체'는 셰르파어로 높은 산봉우리를 뜻했다. 붉은 선으로 이어진 트레킹 트레일을 짚어나가는 손끝이 시렸다. 칼라파타르(Kala Patthar, 5,550m)를 찍고 베이스캠프까지 스물네 걸음이 나왔다. 날씨가 어떻게 변할지 모르지만 앞으로 열흘가량 이 눈길을 헤쳐 나가야 했다.

새삼 완은 서울의 방을 떠올렸다. 따뜻한 물로 샤워를 하고 익숙한 침대에 눕는 그 일상이 간절했다. 서울에서 지낼 때에는 간혹 시드니가 그리웠다. 시드니에서는 히말라야를 꿈꿨었다. 그런데 막상 히말라야에 오자 서울로 돌아가고만 싶었다. 무슨 변덕이 이리도 심한지 알 수 없었다. 이곳에서는 저곳을 꿈꾸고 저곳에 닿는 순간 다른 어느 곳을 꿈꾸는 식이었다.

아침을 먹고 완과 푸르바는 배낭을 챙겨 마당으로 나왔다. 발아래 남체 마을이 한눈에 들어왔다. 날씨가 좋아서 어제는 보이지 않던 봉우리들까지 선명하게 보였다. 레이와 니마는 아침부터 배드민턴을 치고 있었다. 니마가 치자고 졸랐을 게 뻔했다. 라켓에 콕이 부딪치는 가벼운 탄성 사이로 자매의 웃음소리가 들렸다. 포물선을 그리며 파란 하늘로 솟구치는 하얀 셔틀콕은 작은 새 같았다.

고소 적응을 위해 대개는 남체에서 이틀을 쉬었으나 아침식사 전에 푸르바는 이동을 제안했다. 다음 경유지는 상나사(Sangnasa, 3,600m)인데, 구간이 짧고 고도가 남체와 160미터 차이여서 부담이 없다고 했다. 굳이 한 장소에서 이틀을 허비하지 말고 산책 삼아서 이동하자는 뜻이었다.

니마가 라켓을 든 채 완에게 다가와서 말했다.

"하루 더 있다 가요. 맛있는 달밧 해줄게. 이따 밤에 트럼프 게임도 하고."

"열흘 뒤에 다시 들를게. 맛있는 달밧 또 해줘."

니마는 아쉬운 표정을 지었다. 레이는 멀리 떨어져서 한 손을 이마에 붙여 그늘을 만들며 본척만척 서 있었다. 완은 그쪽으로 걸어가서 곧 다시 보자고 인사를 했다.

"배드민턴 연습 열심히 하고 있어. EBC 갔다가 내려와서 이겨줄게."

레이가 어이없다는 듯 피식 웃었다. 그리고 한마디를 하며 긴 손가락으로 꿀밤 먹이는 시늉을 했다.

"폭설 온다니까 정신이나 똑바로 차려!"

완은 손을 흔들어 두 자매에게 바이바이를 했다. 장녀 꾸마리는 부엌 창가에 서서 환한 얼굴로 손을 흔들었다. 완은 양손을 들어 꾸마리에게 화답했다. 그녀는 없는 듯하지만 주위를 돌아보면 늘 조용히 지켜보고 있었다.

완과 푸르바는 토요일마다 열리는 남체 시장을 둘러보았다. 이런 정기시장을 '하트'라고 부른다고 했다. 시간대를 잘못 선택한 것인지 사러 나온 사람보다 팔러 나온 사람이 더 많았다. 늘어놓은 겨울 옷가지와 이불들은 남루해 보였다. 달걀을 파는 여인이 찌그러진 쇠 항아리 안에서 달걀을 꺼내어 탑처럼 쌓았는데, 아찔한 높이까지 올려서 거의 곡예 수준이었다. 아침 햇살에 일제히 빛나는 은식기들은 눈이 부셨고 수십 가지의 향신료는 색이 고왔다.

완은 어제 티백을 살 때 바가지를 썼던 터라 필요한 물건의 구입을 푸르바에게 부탁했다. 두꺼운 양말을 네 켤레 사고, 쑨달라와 초콜릿, 비스킷 등의 비상식량을 샀다. 완은 푸르바에게 쑨달라의 반을 주었고 양말 두 켤레도 선물했다.

여기저기를 둘러보던 완의 발걸음이 문득 멈춘 곳은 정육 좌판이었다. 주둥이가 긴 돼지가 머리부터 다리까지 부위별로 크게 발라져 있었다. 고깃덩어리는 원래의 형태로 금방 짜 맞출 수 있을 정도로 모양이 생생하고 신선했다. 완이 유독 그것을 바라보자 푸르바가 말했다.

“고기 참 좋네. 세 자매가 늘 여기서 고기를 끊어 가거든. 그 집 돼지고기 달밧은 언제 먹어도 최고란 말이야.”

완은 고개를 끄덕였다. 그러나 완은 세 자매의 그 달밧 맛을 잊게 만드는 돼지고기 요리를 알고 있었다. 한때 맛있어서 행복했으나 지금은 기억으로 남아서 불행한……. 더는 지상에서 맛보기 힘든 그 음식 이름은 ‘함초이문지뉵’이었다.

스테인드글라스

11

유밍이 준비한 음식은 정성스럽고 맛이 훌륭했다. 홍합과 새우를 넣고 끓인 해물 수프, 아보카도 샐러드, 북경식 오리 요리인 '카오이'가 베란다의 야외 테이블로 차례차례 나왔다.

그녀가 사는 애시필드의 칼링포드 로드는 조용한 동네였다. 3층 유닛의 베란다 앞에는 아름드리 자카란다가 사방으로 가지를 늘어뜨려서 분위기가 아늑하고 그 속에 깃든 새들의 지저귐이 듣기 좋았다. 주위에 높은 건물이 없어서 마을의 붉은 지붕과 푸른 검트리의 우듬지가 조화롭게 보였다. 멀리서 산불이 일어난 듯 주황색 노을이 보랏빛 하늘을 물들이며 서서히 번져나갔다.

완은 저물녘의 풍경을 보며 음식을 먹다가 와인 잔을 들어 유밍과 건배를 했다. 잔이 부딪히며 투명한 소리를 냈다. 동시에 두 사람은 눈을 마주하며 웃었다. 웃지 않을 이유가 없었다. 한 학기를 무사히 마쳤고 더욱이 완은 낙제를 걱정했던 과목들에서 기대 이상의 점수를 받은 상황이었다. 이젠 방학이었다.

분석언어학 연구 과제물이 'HD' 등급을 받자 유밍은 그룹원 전부를 금요일 저녁 자신의 집으로 초대했다. 두 명의 다른 그룹원은 졸업을 앞둔 마지막 학기여서 이를 축하할 겸 조촐한 파티를 연 것이었다. 완이 괜찮은 와인 한 병을 사 들고 그녀의 유닛에 도착하자 두 학생은 보이지 않았다. 약속 시간에서 삼십 분쯤 지났을 때, 두 학생은 급한 일이 생겨서 참석이 어렵다며 미안하다는 문자메시지를 차례차례 보내왔다.

완은 유밍과 둘이서 저녁을 먹었다. 애피타이저로 먹은 해물 수프는 뜨겁고 시원했다. 양상추, 토마토를 곁들인 아보카도 샐러드는 달콤하면서 부드러웠다. 북경식 오리 요리인 카오이를 먹는 중에 완은 실실 웃음이 터져 나왔다. 육질이 쫀득쫀득하고 풍미가 그만이었다. 레드 와인과 잘 어울렸다.

마지막으로 돼지고기 야채볶음과 재스민 라이스가 나오자 완은 감탄하고 말았다. 고슬고슬하게 익힌 밥에서 올라오는 재스민 향을 완은 천천히 코로 들이마셨다. 유밍은 카오이를 빼고는 나머지 음식을 손수 만들었다고 했다.

높은 불에서 빠르게 요리한 돼지고기 야채볶음은 유밍과 도시락을 먹을 때 완이 가장 좋아하는 메뉴였다. 금방 한 것을 먹으니 그 맛이 일품이었다.

"어쩌면 이렇게 맛있을 수가 있지? 이건 도대체 이름이 뭐야?"

중국음식점에서 어떻게 말해야 이 음식을 주문할 수 있느냐고 묻자 유밍은 고개를 가로저었다. 음식점에는 없고 자신의 집에서만 해 먹는 음식이라고 했다. 유밍은 어머니로부터 배웠고 어머니는 그 어머니로부터 배운 것이라고 했다. 집에서 그냥 해 먹는 음식이기 때문에 특별한 이름이 없다는 말이었다. 완은 세상에 이름 없는 음식이 어디 있느냐며 집에서 부르는 이름을 묻자 유밍은 중국어로 발음했다.

"함초이문지뉵."

완은 그 발음과 성조를 잊지 않으려고 '함초이문지뉵'을 몇 번이나 말하며 유밍에게 발음을 확인했다. 함초이문지뉵은 완에게 이 세상에서 가장 맛있는 돼지고기 요리의 이름이었다. 시드니에서는 유밍 외에는 할 수 없는 것이었다.

와인 한 병을 비울 즈음에 둘은 함께 노래를 불렀다. 한국 동요 〈나비야〉였다. "노랑나비 흰나비 춤을 추며 오너라." 완이 양손을 펄럭이며 무용을 하자 유밍은 웃음을 터뜨렸다.

그동안 유밍은 완에게서 한국어를 배워 한글을 읽었고 간단한 회화를 구사했다. 하루 두 시간가량의 수업을 사흘 정도 하자 그녀는 어렵지 않게 한글을 읽었다. 언어적 재능을 타고난 사람이었다. 북경어와 광동어, 자신의 지역어인 하카리스뿐만 아니라 영어는 수준급이었고 독일어를 구사할 줄 알았다.

유밍은 완에게 한국 가요를 불러달라고 했다. 그녀는 여러 번 한국 가요를 부탁했지만 그동안 완이 부른 것은 겨우 동요 몇 곡이었다. 완은 저녁까지 잘 대접받은 마당에 그 청을 거절할 수가 없어서 유밍이 중국 가요를 부르면 부르겠다고 했다.

그녀가 먼저 〈예량따라 워디심(月亮代表我的心)〉을 불렀다. 유밍의 노래 솜씨는 의외였다. 목소리가 좋은 건 알았지만 음정과 박자뿐만 아니라 섬세한 울림이 있었다. 라디오에서 지나치듯 듣던 노래를 완은 눈앞에서 듣게 될 줄은 몰랐다. 저 달에 내 마음을 비춰본다니……. 부드럽게 치솟아 오르다가 가늘고 길게 떨어지고, 속삭이듯 깊고 여리게 흔들리는 가사의 어감이 중국어를 몰라도 충분히 전달됐다.

완은 자리에서 일어나 유재하의 〈그대 내 품에〉를 불렀다. 노래방에서 부르는 몇 안 되는 노래이고 사춘기 시절부터 자주 흥얼거리던 곡이었다. 그녀가 알아듣고 말고는 별로 중요하지 않았다. 완은 어느덧 거나하게 취하고 분위기에 젖어서 목청을 높였다.

만일 그대 내 곁을 떠난다면
끝까지 따르리 저 끝까지 따르리 내 사랑
그대 내 품에 안겨 눈을 감아요
그대 내 품에 안겨 사랑의 꿈 나눠요

노래가 끝나자 침묵이 이어졌다. 박수 소리도 없었다. 감았던 눈을 뜨자 해가 완전히 떨어져서 주위는 어둑어둑했다. 가만히 완의 얼굴을 바라보는 유밍의 눈동자가 반짝거렸다. 그녀는 곧 의자에서 벌떡 일어났다. 완은 무슨 의도치 않은 실수를 한 건 아닐까, 하는 걱정이 스쳤다. 고성방가로 신고가 들어갈지도 몰랐다. 유밍이 다가와 눈앞에 서자 완은 주춤거리며 뒤로 한 발을 뺐다.

완 앞에 선 유밍은 고개를 떨어뜨렸다. 마치 꾸중을 듣는 아이의 모양새였다. 이상한 상황이었다. 완은 베란다에서 실내로 들어가 전등을 켜야 할 것만 같았다. 유밍은 잠시 고개를 들어 완을 보고는 한숨을 푹 내쉬며 다시 시선을 떨어뜨렸다. 그녀가 취한 건 아닐까, 하는 생각이 들었다. 취했다면 이건 상당히 난해한 술주정이었다.

"저기…… 내가 노래를 너무 크게 불러서 컴플레인 들어오지 않을까?"

그녀는 얼굴을 들어 아무 말도 없이 완의 눈을 보았다. 그리고 한숨을 쉬며 고개를 또 바닥으로 떨어뜨렸다. 완은 한 발을 방 쪽으로 디디며 어정쩡한 자세로 그녀에게 물었다.

"저기…… 너무 어두운데…… 일단 전등을 켜야 하지 않을까?"

완이 묻자, 그녀는 눈을 들어 완의 얼굴을 보더니 중국말로 중얼거리고는 다시 목뼈가 부러진 듯 고개를 떨어뜨렸다.

"너무 어두워서 말이야. 마치 동굴처럼……."

완은 혼잣말을 하며 베란다에서 거실로 들어갔다. 걸음을 옮겨 전등 스위치에 손을 뻗는 순간, 빠른 기척과 함께 뒤에서 자신의 허리를 두 팔로 끌어당기는 강한 힘이 전해졌다. 얼마나 우악스럽게 안았는지 완은 비명을 지르며 뒷걸음질을 쳤다. 결국 완과 유밍은 거의 함께 넘어질 듯 뒷걸음질을 치다가 벽에 닿아서야 움직임을 멈췄다. 순식간의 일이었다. 유밍은 벽에 등을 대고 여전히 완의 허리를 꽉 끌어안았다. 완의 목덜미에 그녀의 거친 숨결이 닿았다 떨어졌다. 마치 싸움을 결사적으로 말리려는 사람이 뒤에서 포박한 자세였다.

"유밍, 왜 이래? 이것 좀 풀어봐!"

완은 숨 쉬기가 거북해서 팔을 풀어보려고 힘을 썼지만 그녀는 완강했다.

"일단 놓아봐! 숨을 쉴 수가 없다니까!"

완의 목소리는 애원조에 가까웠다. 그러자 유밍은 완의 등에 대고 중국말로 울부짖었다. 옷감을 타고 뜨거운 입김이 전해졌다. 이어서 그녀는 훌쩍훌쩍 울기 시작했다. 난감한 상황이었다.

잠시 후에 팔이 스르르 풀리자 완은 숨을 크게 들이쉬었다. 그녀는 울면서 다시 완을 뒤에서 끌어안았다. 무슨 이런 일이 다 벌어지나 싶었다. 완은 목소리 톤을 낮추어 말했다.

"알았어, 알았으니까, 이거 풀라고."

완은 천천히 그녀의 팔을 떼어내고는 뒤로 돌았다. 유밍을 이렇게 가까이 보기는 처음이었다. 막상 얼굴을 마주하자 심장이 얕게 뛰었다. 밖에서 들어오는 가로등 빛에 눈물이 고인 큰 눈과 낮게 솟은 광대뼈와 훌쩍이는 코와 섬세한 입술이 보였다. 유밍은 울음 섞인 음성으로 속삭이듯 물었다.

"완, 나 여기 만져도 돼?"

그러더니 천천히 손을 뻗었다. 손가락이 닿은 곳은 완의 눈썹이었다. 그녀는 검지 끝으로 완의 눈썹을 왼쪽에서 오른쪽으로, 오른쪽에서 왼쪽으로 쓰다듬었다. 그리고 엄지와 검지를 집게 삼아 눈썹을 뽑을 듯 잡아당겼다. 완이 찡그리며 아, 하는 신음을 지르자 유밍은 눈물이 고인 채로

까르르 웃었다. 완은 정말 뭐 이런 일이 다 있나, 하는 생각이 들었다.

곧 유밍은 완의 목을 힘껏 얼싸안았다. 그리고 뺨에 입을 맞추었다. 입술로 부드럽게 터치하는 키스가 아니라 마구잡이로 내리찍는 뽀뽀였다. 완은 머릿속으로 아, 이런 일도 벌어지는구나 싶었지만 한편으로는 점점 흥분이 되었다. 왠지 이래서는 안 될 것 같다는 기분이 들 무렵, 유밍이 완의 귀에 대고 속삭였다.

"완, 나는 네가 정말 좋아."

완은 고개를 들고 양팔로 천천히 그녀의 어깨를 밀어 한 걸음 떨어졌다. 완의 반응에 놀란 듯 유밍은 눈을 크게 뜨고 물었다.

"너도 나를 좋아하니?"

완은 시선을 돌리며 가라앉은 목소리로 이젠 가봐야 한다고 말했다. 맛있는 저녁식사를 대접해줘서 고맙다는 인사도 덧붙였다.

"왜 벌써? 좀 더 있다 가."

"중요한 일이 있어서. 곧 기차도 끊기고. 또 보자."

완이 문 쪽으로 걸어가자 유밍은 유닛의 현관문을 막아

섰다. 그녀는 자신이 무엇을 잘못했는지 물었으나 완은 고개를 가로젓고는 조용히 문을 열고 밖으로 나갔다.

십 분쯤 걸어서 애시필드 역사 안으로 들어설 때, 완은 누군가 자신을 부르는 소리를 들었다. 돌아보니 길 건너 어둠 속에서 유밍이 뛰어오고 있었다. 이윽고 완 앞으로 달려온 유밍은 허리를 숙인 채 옆구리를 쥐고 턱 끝에 찬 숨을 몰아쉬었다. 현관 앞에서 한참을 그렇게 서 있다가 급히 달려왔는지 실내용 슬리퍼 앞으로 반 이상 빠져나온 발에는 흙이 잔뜩 묻어 있었다. 멀리서 기차가 역으로 진입하는 소리가 들렸다. 완은 서둘러 플랫폼으로 올라가야 했다. 유밍은 숨을 고르며 옆구리를 쥐던 손을 뻗어 완의 팔을 아프게 붙잡았다.

"완, 가지 마. 같이 있어줘!"

어떻게 해야 할지 갈피를 잡을 수 없을 만큼 완의 심장이 쿵쾅거렸다. 그러나 차마 고개를 끄덕일 수가 없었다.

"미안해, 유밍."

"너도 다른 애들처럼 나를 우습게 아는 거야? 내가 너에게 뭐 잘못했니?"

"그건 아니야."

"그럼 도대체 왜?"

"걱정 마. 또 볼 수 있잖아. 전화할게!"

완은 자신의 팔을 붙잡은 그녀의 손을 떼어내고는 플랫폼으로 뛰어올라갔다. 문이 닫히려는 기차에 간신히 올라타서는 숨을 길게 내뱉었다.

12

빅토리아 공원을 걷다가 블루검트리 아래에서 유밍이 물었다. 그녀의 목소리에는 의문과 걱정, 실망과 우울의 감정이 복합적으로 녹아 있었다. 애시필드의 파티가 지나고 일주일 만이었다. 완은 여전히 대답할 수가 없었다. 두 사람의 손에는 진한 블랙커피가 들려 있었다.

"왜 가야만 했어?"

이번 학기 완은 유밍이 전 과목에서 'HD' 등급을 받았다는 것을 알고 있었다. 'HD' 등급은 담당 교수가 학생의 페이퍼에서 배울 점을 발견할 때나 주는 최고점이었다. 지난 학기에도 유밍은 전 과목에서 같은 점수를 받았다. 유학생과 현지 학생을 통틀어 유례없는 일이었다. 유밍은 언어학

과에서 천재로 취급받았지만 가까이서 지낸 완의 눈에는 불균형적인 인물로 보였다.

그녀는 잔잔하고 소소한 일상에서는 행복과 재미를 찾지 못하고 대개 불안하거나 우울했다. 그런 자신의 내부적 결핍을 외부에서 찾아서 메우려는 경향이 강했으며 그것은 늘 극단적 성취의 형태로 나타났다. 집착적으로 한 군데에만 모든 에너지를 불사르는 스타일이었다. 마치 찰랑찰랑한 뜨거운 물을 품에 안고 언제 엎어질지 모를 아이를 볼 때처럼 위태위태했다. 완은 유밍이 남녀 관계에서도 그런 자세를 취할까 염려스러웠다. 사귄다고 해도 오래갈 수 없을 것 같았다.

"그날 밤 너를 못 잡은 걸 내내 후회했어."

쿼드랭글 빌딩의 파이프오르간을 함께 듣던 날 이후 유밍이 이성의 감정을 키우고 있는지 완은 전혀 눈치채지 못했고, 무엇보다 애시필드에서 그런 일이 일어날 줄은 예상하지 못했다. 공원을 세 바퀴 돌았을 때, 물오리가 자맥질하는 호수의 나무 난간에 기대어 유밍이 말했다. 완은 유밍의 눈을 바라봤다. 유밍도 완의 얼굴을 마주 봤다.

"완, 일주일이나 지났잖아. 이젠 대답해줘. 왜 그렇게 갔는지."

완은 롱 블랙커피를 끝까지 들이켰다. 식어버린 커피는 타르처럼 썼다. 고백을 듣고 나서, 완은 한편으로 자신에게 아직 두 학기가 남았다는 점을 상기했다. 섣부른 대답으로 관계가 멀어지기를 원하지 않았다. 유밍의 그런 감정을 안전하게 떼어내면서 이전의 관계를 유지하는 묘안을 당시엔 떠올릴 수가 없었다.

"미안해, 어떻게 해야 할지 몰라서 갔어. 네 감정과 고백을 어떻게 해석해야 좋을지 몰라서 그랬어."

"그런 건 해석하거나 분석하는 게 아니잖아."

"네 말이 맞아. 미안해, 유밍."

그녀는 호수로 시선을 돌렸다. 그리고 오랫동안 물오리 떼를 바라보았다. 호수 위에 두 사람의 그림자가 길게 드리워졌다. 날이 저물어 그림자가 희미해질 무렵 유밍은 커피를 천천히 끝까지 들이켰다.

둘은 공원을 빠져나와 쿼드랭글 빌딩 안을 걸었다. 방학 직후라 학생들이 거의 보이지 않았다. 중세풍의 사각 회랑 안에는 둘밖에 없었다. 아직도 교칙에는 갑옷을 입은 자가 요청할 경우 학교는 맥주 혹은 와인을 제공할 의무 조항이 남아 있다고 했다. 날이 저물자 파이프오르간 소리가 여지없이 흘러나왔다. 작은 램프가 켜진 회랑을 걷고 나서 유밍은 낮은 음성으로 말했다.

"완, 나는 이 건물, 이 음악, 이 바람 냄새를 잊지 못할 것 같아. 그리고 지금 이 모든 것을 잊지 못하는 큰 이유는……."

유밍은 완을 향해 마주 섰다. 그녀는 큰 눈으로 그를 담을 듯 바라보며 또렷하게 말했다.

"네가 함께 있어서야."

완은 잠깐 어찌할 바를 몰랐다. 분명한 건 이 고요한 회랑에서 한 사람을 남겨두고 도망칠 수는 없었다. 완은 한 손을 가슴에 올리고 고개를 숙이며 발 하나를 뒤로 빼는 중세풍의 인사를 했다.

마치 연극을 하는 듯한 그 행동에 갑자기 유밍의 얼굴이 환해졌다.

"시간이 벌써 이렇게 됐네? 배고프지 않니? 난 배고픈데."

완은 가슴에 올린 손바닥을 배로 옮겨 짚으며 허기가 진다는 표정을 지었다. 거지와 군인과 유학생의 공통점은 늘 배가 고프다는 점이었다. 유밍은 고개를 끄덕이더니 경쾌하게 앞서 걸어갔다.

"그럼 따라와."

결국 유밍을 따라서 도착한 곳은 그녀의 유닛이었다. 유밍은 완을 식탁에 앉히더니 VB 맥주 한 병과 견과류가 담긴 작은 접시를 내왔다. 그리고 본인은 팔을 걷어붙인 후 쌀을 씻어 밥을 짓고, 깊고 둥근 프라이팬에 기름을 둘렀다. 완은 쌉쌀한 맥주를 마시며 요리를 하는 유밍을 바라보았다. 도마 위에서 칼질하는 소리, 수프가 끓는 소리, 밥이 익으며 증기가 빠지는 소리, 불판에서 고기와 채소를 볶는 소리 등이 냄새와 어우러져 완을 행복하게 만들었다.

유밍이 서둘러 차린 음식은 국물 한 가지와 함초이문지늒이 전부였다. 그런데도 와인과 함께 마시니 특급 레스토랑이 부럽지 않을 만큼 맛이 좋고 기운을 충만하게 했다. 별 얘기가 아닌데도 완은 괜히 즐거웠다. 대화의 끝에서 유밍이 속삭였다.

"완, 나는 너를 사랑해. 진심이야."

완은 고개를 숙였다. 그녀의 진심을 의심하는 것이 아니라 그 말에 대한 자신의 태도를 분명히 밝히지 못하는 것이 난감했다. 유밍은 이어서 말했다.

"해석하거나 분석하지 마. 키스해줄 수 있어?"

완은 그녀의 눈을 바라보았다. 유밍도 완의 얼굴을 마주 봤다. 완은 사람의 생체 연령과는 별개인 '눈빛 나이'를 알고 있었다. 눈빛 나이는 목소리와 더불어 완이 매력을 느끼는 지점이었다. 눈은 아름다운데 눈빛 나이는 철부지인 사람들도 많았다. 그 순간, 유밍의 눈빛은 완의 눈을 뚫고 들어와 영혼과 마음을 훤히 들여다보는 듯 했다. 완은 그녀의 입술 끝에 가볍게 입술을 댔다가 뗐다.

"난 있잖아, 너의 숨 냄새가 좋아. 너의 숨 냄새는 달콤해."

유밍은 완의 팔을 쥐고는 한 번 더 키스해줄 수 있느냐고 속삭였다. 완이 천천히 다가가 입술을 대자 유밍은 두 팔로 완의 뒤통수를 억세게 끌어안았다. 그리고 완의 입술을 깨뜨릴 듯 밀어붙이며 필사적으로 매달렸다. 와인 잔이 쓰러지며 테이블 위로 붉은 포도주가 흘렀다. 완은 속으로 참, 이게 어찌 된 일이지, 하면서도 이상하게 몸이 뜨거워졌다.

그날 완은 유밍의 방에서 밤을 보냈다. 짐작과 달리 유밍과 함께 일으키는 진동의 느낌을 완은 즐겼다. 유밍은 완을 새벽까지 간절한 마음으로 끌어안았다. 숨 냄새가 좋다며 자신의 코를 완의 코밑에 대고 한동안 숨을 쉬기도 했다.

이후로 완은 유밍의 유닛에서 자주 저녁을 먹었다. 메뉴가 크게 바뀌지는 않았지만 유밍이 요리에 집중하는 모습, 접시에 정성껏 담아내는 동작, 맛있는 것을 완 앞으로 밀어주는 손짓, 뜨거울 때 얼른 먹으라는 다정한 음성, 웃으며 바라보는 눈동자 등이 완을 차츰차츰 사로잡았다.

유밍의 식탁은 완에게 안식처였다. 그녀가 해주는 것은 간단한 달걀 프라이도 맛이 달랐다. 어떤 이들에게 가장 낮은 수준의 쾌락인 식욕을 완은 가장 높은 수준의 심리 치유로 여겼다. 그녀의 음식을 먹으며 완은 풀리지 않는 과제, 경쟁 스트레스, 학점의 불안 등을 잊었다. 또한 둘에게 식탁은 연구 과제의 방향을 논의하는 심포지엄 테이블이자 침대로 건너가기 위한 징검다리였다.

13

페리는 맨리 비치(Manly Beach)를 향해 미끄러지듯 날았다. 유밍은 완의 농담에 자주 웃었다. 날씨는 화창하고 바람은 시원했다. 구름은 더할 나위 없이 아름다웠다. 완은 중학 시절 헤르만 헤세의 시집을 읽다가 헤세가 구름을 사랑했다는 해설을 보고는 이 무슨 뜬구름 잡는 소리일까, 하는 의문을 가진 적이 있었다. 연인이나 친구도 아니고 부모님 혹은 처자식도 아니고 겨우 구름이라니……. 그러나 눈앞의 바다 위로 피어난 풍성한 구름을 보니 헤세가 사랑한 이유를 충분히 알 만했다.

완은 양쪽 검지로 귀를 막고 양 볼에 바람을 잔뜩 넣어 우스꽝스러운 표정을 만들었다. 유밍은 두 팔로 완의 목을 있는 힘껏 끌어안았다. 승객들이 힐끗힐끗 쳐다보자 유밍은 팔을 풀더니 완의 어깨에 머리를 기댔다. 하늘은 높고 푸르고, 바람은 시원하고, 페리는 포말을 일으키며 빠르게 물살을 갈랐다. 선실의 스피커에서는 한없이 맑고 경쾌한 오카리나 선율이 흘러나왔다. 서로 알고 지낸 지 거의 1년 만의 외유였다.

그런데 유밍의 웃음은 어느 순간 흐느낌으로 바뀌었다. 완의 어깨에 머리를 기댄 채 그녀는 가슴을 들먹이며 훌쩍였다. 영문을 모르는 완이 고개를 틀어 바라보자 그녀의 뺨으로 눈물이 흘러내렸다. 왜 우느냐고 묻자 그녀는 고개를 도리도리 젓고는 얼굴을 완의 목과 어깨 사이로 깊이 묻었다. 완은 유밍의 귀에 대고 속삭였다.

"울다가 웃으면 거기에 털 난다."

그러자 그녀는 눈가의 물기를 닦으며 또 키득키득 웃었다.

유밍은 자꾸 바다로 들어오라고 했다. 완은 몇 번이나 손사래를 쳤다. 그녀는 작은 고래 같았다. 수영을 굉장히 잘할 뿐만 아니라 물에서 노는 것을 즐거워했다. 유밍은 팔다리를 자유자재로 놀려 물 위에 떴다 가라앉았다를 반복하더니 물속으로 깊이 들어갔다.

물의 표면이 한동안 조용했다. 그녀가 너무 오래 보이지 않자 비스듬히 누워서 책을 읽던 완은 자리에서 일어났다. 한참 후에 겁이 덜컥 나고 발을 동동 구를 정도가 되어서야 그녀는 물 밖으로 나와 긴 숨을 쉬었다.

유밍은 완에게 다급하게 바다로 들어오라고 했다. 어쩔 수 없이 완은 물안경을 쓰고 바닷물에 몸을 담갔다. 생각보다 물은 차가웠다. 머리를 내놓고 서툰 평영으로 그녀에게 헤엄쳐 갔다. 발이 닿지 않는 곳에 이르자 유밍은 놀라운 발견이라도 한 듯 재촉했다.

"저 밑에 아름다운 곳이 있어. 가자!"

"저 밑에?"

"응, 저 깊은 곳에."

완은 저 밑이건 깊은 곳이건 가고 싶은 엄두가 나지 않았다. 물이 차갑고 벌써부터 숨이 차서 밖으로 나가고만 싶었다. 그래서 해변으로 몸을 돌리며 말했다.

"그래, 저 깊고 아름다운 곳은 너 혼자 가도 돼."

유밍이 완의 한쪽 발목을 빠르게 낚아채 뒤로 잡아당겼다. 완은 허우적거리다가 힘도 못 쓰고 그녀에게 끌려갔다.

"완, 나를 믿어. 저기 갔다 오면 세상이 달라 보일 거야."

못 믿겠다는 듯 완은 고개를 절레절레 저었다. 입술이 덜덜 떨려왔다. 유밍은 완의 손을 잡았다. 그리고 자신을 따라 하라는 듯 입을 크게 벌려 숨을 깊게 들이마셨다. 그녀의 양 볼이 복어처럼 볼록해지는 것을 보고 완은 웃었다. 유밍의 재촉에 완도 입을 크게 벌려 볼이 빵빵해지도록 숨을 들이마셨다.

그러자 그녀는 완의 손을 잡고 바닷속으로 잠수했다. 햇빛이 들어와 물 밑은 환했다. 태평양의 물고기 떼들이 방향을 틀어 어디론가 몰려갔다. 완은 유밍이 이끄는 쪽으로 팔다리를 휘저으며 눈을 크게 떴다. 언덕과 높은 바위와 해초가 무성한 골짜기와 분지가 보였다.

'저곳이야.'

유밍은 손끝으로 어딘가를 가리키며 다리를 부드럽게 너울거렸다. 대충 보기에도 상당히 깊은 곳이었다. 빛이 닿지 않아서 짙푸른 색이 돌았다. 완은 가기 싫다는 뜻으로 손사래를 쳤다. 유밍도 마주 보면서 똑같이 손사래를 쳤다.

'걱정 마. 천천히 헤엄쳐 가면 돼.'

'가기 싫다니까. 무서워. 숨이 끊긴다고!'

완은 손날을 세워 목을 그으며 숨이 곧 다할 것 같다는 사인을 보냈다. 그녀는 완을 잡은 손에 힘을 주고 천천히 밑으로 이동했다. 두 사람은 리듬에 맞춰 스트로크를 하며 바다의 깊은 협곡으로 헤엄쳤다. 그리고 바위를 붙잡고 천천히 내려갔다. 누군가 빗질을 가지런히 해놓은 듯 곱고 깨끗한 모래가 평평하게 깔려 있었다.

완은 한 손으로 유밍의 손을 잡고 다른 한 손으로는 바위를 잡고 그곳에 두 발을 디뎠다. 아무 소리도 들리지 않았다. 숨이 차지도 않았다. 유밍이 물안경 너머로 웃으며 엄지를 치켜세웠다. 그녀의 입에서 진주알 같은 은색 기포가 또르륵 밀려나왔다.

유밍과 완은 그곳에 엉덩이를 대고 앉았다. 완이 코에서 은색 기포를 밀어내며 웃자 유밍은 이렇게 말하는 듯했다.

'조급해하지 말고 천천히 깊이 들어가면 이렇게 바닥에 닿을 수 있어. 겁먹지 마. 네가 가고 싶은 곳에 닿을 수 있어. 알았지?'

완은 고개를 끄덕였다. 유밍의 머리카락이 위로 뻗어 수초처럼 좌우로 흔들거렸다. 바닥에는 조금 전 누군가 다녀간 듯 깊은 발자국 하나가 보였다. 바닷속 어디선가 미풍이 불어왔다. 호기심이 많은 황금빛 줄돔 한 마리가 꼬리지느러미를 나풀나풀 흔들며 완과 유밍 사이를 천천히 지나갔다. 완은 유밍의 입술에 입을 맞추었다.

'이건 해저 키스야!'

유밍의 입에서 굵고 큰 은색 구슬이 한꺼번에 쏟아졌다. 둘은 손을 마주 잡으며 고개를 끄덕임과 동시에 바닥을 힘껏 차올랐다. 저 높이 빛이 환한 곳으로 팔다리를 놀리며 올라갔다. 그리고 파란 물 표면을 찢으며 대기 중으로 솟구쳐 올랐다.

"아, 세상이 다르게 보여!"

완은 입을 크게 벌리고 숨을 몰아쉬며 소리쳤다. 유밍도 숨을 고르며 소리쳤다.

"그건 네가 저 깊은 곳에 닿았기 때문이야!"

"깊은 곳?"

"그래, 깊은 곳에 닿으면 세상이 달리 보인다고 내가 말했잖아."

완은 유밍의 허리를 덥석 끌어안았다.

"네 깊은 곳에도 닿고 싶어."

유밍은 "오, 이런, 맙소사!"라고 외치며 완의 머리를 물속 깊이 밀어 넣었다. 물을 먹은 완이 콜록거리며 머리를 다시 빼내자 그녀는 웃으며 해변을 향해 헤엄쳐 갔다.

14

시내로 돌아가는 페리를 타기 위해 선착장으로 갈 무렵 비가 쏟아졌다. 시드니에서는 비를 맞는 사람들을 '스뚜피드(멍청이)'라고 불렀다. 그만큼 물뿌리개를 뿌리듯 자주 비가 내렸고 처마 밑에서 그으면 금방 그쳤다. 그러면 도시는 샤워를 한 듯 깨끗해졌다. 완은 유밍의 손을 잡고 근방의 오래된 교회 안으로 들어갔다. 행인과 관광객 몇 명이 함께 따라 들어왔다.

예배당에 앉아 십 분쯤 쉬는 동안 날이 개었다. 언제 그랬냐는 듯 시드니의 강렬한 여름 햇살이 스테인드글라스를 통과하며 예배실에 무지갯빛 광채를 만들었다. 그 광채는 숭고하고 신성하며 창연하게 보였다. 완은 두 손을 모으고 기도했다.

그녀와 관계를 맺는 것이 죄가 되지 않게 해달라는 것과 이 관계가 그녀를 행복하게 만들기를 소망한다는 것과 설령 헤어져서 그녀가 다른 남자와 사랑에 빠져도 괴로워하지 않게 해달라고 빌었다. 지극히 이기적이고 유치하다고 누군가 손가락질을 해도 완은 그렇게 기도할 수밖에 없다고 기도했다.

성직자의 인솔하에 한 무리의 사람들이 예배당 안으로 들어왔다. 성직자는 교회의 이곳저곳을 탐방단에게 설명하는 중이었다. 완과 유밍도 자리에서 일어나 그들 무리에 끼어들었다. 스테인드글라스를 손으로 가리키던 성직자의 말 중 유독 몇 마디가 귀에 선명하게 들렸다.

"750도의 고열에서 하루 24시간 꼬박 열을 가해야 합니다. 그런 열기를 견뎌야만 이렇게 진실하고 아름다운 스테인드글라스가 만들어집니다."

완과 유밍도 고개를 한껏 뒤로 꺾고 스테인드글라스를

바라보았다. 단순한 유리가 예술품으로 그 형질을 변화시키려면 750도의 고열과 24시간의 통증이 필요했다. 그것이 적당히 색을 머금고 적당히 빛을 투과시키며 적당히 강도를 유지하는 데 요구되는 알고리즘이었다. 이상하게도 아름다움은 항상 고열과 통증의 끝에 있었다.

교회를 나와서 선착장으로 향한 포석을 밟으며 완이 물었다. 물청소를 끝낸 듯 대기는 투명하고 거리는 깨끗했다.

"왜 진실과 아름다움은 시련을 통해서만 드러나는 걸까? 순서를 보면 고통이 먼저고 아름다움은 그다음이야. 왜 아름다움이 먼저가 아니라 고통이 먼저일까?"

"고통이 먼저고 아름다움이 나중이니까 그나마 고통을 견딜 수 있겠지. 만약에 아름다움이 먼저면 곧 다가올 고통의 두려움 때문에 그 아름다움을 아름다움으로 느끼지 못하잖아. 그러니까 그 순서가 맞는 거야."

유밍의 대답에 완은 고개를 끄덕였다. 그러고 보니 모든 도약에는 발판이 필요한 법이었다. 진화를 위한 필요조건이 결핍이듯, 고열과 통증은 아름다움으로 도약하기 위한 필요이자 발판인 셈이었다. 그러자 완의 궁금증은 다시 처음으로 돌아갔다. 왜 하필 아름다움의 발판이자 필요조건은 고열과 통증일까, 하는 것이었다. 그 순간 유밍이 시선을 멀리 던지며 탄성을 질렀다.

"완, 저기 봐!"

그녀의 손끝에는 무지개가 걸려 있었다. 완이 태어나서 본 것 중에서 가장 크고 색이 선명한 무지개였다. 비현실적으로 여겨질 만큼 아주 가까이에 걸려 있었다. 완은 유밍에게 동화 한 편을 이야기했다. 무지개의 끝을 찾아 나선 소년이 오랜 세월 헤맨 끝에 자신의 꿈을 버리자 순간 백발노인으로 변했다는 내용이었다. 생각에 잠긴 듯 유밍이 물었다.

"아, 그럼 저 무지개가 끝나는 곳은 어디일까?"

완은 감상적으로 과장되게 대꾸했다. 서로가 뻔히 아는 시드니의 동네를 얘기하기엔 재미가 없었다. 그 동네에 간다고 한들 무지개의 끝을 볼 수 있는 것도 아니었다.

"이곳이 남반구의 바닷가니까 북반구의 높은 산 어디쯤이 아닐까?"

"북반구의 높은 산이라면? 히말라야?"

"그렇지, 히말라야에서도 에베레스트 정도 되겠지."

"거기 가면 세상이 다르게 보이겠지?"

"아마도."

그러자 유밍은 완의 걸음을 막아서더니 그를 올려다보며 말했다. 그녀는 벌써 에베레스트를 꿈꾸는 듯 상기된 표정이었다.

"완, 우리 함께 가!"

"어, 어디? 에이…… 설마?"

완의 턱 밑에서 유밍이 눈을 크게 뜨고 고개를 끄덕이며 졸랐다.

"나 전부터 그런 높은 곳에 가보고 싶었어! 완, 우리 꼭 함께 가!"

완은 추위를 싫어할뿐더러 고생스럽게 그런 설산을 가고 싶지는 않았다. 하지만 간절히 말하는 그녀 앞에서 당장 거부할 필요는 없어서 고개를 끄덕였다. 그러자 유밍은 새끼손가락을 그의 코앞에 내밀었다.

"지금 약속한 거야. 절대 약속! 잊지 않을 거야!"

유밍의 손가락에 완은 손가락을 걸었다. 그녀는 발을 구르며 환호성을 질렀다. 전 과목 최고 점수를 받을 때도 못 보던 반응이었다.

페리가 서큘러키에 닿을 동안 유밍은 에베레스트에 갈 적정 시기를 꼽았다. 기차를 타고 애시필드로 가는 동안에는 필요 사항을 꼽았다. 상당히 빠른 행동이었다. 곧 적정 시기와 필요 사항은 '완이 준비되는 대로'로 귀결되었다. 유밍은 언제든지 좋다는 뜻이었다. 완은 그렇게 얼버무리고는 마지못해 몇 번이나 새끼손가락을 걸었다.

유닛에 도착하자 해수욕을 마치고 돌아온 탓인지 온몸이 나른했다. 샤워를 마치고 방으로 들어온 유밍의 머릿결은 촉촉했다. 완은 무심한 척 유밍의 책상에 앉아 전공 서적의 책장을 들추고 있었지만 신경은 이미 코를 자극하는 향기에 빼앗긴 상태였다. 유밍은 포도가 담긴 쟁반을 책상 위에 올려놓았다.

완이 포도를 먹고 씨를 입안에서 솎아낼 때, 유밍이 키스를 했다. 완이 장난으로 씨앗을 유밍의 입속에 밀어 넣자 유밍은 씨앗을 오도독오도독 씹어 먹었다. 그렇게 몇 번을 더 해도 유밍은 완이 먹다 남은 껍질과 씨앗을 기분 좋게 꿀꺽 삼켰다. 그리고 완의 귀에 대고 속삭였다. 한국말이었다.

"나비!"

유밍의 입에서는 달콤한 포도 향이 났다. 뜨거운 입김이 귀에 닿자 완은 몸이 짜릿하면서 심장이 빨리 뛰었다. 완은 "앉았다"라고 대답하며 그녀를 끌어안았다. 그것은 둘 사이의 암호였다. "나비?" 하고 상대방이 물었을 때, "앉았다" 하면 성관계가 가능하다는 뜻이고, "날아갔다" 하면 불가능하다는 뜻이었다.

유밍은 완의 애무를 좋아했다. 완의 입술이 닿는 곳마다 몸을 떨었고 손길이 닿는 곳마다 몸을 뒤척였다. 세게 안으면 세게 안을수록 소리를 질렀고, 가볍게 안으면 얕은 신음을 뱉었다. 여자를 이렇게 성적으로 흥분시킬 만한 능력이 있는지 모른 채 살아온 완은 그녀를 애무하는 것만으로도 몸이 몇 배나 단단해졌다.

섹스를 할 때 유밍은 그야말로 나비 같았다. 완의 몸 아래에서는 팔랑팔랑했고 몸 위에서는 너울너울 춤을 추었다. 양팔과 양다리로 활개를 치며, 아래로는 꿀을 빨아 당기는 나비처럼 유밍은 자유로워 보였다. 그녀는 힘이 좋아서 쉽게 지치지도 않았다. 유밍이 그렇게 무아지경에서 자신을 탐닉하는 동안 완도 흥분했다. 그리고 둘은 매번 거의 동시에 절정에 닿았다.

급하게 손을 뻗은 완은 베드 테이블의 서랍을 열고 콘돔을 찾았다. 그러나 콘돔 박스는 비어 있었다. 완은 움직임을 멈추고 망설였다. 유밍의 임신이 두려워서 그는 콘돔을 끼고도 항상 밖에 사정했다. 유밍이 속삭였다.

"걱정 마, 오늘은 안전해!"

"정말?"

대답 대신 그녀는 다리를 들어 완의 허리를 끌어안았다. 완은 저항할 수 없는 힘에 빨려들듯 유밍의 깊은 곳으로 내려갔다. 서로의 몸이 뜨거워지자 그녀는 완의 어깨를 힘주어 끌어안으며 말했다.

"너의 아이를 낳을래."

"농담이지?"

농담이 아니라는 듯 유밍은 고개를 저었다. 완은 거칠게 유밍의 팔을 풀어내며 허리를 뒤로 힘껏 빼냈다.

"안 돼! 빼지 마! 빼지 마!"

유밍은 허벅지로 완의 허리가 끊어질 듯 조였다. 그리고 양손으로 완의 엉덩이를 움켜쥐어 안으로 끌어들였다. 완은 그 당기는 힘에 저항하며 엉덩이를 뒤로 뺐다. 끝까지 붙들고 늘어진 그녀의 하반신이 공중으로 떴다. 가까스로 몸을 빼낸 완은 신음하며 그녀의 배 위에 뜨겁고 탁한 액체를 쏟아냈다.

폭설

15

상나사로 가는 길은 산허리를 감고 나선형으로 돌아가며 완만히 높아졌다. 온화한 날씨에 장이 서는 날이어서 현지인들의 왕래가 많았고 푸르바는 만나는 사람들과 수다를 떨었다. 완은 몇 걸음 떨어져서 푸르바가 얘기를 끝낼 때까지 매번 기다렸다. 그것이 고산족들의 소통 방식이었다. 가옥 간의 통신 시설이 거의 없다 보니 오르내리는 사람에게 소식을 부탁하고 정보를 교환했다.

주고받는 건 정보뿐만이 아니었다. 푸르바의 짐은 외관상 보기에도 부피가 늘어나 있었다. 배달 업무를 맡았는지 곡식 자루와 설탕 포대 등의 생필품을 배낭 위아래에 동여매서 무게가 상당히 나가 보였다. 예고도 없이 아침에 이동을 결심한 것도 배달 때문인 듯했다. 푸르바는 유들유들하고 넉살이 좋았다.

"푸르바, 저 산 이름은 뭐야?"

완이 걷다가 물으면 그는 못 들은 척하고 그냥 걷는 경우가 많았다. 다시 물으면 그는 너무 쉽게 대답했다.

"몰라."

"여기서 나고 자란 가이드가 왜 이렇게 모르는 게 많지? 아까 저 아래 산 이름도 모른다고 했잖아."

핀잔을 주면 푸르바는 오히려 무뚝뚝하게 반응했다.

"네가 물어본 건 다 5,000미터가 안 되는 산이잖아?"

"그래서?"

"우린 5,000미터가 안 되는 건 이름이 없어."

뭐라고 할 말이 없는 대답이었다. 이어서 녀석은 이렇게 물었다.

"너희 나라에서 가장 높은 산은 몇 미터야?"

완은 한라산이 1,950미터라고 대답했다. 푸르바는 의아한 표정을 지었다.

"에이, 그건 그냥 언덕이지."

보통 입담이 아니었다. 처음 완이 골탕을 먹은 건 지도를 볼 때였다. 트레킹 루트를 점검하거나 유명한 봉우리에 대해서 물으면 녀석은 딴청을 피우기 일쑤였다.

"푸르바, 아마다블람은 어딨어?"

"탕보체 옆에."

"탕보체 옆? 탕보체는 어딨는데?"

"팡보체 아래."

"그럼 팡보체는 어딨는데?"

"거기 있잖아, 떵라 밑에."

뭐 하나를 찾으려면 완은 지도의 전후좌우 작은 글씨를 빙글빙글 살펴보느라 정신이 없었다. 이 정도가 되면 완도 슬며시 짜증이 치밀었다.

"떵라? 떵라는 어딨는데? 팡보체 위라고 말하면 화낼 거야!"

"이런, 아직도 못 찾았어? 촐라체 옆에 있잖아!"

녀석은 제가 먼저 신경질을 내기도 했다. 답답한 나머지 완이 손가락으로 지도의 지점을 찍으라고 하면 시력이 나빠서 볼 수가 없다며 눈을 딴 데로 돌렸다.

푸르바가 영어를 말할 줄만 알고 읽고 쓸 줄 모른다는 사실을 완은 며칠이 지나서야 눈치챌 수 있었다. 쿰부의 셰르파들은 대부분 아홉 살이나 열 살 때부터 포터(짐꾼)를 시작해서 거의 학교를 다니지 않는다는 말을 듣고 나서였다. 지도는 오직 그의 머릿속에만 있었다.

상나사의 산장에서 완은 하룻밤을 묵었다. 날씨가 풀린 탓인지 간밤에 그리 춥지 않아서 오랜만에 숙면을 취했다. 3,000미터 지점에서 이틀 정도 고소에 제대로 적응한 셈이었다. 아침 식사 전에는 아마다블람이 보이는 곳까지 산책을 다녀왔다. 눈발이 약하게 흩날렸다.

아침을 먹을 때 산장의 이웃 아주머니가 놀러 와서 뜻밖의 말을 전했다. 폭설로 풍기탱가와 탱보체로 가는 길이 막혔다는 소식이었다. 바로 완의 트레킹 경로였다. 손님은 완 혼자였다. 숟가락을 뜨다 말고 완은 푸르바에게 걱정스레 물었다.

“어떡하지?”

“걱정 마. 히말라야에서 길은 하나가 아니야. 다른 쪽으로 조금 돌아가면 돼.”

푸르바는 고민하는 기색 없이 노련하고 여유 있는 면모

를 보였다. 완은 그런 푸르바가 믿음직스러웠다.

아침을 먹고 완과 푸르바는 느린 걸음으로 포르체 탱가로 향하는 산길을 묵묵히 걸었다. 산길은 마을에서 마을로 실핏줄처럼 이어져 있었다. 그곳의 산장에서 점심을 먹으며 쉰다는 기대가 걸음을 가볍게 만들었다. 내리는 눈은 습기가 적고 가벼워서 땅에 닿자마자 녹아버렸다.

그러나 막상 경유지에 도착하자 산장의 문은 굳게 잠겨 있었다. 푸르바는 몇 바퀴를 돌며 산장지기의 이름을 소리쳐 불렀다. 한동안 사람이 드나든 흔적이 보이지 않았다. 한쪽 벽에는 'Phortse Thenga 3,680m, 12,056feet'라는 페인트 글씨가 벗겨져 있었다.

곧 쉴 수 있을 거라는 기대가 무너지자 다리는 더욱 무거웠다. 아마도 산장 주인은 폭설로 방문객이 없을 거라고 판단한 듯했다. 완은 할 수 없이 푸르바를 따라서 포르체(Phortse, 3,840m)로 걸음을 옮겼다.

수십 마리의 단페 떼가 모여 먹이를 찾는 게 보였다. 단페는 네팔의 국조로 꿩과 흡사해서 깃털이 화려하고 꼬리가 길었다. 자신의 머리만 숨기면 몸 전체를 숨겼다고 착각하는 꿩의 습성을 저 새도 가졌을지 의문이 들었다. 먹잇감을 구하러 아래로 내려온 걸 보면 위의 폭설 상황을 짐작할 만했다.

길은 내리막이 한 구간도 없는 오르막이었다. 눈은 쉼 없이 내렸지만 다행히 바람이 세지 않았다. 아침을 죽으로 때우고 점심을 먹지 않은 터라 끝없이 이어진 오르막길에 몸이 빨리 지쳤다. 완은 등에 멘 배낭을 그만 내던지고 싶었다. 푸르바도 힘에 부쳐 중간중간 앓는 소리를 냈다. 발목까지 빠지던 눈은 점차 정강이 위까지 올라왔다.

한 시간 이십 분 정도 걷자 아담한 시골 마을이 나왔다. 자작나무 숲에 둘러싸인 셰르파의 마을이었다. 이 지역은 강설량이 대단했던지 땅 위의 것들은 전부 눈에 소복이 덮여 있었다. 완은 몇 번이나 개울에 빠져서 양말에 스며든 물로 발이 시렸다. 젖은 등산화를 신고 허벅지까지 차오른 눈길에서 걸음을 옮길 때마다 욕설이 튀어나왔다.

완은 돌을 쌓아 만든 야크의 방목 울타리 위로 걸어갔다. 푸르바는 그 깊은 눈밭을 능숙하게 헤치고 나아갔다. 눈을 허옇게 뒤집어쓴 야크들이 눈구덩이에 주둥이를 파묻고 얼어붙은 여물을 씹어 먹고 있었다. 야크가 뿜어내는 뜨거운 입김이 연기를 피우듯 허옇게 피어올랐다.

산장으로 들어가는 길에 전통 복장을 한 노인을 만났다. 기골이 장대하고 혈색이 붉은 노인은 팔자(八字) 콧수염을 멋지게 기르고 러시아식 방한모를 쓰고 있었다. 허리춤에는 반달 모양의 칼인 쿠쿠리를 세 자루나 차고 있었다. 네팔 전사들이 한때 용맹으로 이름을 떨쳤다고 들었는데 노인의 풍모를 보니 짐작할 만했다.

"나마스떼!" 하고 완이 손을 모으며 인사하자, 그는 대답 대신 절도 넘치는 동작으로 손을 뻗어 완의 뒤를 가리켰다. 돌아보니 바로 코앞에 웅장한 쿰빌라 봉이 설연(雪煙)을 뽀얗게 피우며 마을을 굽어보고 있었다. 그것을 보자마자 완은 자리에서 뒤로 넘어질 뻔했다. 너무 가까이에서 한눈에 담을 수 없는 거인과 마주한 듯한 위압감이 들었다. 마치 누군가 이마에 날카로운 칼끝을 겨눈 것처럼 미간에 힘이 들어가고 어지러웠다.

완이 여장을 푼 '나마스테 로지'는 주인 내외와 대학생 딸이 운영하는 곳이었다. 주인아저씨는 50세가 훌쩍 넘어 보였는데, 한눈에도 거대한 체구의 강골이었다. 셰르파로 에베레스트 등정에 참여했던 사진이 액자에 담겨 걸려 있었다. 한국인은 한 번도 다녀가지 않은 곳이라 했고 투숙객은 완 외에 없었다.

완은 저녁으로 감자튀김과 볶음밥을 주문했다. 가장 빨리 되는 메뉴가 그것이었다. 점심도 굶고 눈길을 종일 걸은 터라 서둘러 음식이 나오기를 바랐지만 사십 분이 넘어서 무기력해질 즈음 저녁상이 차려졌다. 고도가 높아질수록 음식값은 비쌌지만 맛은 오히려 형편없었다. 저녁을 먹고는 야크 똥을 태우는 난로 주위에 둘러앉았다. 오후 4시가 넘자 사방이 캄캄했다.

푸르바는 익살꾼이었다. 두 시간가량을 쉬지도 않고 떠드는데 가족은 그의 말과 몸짓에 연신 웃음을 터뜨렸다. 카트만두에서 대학을 다니다가 방학을 맞아 귀향한 딸은 틈틈이 어른들의 말을 도왔다. 마치 우리의 옛 시골 풍경처럼 자식은 어른들의 대화를 들으며 세상을 배우고 분위기를 해치지 않는 범위에서 자기 의사를 밝히는 식이었다. 완은 그들의 말을 알아듣지 못하면서도 마치 그 가족의 일원처럼 자리를 차지했다. 따뜻한 난롯불에 끄덕끄덕 졸다가 한바탕 웃음소리가 나면 눈을 게슴츠레 뜨고 괜히 따라서 씩 웃었다.

간혹 고개를 돌리면 창밖으로 눈송이가 하염없이 사선으로 비껴서 쏟아졌다. 시계를 보던 주인아저씨가 어두운 표정으로 중얼거리며 방한복을 갖춰 입고 밖으로 나갔다. 삼십 분 후에 돌아온 아저씨는 모자와 어깨에 쌓인 눈을 털고는 혀를 차며 말했다. 폭설로 팡보체로 올라가는 길이 완전히 끊겼다는 소식이었다. 지금 팡보체와 페리체의 트레커들도 이틀 동안 꼼짝없이 갇혀 있다고 했다. 칼라파타르로 가려면 그 두 지점을 거쳐야 해서 EBC행이 막히는 순간이었다. 꾸벅꾸벅 졸던 완은 잠이 확 깬 얼굴로 물었다.

"그럼 언제쯤 길이 열리지요?"

딸이 통역을 하자 주인아저씨가 대답했다.

"일단 이 폭설이 그쳐야 알지."

"아니, 그럼 이 폭설이 언제 그치죠?"

딸이 다시 빠르게 통역하자 아저씨가 손가락으로 하늘을 가리키며 대답했다.

"그건 오직 신만이 아시지."

완은 어찌해야 할지를 몰랐다. 이제까지 시끄럽게 웃고 떠들던 푸르바도 입을 꾹 다물었다. 2층 객실로 돌아온 완은 그동안 피우지 않던 담배를 두 대나 연이어 피웠다. 네팔 입국 6일째였다. 이제 할 수 있는 일은 눈이 녹아 길이 열리기를 기다리든지 산을 내려가야만 했다.

새벽에 눈을 뜬 완은 침낭에서 몸을 빼냈다. 창밖에는 여전히 눈이 쏟아지고 있었다. 이대로 스스로의 약속을 접어 버릴 수는 없었다. 산장 주인과 푸르바가 엄살을 떠는 것일지도 몰랐다. 직접 눈으로 보거나 다른 산장 주인에게 물어본 뒤에 대기와 후퇴 둘 중 하나를 결정해야 했다. 이것이 지난밤 그가 뒤척이며 내린 결론이었다. 완은 방한복을 단단히 갖춰 입고 헤드램프를 켜고 2층 객실에서 1층으로 내려갔다.

완은 대문에 걸린 걸쇠를 풀었다. 다른 사람이 깨지 않도록 대문을 조심스럽게 밀었으나 문은 꿈쩍도 하지 않았다. 완이 자세를 낮추어 오른쪽 어깨로 힘껏 밀어내자 겨우 열린 틈으로 거센 눈보라가 쏟아져 들어왔다. 완은 눈을 질끈 감으며 바로 문을 닫았다. 짧은 순간이었지만 완이 확인한 건 가슴 아래까지 쌓인 눈이었다.

이튿날도 산장에서 꼼짝을 할 수가 없었다. 푸르바는 은근히 폭설을 즐기는 눈치였다. 아무 일도 하지 않으면서 일당이 올라가는 셈이었다. 녀석은 완 앞에 와서 얼쩡대다가 괜히 신경질적으로 "이런 염병할 날씨!"를 한마디씩 내뱉곤 했다. 그리고 완을 힐끗 보고는 주인 내외에게 가서는 웃으며 이야기를 나눴다.

달리 할 일이 없는 완은 담요를 어깨에 둘러쓰고 창가에 앉아서 긴 편지를 썼다. 눈은 완의 왼쪽 어깨 너머로 함박눈에서 가루눈으로 바뀌어 내렸다. 주위는 온통 잿빛이었다. 뜨거운 밀크티에 설탕을 넣어 몇 잔씩 마시며 완은 폭설과 설원의 풍경에 대해 묘사했다. 물론 길이 끊겨서 어찌할지 모르겠다는 내용도 덧붙였다.

한참을 쓰다가 고개를 들면 설원의 눈들이 바람에 일어나 회오리를 만들어 이리저리 몰려다니는 게 보였다. 완은 페이지를 넘겨 네팔 입국 후 일주일이 넘도록 머리를 감지 않았다는 것과 그새 수염이 얼굴을 뒤덮었다는 것과 양말을 적게 가져와서 한 켤레를 여러 날 신고 있다는 신변잡기적인 사연을 적었다. 이상한 소리에 고개를 돌리면 쌓인 눈을 이기지 못하고 나뭇가지가 찢겨나가는 게 보였다.

완은 페이지를 넘겨가며 영하 30도의 야외 화장실에서 궁둥이를 까고 대변을 보는 일의 곤란함과 매일 일곱 시간씩 걷느라 옷에 쓸려서 불알 밑이 까졌다는 하잘것없는 내용까지도 썼다. 편지는 여섯 페이지가 훌쩍 넘어갔다. 도대체 이 편지를 보낼 수 있을지 알 수 없으나 완은 유밍에게 두런두런 이야기를 들려주듯 이런저런 문장을 적었다. 유밍이라면 이렇게 시시콜콜하고 사소한 것들을 재미있어할 듯했다. 그녀와 왔더라면 함께 겪었을 일들이었다.

저녁이 되자 완은 한 봉지를 챙겨 온 한국 라면을 끓여달라고 주인집 딸에게 부탁했다. 종일 눈을 본 탓인지 뜨겁고 매운 음식이 먹고 싶었다. 딸은 끓여주는 비용에 50루피를 더 내면 달걀을 넣어주겠다고 했다. 완은 고개를 끄덕이며 라면을 건넸다. 곧 부엌이 소란스러워졌다. 조리법을 놓고 의견 충돌이 일어난 듯 엄마와 딸이 싸우는 소리였다. 곧 아저씨가 부엌에 들어가더니 소란이 평정됐다.

사십 분이 훌쩍 넘어서야 라면은 아주머니의 쟁반에 들려 나왔다. 면발이 다 풀려 있고 작은 사발에 담겨 나와서 한눈에 봐도 분량의 반밖에 되지 않았다. 부엌 쪽에서 아저씨와 딸이 후루룩거리며 오순도순 라면 먹는 소리가 완의 귀에까지 들렸다. 달걀을 넣어서 끓인 것만은 분명했다. 그러나 신기하게도 노른자가 없었다. 국물을 먹어보니 물을 몇 배로 넣고 끓인 라면이었다.

아주머니는 절인 배추 반포기를 선심 쓰듯 완 앞에 놓아 주었다. 땅에 파묻은 것을 막 꺼내어 가져왔다고, 특별히 너한테만 주는 거라고, 네가 아주 좋아할 거라고 설명했다. 그녀는 셰르파어로 투박하게 말했지만 삽질을 하는 시늉과 엄지를 여러 번 내밀어서 완은 그 뜻을 완전히 이해했다. 백김치와 흡사한 그것은 얼음이 서걱거릴 정도로 시원해서 맛이 좋았다.

16

산장에서 사흘째 머물던 저녁, 완이 침낭 속에서 따또빠니를 끌어안고 누워 있을 때, 푸르바가 방으로 찾아왔다. 완은 언제까지 더 기다려야 할지 그만 내려가야 하는 것인지 선택이 어려워서 결정을 늦추고만 있었다. 서울을 떠나 이 산중에 와서도 선택의 고민은 늘 완을 괴롭혔다.

맞은편 침대에 걸터앉은 푸르바가 말했다. 녀석의 태도가 제법 신중했다. 저녁 시간에 보이지 않더니 밖에서 이런저런 정보를 알아 온 듯했다.

“칼라파타르는 초모랑마를 가까이 볼 수 있어서 좋지. 그런데 길이 완전히 끊겨서 갈 수가 없어. 지금은 날개 달린 짐승들도 꼼짝 못할 지경이야."

완은 사흘을 기다렸는데, 자신의 의지와 상관없이 더는 오를 수 없다는 사실이 답답하고 안타까웠다. 그녀와의 약속을 지키지 못하고, 5년의 세월이 흘러 뒤늦게 찾아온 곳에서도 뜻밖의 장벽이 가로막고 있었다.

"히말라야에서는 길이 하나가 아니라며? 정말 다른 방법은 없는 거야?"

완이 낮은 음성으로 묻자 푸르바는 완의 눈을 바라보았다. 빤질빤질한 익살꾼의 모습은 온데간데없었다.

"들어봐. 그런데 고쿄 피크에 가면 약간의 거리를 두고 초모랑마뿐만 아니라 푸모리, 창체, 눕체, 로체, 로체샤르, 아마다블람 등 거의 모든 봉우리를 한눈에 볼 수 있어."

"그 봉우리들을 전부 한눈에 볼 수 있다고? 고쿄 피크에서?"

완은 눈이 번쩍 뜨였다. 한 길이 닫히자 다행히도 다른 길이 열려 있었다. 더욱이 칠팔천 미터 고봉들을 한눈에 조망할 수 있는 곳이었다. 그녀가 곁에 있다면 이 상황에서 자신과 의견이 같을 거라는 생각이 들었다.

"네가 가려던 칼라파타르가 오른쪽 봉우리라면 고쿄는 왼쪽 봉우리인 거야. 방향만 살짝 다를 뿐이지."

"고쿄 피크면 꽤 높은 거 아냐? 나도 오를 수 있을까?"

"지금으로선 EBC보다 고쿄 피크가 훨씬 좋아. 5,360미터. 트레커가 오를 수 있는 최고 높이의 봉우리야."

"트레커가 오를 수 있는 최고 높이의 봉우리?"

역시 그녀가 옆에 있다면 아주 좋아할 듯했다.

"그래, 아무런 장비 없이 걸어갈 수 있어. 배낭을 산장에 맡기고 가볍게 올라가면 한 시간도 안 걸린다고."

배낭을 산장에 맡겨두고 가볍게 오르면 한 시간이 채 안 되는 거리라는 점도 끌렸다.

"푸르바, 고쿄 피크에 가본 적은 물론 있겠지?"

완이 환해진 얼굴로 묻자 푸르바의 목소리에 힘이 들어갔다.

"물론이지. 가는 길에 호수가 세 개나 있다고. 빙하 호수를 세 개나 거느린 봉우리는 고쿄가 유일할 거야!"

고도 5,000미터 부근의 푸른 호수가 완의 눈앞에 펼쳐졌다. 눈이 녹아서 만들어진 거울 같은 호수에 설봉이 비치는 풍경은 상상만으로도 아름다웠다.

"혹시 그곳에서 무지개를 볼 수 있어?"

완이 묻자 푸르바가 고개를 끄덕였다.

"운이 좋으면 볼 수 있지. 그리고 거기 산장지기가 담근 챙이 얼마나 맛있는데!"

챙은 네팔 막걸리였다. 고쿄 피크에서 내려와 호수 위로 걸린 무지개를 보며 그녀와 챙 한잔을 나누는 장면은 근사했다. 더는 칼라파타르와 EBC를 고집할 이유가 없었다. 그곳을 오르는 일보다 떨어져서 바라보는 것이 더욱 낫다는 판단이 들었다. 다른 선택은 없었다.

다음 날 아침은 해가 쨍쨍했다. 사흘을 쉬고 나니 완은 어디든 걸을 수 있을 것 같았다. 설원은 햇빛을 반사하여 온통 반짝거렸다. 땅의 윤곽을 지우고 두툼하게 덮인 눈밭에 완이 한 발을 내딛자 허벅지까지 깊이 빠졌다. 푸르바가 몸으로 러셀을 하며 길을 열었다. 어떤 곳은 푸르바의 가슴께까지 눈이 차오른 곳도 있었다. 20미터 정도 푸르바가 길을 열면 뒤따르던 완이 앞으로 나서서 10미터 정도 교대로 길을 여는 식이었다. 둘은 이곳에 오기 전에 들렀던 포르체 탱가로 다시 이동했다. 코나르(Konar, 4,050m)로 가는 길이

빨랐지만 오르막길이 험해서 우회로를 선택했다.

며칠간의 폭설로 포르체 탱가(3,680m)에서 돌레(Dole, 4,200m)까지는 장관이었다. 경사는 완만해서 체력적으로 부담이 덜했다. 구불구불하게 뻗은 전나무 오솔길을 걷는 중에 눈밭에서 허우적대다가 탈진한 사향노루가 보였다. 큰 뿔이 달린 산양이 얼어붙은 바위에서 완과 푸르바를 내려다보며 가느다랗게 울었다. 한 굽이를 돌 때마다 펼쳐지는 고산준봉은 신설(新雪)에 싸여 장엄한 위용을 선보였다. 완은 푸르바가 가리키는 곳을 향해 두리번거리며 처음으로 쿰부 히말라야의 설경에 고개를 끄덕였다.

네 시간 가까이 무릎이 빠지는 눈길을 걸으며 완은 전혀 힘들다는 기분이 들지 않았다. 그동안 몸이 트레킹에 익숙해진 덕인지, 사흘을 쉰 까닭인지 모르겠으나 발걸음이 가뿐했다. 더욱이 고도를 520미터나 올렸음에도 고산병 증세가 없었다. 콧물이 조금씩 흐르는 것 외에는 숨을 쉬는 데도 별다른 무리가 없었다. 땀을 흘린 탓인지 머리는 오히려 깨끗했다.

돌레 산장에서 뜨거운 밀크티를 마시며 점심을 기다리는 동안 완은 발아래로 흐르는 구름을 보았다. 4,000미터의 풍경은 3,000미터와 달랐다. 훨씬 선명하고 순도가 높았다. 발아래 산등성이에 숲을 이루는 나무들의 기둥 하나하나가 또렷하게 보였다. 햇빛은 진짜 햇빛 같고 구름은 진짜 구름 같고 바람은 진짜 바람 같고 계곡은 진짜 계곡 같았다. 눈밭을 어슬렁대는 야크의 방울 소리부터 창공을 선회하는 독수리의 울음까지 또렷하게 들렸다.

사방이 유리창인 식당은 환하고 훈훈했다. 주문한 마늘 수프를 몇 스푼 뜨자 맑은 하늘에서 굵은 눈발이 떨어지기 시작했다. 푸르바는 마늘이 고산병 예방에 좋다며 많이 먹어두라고 했다. 수프는 몹시 짜고 맛이 없었지만 완은 4,200미터 넘게 올라와 쓰러지고 싶지 않아서 그것을 다 먹었다.

점심을 먹고 레몬티를 마시는데 푸르바가 완 앞에 두툼한 책자를 올려놓았다. 표지에 '트레커 인텐션 북(Trekker Intension Book)'이라는 굵은 글씨가 보였다. 이 지역을 통과하는 트레커들의 조난에 대비한 인적 사항 기록부였다. 전반부에는 그동안의 실종자 및 사망자들의 명단과 그 사고 사례가 실려 있었다. 실종자와 시신을 찾기 위해 가족과 연인이 본국에서 날아와 어떤 피나는 노력을 기울였는지를 기술한 부분은 코끝이 시큰할 정도였다.

책자에는 사고 발생 시 신속한 대응을 위해 이 장부의 기록이 필요하고, 재발 방지를 위해 절대 혼자 트레킹을 하거나 동료를 혼자 버려두지 말라는 문구가 여러 번 강조되어 있었다. 네팔 정부에서 만든 것이 아니라 실종자 가족이 주축이 된 민간단체가 제작한 것이었다.

후반부에는 각국의 방문객들이 친필로 적은 인적 사항이 빼곡했다. 완은 기록부의 서식에 맞게 자신의 이름과 국적, 네팔 입국일, 이메일 등을 적었다. 동행자란에는 '단독과 그룹' 중에 '단독'에 동그라미를 쳤다. 세부 사항에는 이곳에 도착하기까지의 경유지와 앞으로 갈 목적지를 적었다.

사소하다고 할 수 있는 직업란에서 완은 망설였다. 완은 비행기를 탈 때 출입국 카드의 직업란을 적을 때도 잠깐씩 우물쭈물했다. '소설가'는 직업이라 하기에 어려웠다. 직업이란 거처와 생계를 유지하고 가족을 돌보며 각종 세금을 감당할 만한 일이었다. 그런 수준의 작가는 소수에 불과해서 소설가는 '고착된 직업'이기보다는 '어떤 상태'라고 보는 편이 맞았다. 글을 쓰지 않는 상태라면 더는 소설가는 아니었다. 완은 글을 놓은 지 오래되었으므로 더욱이 망설이지 않을 수가 없었다.

그러나 직업란보다 더 고민스러운 건 조난 혹은 실종을 당했을 경우 비상 연락처를 묻는 항목이었다. 트레커들은 대개 부모형제, 연인, 친구의 연락처를 적었다. 완은 가장 중요한 항목에 이르러서 펜을 놓고 잠시 창밖을 내다보았다. 목화솜이 떨어지듯 함박눈이 쏟아지고 있었다. 조난을 당하면 과연 누가 네팔까지 날아와 자신을 구하거나 시신을 거둘 것인지 난감했다.

그 연락처에 기입할 만한 현실적인 대상은 수연이었다. 그러나 감정적으로 그는 아내와 거의 남남이나 다름없었다. 아니, 살아온 시간만큼 보이지 않는 곳에 섭섭함이 쌓여서 남보다도 못한 관계일지 몰랐다. 결혼 전후를 통틀어 수연에게 해준 것도 없고 받기만 했는데, 실종될 경우 히말라야에 와서 구조 활동까지 벌이라는 건 염치없는 노릇이었다. 곧 마흔이 되는 아들의 시신을 찾으라고 연로하신 부모님을 이국의 설산으로 부르는 일도 송구스러웠다.

"와우, 일주일 내내 이렇게 눈이 많이 온 건 처음이에요!"

식당에서 서빙을 하는 네팔 청년이 창가에 서서 영어로 소리쳤다. 그러자 중앙 테이블에서 스파게티를 먹는 중년의 캐나다 사내가 대꾸했다. 그가 입은 오리털 점퍼의 가슴에 새겨진 단풍잎이 유독 붉게 보였다.

"눈송이가 거의 츄파춥스만 하군. 이럴 땐 움직이지 않는 게 상책이지."

"하루 더 계실 거죠?"

"그래야지. 저녁에 위스키나 마시면서 포커나 한 게임 하자고."

젊은 네팔 친구는 신이 난다는 듯 엄지를 추켜올렸다. 중년의 캐나다인은 포크로 스파게티 면을 돌돌 말아서 입에 넣었다. 수염이 덥수룩한 것으로 보아 그도 산에서 적지 않은 날들을 보낸 듯했다. 둘의 대화는 마치 이런 날씨엔 외출을 자제하고 안전한 장소에 머물라는 공익광고를 연상시켰다.

완은 여기서 조난이나 실종, 사고사를 당하면 당장 달려와 자신을 구하거나 시신을 거둬 갈 사람은 인생을 통틀어 단 한 명밖에 떠오르지 않았다. 바로 유밍이었다. 그러나 유밍은 이 세상 사람이 아니었다. 뭘 그리 꾸물대느냐는 푸르바의 재촉에 완은 비상연락 일 순위에 유밍의 영문 이름을 적었다. 그리고 불상사가 생기면, 알고는 있으라고 황 선배의 이름을 이 순위로 남겼다. 황 선배라면 자신이 조난될 경우 소주를 한 병 정도는 마셔줄 것 같았다. 완은 인간관계가 이토록 남루했는지 깨닫고는 자신의 인생이 새삼 쓸쓸하게 여겨졌다.

시드는 꽃

17

수연과 저녁을 먹는 중에 완의 휴대전화 벨이 울렸다. 완은 그 전화를 받고 싶지 않아서 망설였다. 조명으로 장식된 하버브리지가 창밖으로 보였다. 벨이 시끄럽게 계속 울리자 받지 않고 뭐 하느냐는 수연의 표정을 보고서야 완은 수화기를 들었다.

짐작대로 발신자는 유밍이었다. 매일 도서관에서 만나는데도 이메일을 네다섯 통씩 보내고 전화를 하는 통에 완은 정신이 나갈 지경이었다. 수연에게서 되도록 떨어져 통화 버튼을 누르자 한국말이 들렸다.

"아저씨!"

"왜?"

완도 한국어로 대답했다. 유밍은 요즘 한국 유학생들을 사귀는지 한국어로 곧잘 떠들었다. 그런데 그녀의 다음 말에 완은 방금 삼킨 음식이 목에 딱 걸리는 기분이었다.

"아저씨, 유밍이 아저씨 하고 싶어요, 히히히!"

완은 수화기를 왼쪽 귀에서 오른쪽 귀로 옮겼다. 그 어색한 한국어는 완전히 유치원생의 억양이었다. 유치원생 말투로 그런 말을 하니 어이가 없고 웃음마저 괴기스러웠다.

"아저씨는 참 맛있습니다. 맛있어서 유밍이 하고 싶어요. 키히히!"

완은 순간 그 문장을 여러 방향으로 분석했다. '멋있다'를 잘못 발음하는 것인지, '맛있다'의 의미를 전달하되 단지 부적절한 어휘를 선택한 것인지, 아니면 두 단어의 활용을 모두 정확히 알고 의도적인 혼동을 노려서 언어유희를 하는 것인지 알 수 없었다. 목적어 외에도 몇 가지의 문장성분이 누락된 표현이어서 더욱 혼란스러웠다. 완은 식탁과 멀리 떨어진 곳으로 걸음을 옮기며 영어로 빠르게 물었다.

"그게 대체 무슨 뜻이야?"

유밍은 계속 한국어로 떠들었다.

“아저씨가 하고 싶어요, 이히히히!”

완이 아무 말도 하지 않으니, 유밍은 천진난만한 어투로 다시 물었다.

“아저씨도 하고 싶어요? 네?”

이번엔 조사 사용이 정확했다. 유밍의 발화에는 목적어가 일괄적으로 생략된 것으로 보아 관습적이고 은어적인 표현을 시도한 것임에 분명했다. 도대체 무슨 상황을 예로 들어 이런 한국어를 배웠는지 당혹스러울 따름이었다.

완보다 한 학기 먼저 입학한 유밍은 곧 졸업식만을 앞두고 있었다. 언어학 대학원을 통틀어 수석 졸업이었다. 그녀는 중국으로의 귀국과 시드니에서 박사 진학의 기로에서 고민이 많았다. 이곳에서 박사과정을 마칠 때까지 등록금과 생활비까지 지급받는 특별 연구 장학생에 선발되지 않으면 귀국이 불가피했다. 그 선발 과정은 유독 까다롭고 유학생이라는 신분은 불리했다. 게다가 그녀를 아끼던 지도교수가 다른 대학으로 자리를 옮길 예정이어서 힘을 얻지 못하는 상황이었다. 하나의 과정을 끝냈다는 성취와 허탈 그리고 불투명한 체류 문제까지 더해져 그녀는 불안해했고, 불안할수록 완에게 매달렸다.

"아저씨? 아저씨? 유밍이 하고 싶어요. 아저씨도 하고 싶어요? 네?"

완은 손을 들어 이마를 짚으며 차가운 말투로 잘라 말했다.

"나 밥 먹는 중이니까 내일 만나서 얘기해."

그제야 그녀는 영어로 말했다.

"아, 나는 점심도 못 먹고 저녁도 못 먹었는데, 누구는 밥도 먹고 좋겠네. 내일 만나서 할 얘기 지금 하면 안 되나?"

이상하게도 유밍은 늘 자신이 굶었다고 습관적으로 말했다. 점심에 만났을 때 아침을 못 먹었다고 해서 식사를 함께했는데도 저녁이 되자 같은 말을 반복했다.

"지금은 식사 중이니까 곤란하고 내일 보자."

완이 통화를 마치려고 하니 유밍은 다른 말을 시작했다. 휴대전화 통화료가 상당히 비싼데도 그녀는 매번 완과의 통화를 끈질기게 붙들고 늘어졌다.

"누구?"

간신히 전화를 끊고 테이블로 돌아오자 수연이 무심하게 물었다.

"응, 같은 학과 친구."

"음식 다 식었네."

완이 앉아서 일회용 수저를 들자 수연은 자리에서 일어났다. 그리고 부엌으로 가서 전기 주전자에 생수를 붓고 전원을 넣었다. 수연의 회사에서 임대한 스튜디오는 완의 거처보다 네 배나 크고 짐이나 장식이 없어서 썰렁했다. 의자가 여섯 개 놓인 큰 테이블에는 태국 식당에서 포장해 온 플라스틱 용기 몇 개가 널려 있었다. 차갑게 식은 그린 커리는 코코넛 기름이 엉겨 있었다.

수연의 등장은 예기치 못한 일이었다. 완의 대학 동창인 그녀가 일주일 전 시드니에 온 것은 비즈니스 출장 때문이었다. 규모가 큰 프로젝트여서 1개월 동안 체류할 계획이라고 했다. 못 보던 4년 사이에 그녀는 더욱 다듬어지고 세련되게 변모해 있었다. 머리부터 손끝 발끝까지 섬세히 정돈된 이미지가 고급스러웠다. 무채색의 낡은 셔츠를 걸친 완은 그런 수연의 모습에서 알 수 없는 거리감과 차가움을 느꼈다.

완이 대학을 졸업하던 해, 그녀는 2년 정도 다니던 금융회사를 쉬고 영국으로 유학을 떠났다. 유학을 가기 전, 수연은 완에게 함께 갈 의향이 있는지를 물었다. IMF로 신문과 뉴스에서는 연일 부도, 도산, 인수합병, 최저 주가, 실업 대란, 취업 봉쇄, 비관 자살 등의 보도를 하던 시절이었다. 수연의 물음에 완은 묵묵부답으로 사양을 하고 시골의 작은아버지 댁으로 내려가 습작에 골몰했다. 두문불출하고 독한 결기로 글을 쓰던 2년의 시간이었다. 수연이 학위를 마치고 귀국할 무렵, 완은 시드니로 건너와서 둘의 관계는 진전 없이 미지근해지고 말았다.

"커피?"

수연이 물어서 완은 고개를 끄덕였다. 그녀는 머그잔 두 개를 들고 테이블로 다가왔다. 커피는 물을 많이 넣어서 싱거웠다.

"런던에서도 간혹 얘기 들었어. 네가 신예 소설가로 활발히 활동하고 주목받기 시작할 때, 시드니로 떠난 거 말이야. 선후배들이 너를 많이 자랑스러워했어."

수연의 입에서 '자랑스럽다'는 말이 나오자 완은 커피 잔을 내려놓고 피식 웃고 말았다. 대학 시절 완이 학교 신문에 짧은 글을 발표하거나 하찮은 문학상을 받을 때도 그녀는 누구보다 완을 자랑스러워했다. 말이 별로 없고 칭찬에 인색한 성격인데도 누군가 완을 칭찬하면 환한 얼굴로 나

서서 그 말을 덧붙였다. 남들 제대하고 복학하던 3학년 때 훈련소로 가는 완의 민툿한 머리를 쓰다듬으면서도 그녀는 자랑스럽다고 속삭였다.

"너 하나도 안 변했구나."

완이 수연의 눈을 바라보며 말하자 수연은 약간 부끄러운 듯 손으로 한쪽 뺨을 감쌌다.

"그럴 리가? 나 많이 늙었잖아. 얼마나 바쁘게 살았는데."

간혹 주고받은 이메일로 봐서 수연은 외국계 금융회사의 중간 간부로 해외출장이 잦은 듯했다. 비싼 외제차를 몰고 모임에 나타났다는 말을 누군가로부터 전해 들은 적도 있었다.

"선후배 중 누구랑 자주 연락해?"

"황 선배가 런던으로 네 소식 자주 전했어. 내가 서울로 돌아오고 네가 시드니로 간 이후로는 네 안부 자주 묻더라. 너보고 무정한 놈이래."

"황 선배 보고 싶네. 참 좋은 사람인데……."

완은 커피를 홀짝이며 수연과 밀린 이야기를 나누었다. 오랜만에 모국어로 대화가 통하는 사람을 만나니 마음이 편하고 유쾌했다. 제2외국어로 영어를 사용하는 유학생들과의 소통에는 한계가 있었다. 내밀하고 섬세한 감정 교류가 제한된 관계이기 때문에 정작 깊은 대화로 풀어야 할 불편하고 복잡한 문제일수록 대화가 되지 않았다.

18

유밍의 방문을 열자마자 완은 악취에 인상을 찌푸렸다. 뭔가 썩는 냄새가 났다. 유밍은 침대에 누워 있다가 벌떡 일어나서 달려와 완의 목을 힘껏 끌어안았다. 며칠째 감지 않은 머리가 완의 뺨에 닿았다. 완에게 그것은 포옹이라기보다는 결박에 가까웠다. 방 안을 둘러보니 햇빛이 드는 창가에 플라스틱 양동이가 놓여 있었다. 완은 유밍의 팔을 풀어내고 창가로 가서는 놀라고 말았다.

"아니, 이게 뭐야?"

"아저씨가 준 꽃. 꽃병이 없어서."

보름 전 생일에 줬던 꽃다발이 양동이에 담가져 있었다. 아니, 탁한 물속에 꽃이 썩어서 둥둥 떠 있었다.

"꽃병이 없어도 그렇지 이렇게 큰 양동이에? 정말 중국식이네."

유밍은 삐쳤는지 입술을 삐죽 내밀며 대답했다.

"그 꽃을 버리고 싶지 않았어."

"아무리 버리고 싶지 않아도 시들면 버리는 거야. 완전히 썩었잖아. 넌 냄새도 못 맡니?"

"시들어도 썩어도 버리고 싶지 않았어. 아저씨가 준 거니까."

여전히 입술을 삐죽 내밀며 칭얼거리는 유밍의 대답에 완은 짜증이 나서 소리쳤다.

"이런 멍청이, 버려야 또 생기는 거야. 안 버리면 안 생기는 거라고!"

완은 악취가 진동하는 양동이를 들어 올렸다. 물이 가득 차서 의외로 무거웠다. 썩은 물이 출렁거리며 완의 손을 적셨다. 유밍이 다가오며 말했다.

"알았으니 그대로 둬. 내가 갖다 버릴게."

"너 그렇게 말하고 안 버릴 거지? 모를 줄 알아?"

그러자 유밍이 벼락같이 소리를 질렀다. 얼굴은 어느새 터질 듯 붉으락푸르락했다.

"건드리지 마! 그 꽃은 내 거야! 내 거니까 내가 갖다 버릴 거야!"

완은 양동이를 바닥에 내려놨다. 유밍이 그 무거운 것을 가슴 높이까지 들어 올리자 물은 바닥으로 흘러넘쳤다. 그녀는 그것을 위태위태하게 문 밖으로 들고 나갔다.

유밍이 나가자 완은 우두커니 서서 방 안을 둘러보았다. 책걸상과 붙박이장, 창가에는 작은 테이블과 의자 두 개가 보였다. 세를 얻을 때 이미 갖춰진 것이었다. 책상 한쪽에 놓인 손거울과 빗, 로션 한 통이 그녀를 꾸미는 전부였다. 가난한 유학생이라지만 스물네 살 여성의 방치고는 남루하기 이를 데 없었다. 완의 시선은 철제 침대에 머물렀다. 싸구려 이불은 형편없이 낡았고 시트에는 군데군데 얼룩이 번져 있었다. 지난 1년 가까이 저 침대에서 함께 뒹굴던 일들이 스쳐갔다.

유밍은 자주 완을 사랑한다고 말했다. 그녀는 완이 하는 모든 말을 귀담아들었고 재미있는 이야기를 하면 진심으로 웃었다. 유밍이 조바심을 내는 경우는 이야기만 계속할 때였다. 그럴 때면 아이처럼 완의 소매 끝을 잡아당겼다. 안아달라는 뜻이었다. 완은 유밍을 안아줄 때, 6초 이상씩 길게 안아줬다. 기분을 좋게 하는 호르몬인 세로토닌의 효과가 나타나려면 최소한 6초 정도가 소요된다는 신문기사를 읽은 까닭이었다.

유밍의 몸매는 섹시한 것과는 거리가 멀었다. 일단 머리가 컸다. 팔이 아파서 완은 유밍에게 팔베개를 해줄 수가 없었다. 젖가슴은 둥글넓적하고, 진분홍 젖꼭지에는 아무렇게나 털이 돋아나 있었다. 튼튼한 어깨와 두꺼운 팔다리, 근육 없이 축 늘어져 말랑말랑한 배, 굴곡 없는 허리, 펑퍼짐한 엉덩이……. 그것은 매일 열 시간 이상 책상에 앉아서 공부에만 몰두하는 사람의 몸이었다.

그럼에도 완은 유밍에게 성적 매력을 느끼지 않은 적이 없었다. 완을 흥분시키는 것은 유밍의 음성과 몸짓이었다. 완이 입술과 손으로 더듬을 때마다 유밍은 불에 덴 듯이 신음하며 온몸을 간절하게 움직여 완을 원했다. 완이 수염을 깎지 않으면 까끌까끌한 느낌이 좋다고 했고, 수염을 깎으면 부드러워서 좋다고 했다. 샤워를 하지 않으면 하지 않은 대로, 샤워를 하면 한 대로 좋아했다. 유밍의 욕망은 맹렬했다.

그런 반응 앞에서 완은 혼란스러웠다. 유밍이 자신을 사랑하기 때문에 몸을 필요로 하는 것인지, 자신의 몸을 필요로 하기 때문에 사랑하는 것인지 알 수 없었다. 다만 이것만은 알고 있었다. 오직 그 순간에 그녀는 쾌락에 들뜬 신음을 지르고 경제적 궁핍에서 벗어났으며 유학 생활의 외로움과 논문 따위의 불안을 잊는다는 것. 무엇보다 유밍은 관계 후에 땀에 흠뻑 젖어 숙면을 취했다. 섹스는 다섯 시간 내외의 기억상실 효과뿐만 아니라 창조성을 자극하는 신경 물질을 분비하고 우울을 잊게 한다는 연구 결과가 그녀에겐 절실하게 통했다.

따라서 완이 그녀에게 해줄 수 있는 위로는 알몸으로 함께 뒹굴어주는 것뿐이었다. 이런 감정은 사랑이라고 하기엔 너무 탐욕적이었고 단지 탐욕으로만 치부하기에는 복잡한 감정이 뒤섞여 있었다. 완은 매번 정욕과 연민 사이에 위치한 그 모호한 감정을 솎아내려고 하다가 유밍의 몸짓에 휘말려 정신을 잃곤 했다. 관계가 깊어질수록 두 사람은 어른처럼 배려하고 양보하기보다 아이처럼 솔직하고 단순해졌다.

방문이 열리는 소리에 완은 뒤를 돌아보았다. 유밍은 양동이를 비우고 샤워를 했는지 타월로 젖은 머리를 감싸고 있었다. 눈이 마주치자 그녀는 배시시 웃더니 폴짝 뛰어서 완의 목을 끌어안았다. 수건이 바닥에 떨어지며 그녀의 젖은 머릿결이 완의 볼에 축축하게 닿았다. 싸구려 샴푸 냄새가 유독 역했다. 유밍은 완의 귀에 속삭였다.

"나비."

완은 유밍의 팔을 풀어내며 무덤덤하게 대답했다.

"날아갔다."

완은 유밍과 그럴 시간이 없었다. 오늘은 수연의 생일이어서 저녁을 먹기로 약속하고 레스토랑을 예약한 상태였다. 지난밤 유밍이 전화로 잠깐이라도 봤으면 좋겠다고 졸라서 어쩔 수 없이 들른 것이었다. 싫다고 하면 전화를 끊지 않을 기세였다. 유밍은 완의 어깨에 파묻었던 얼굴을 들고 말했다.

"낮에 부모님한테 전화가 왔어. 스물다섯 살에는 꼭 결혼해야 한다고 했어. 중국에선 그게 여자 나이의 마지노선이야."

"상당히 빠르군."

"빠르지 않아. 내 친구들은 거의 결혼했어."

"스물다섯이 넘으면 어떻게 되는데?"

"금값이 똥값 되는 거지. 집에서는 벌써 돌아오라고 난리야. 나 하나밖에 없잖아."

유밍은 무남독녀였다. 완은 '부모님이 그렇게 난리면 돌아가면 되잖아'라고 말하려다 말았다. 그녀는 침대 모서리에 걸터앉으며 시무룩한 표정을 지었다.

"나는 중국으로 돌아가기 싫어. 돌아가면 영원히 너를 못 만날 것 같아."

"그렇지 않아. 만날 인연은 반드시 만나게 돼 있어."

"아니야, 너와 헤어지면 다신 못 볼 것 같아. 왠지 그런 예감이 들어. 지금도 나는 네가 금방이라도 훌쩍 떠나버릴 것 같아. 나는 그런 생각만 하면 잠도 안 오고 두려워서 미칠 것 같아."

완은 책상에 걸터앉아서 한숨부터 내쉬었다.

"왠지, 예감, 무엇일 것 같아 등 네가 사용한 표현들은 막연한 감정을 다룰 때나 쓰는 말이야. 넌 그런 생각을 하면 행복하니? 제발 긍정적으로 해석하면 안 되겠니?"

그러나 유밍은 부정적이었다. 장학금 경쟁자는 현지인이고 남학생이어서 자신이 불리하다는 것과 선정되지 않으면 중국으로 돌아가서 부모가 맺어주는 남자와 결혼해서 주부로 평생 사는 게 답답하다고 했다. 그녀는 일어나지 않을 최악의 경우를 가정해서 계속 가지를 뻗으며 말을 이어나갔다.

정말 답답한 것은 완이었다. 수십 번 들었던 말을 다시 듣고 싶지 않았고 위로를 반복하고 싶지 않았다. 무엇보다 그만 나가봐야 할 시간이었다. 그런데 가려고 하면 유밍은 자꾸만 붙잡고 놓아주지 않았다. 수연은 웬만한 건 이해해도 시간 약속을 어기는 일은 극도로 싫어했다. 완은 문 옆에 둔 가방을 들었다. 유밍이 빠르게 말했다.

"십 분만 더 있다가, 응? 딱 십 분만!"

"자꾸 그러면 곤란해. 중요한 약속이 있다고 몇 번을 말해. 벌써 그렇게 세 번이나 미뤘잖아."

"이번엔 진짜 마지막이야. 봐, 내가 알람 맞출게. 알람 울리면 바로 가."

'진짜 마지막'이라는 말에 완은 한숨을 쉬며 가방을 내려놓았다. 유밍과 만나면서 완은 헤어질 때 각별히 신경을 썼다. 기분 좋게 헤어지지 않으면 내내 신경이 쓰여서 일이 손에 잡히지 않았다. 다른 일정과 약속이 생겨도 매번 유밍은 완을 보내려 하지 않았기 때문에 이상한 실랑이가 벌어졌다. 특히 요즘 들어서는 즐겁게 헤어진 적이 없어서 완은 유독 긴장되었다.

"완, 있잖아."

휴대전화기의 알람을 맞춘 유밍은 말을 하려고 고개를 들다가 다시 떨어뜨렸다. 한참 동안 그렇게 말이 없었다. 중요한 말을 시작할 때 완의 이름을 부르고 머뭇거리는 건 그녀의 버릇이었다.

"괜찮으니까 어서 말해."

"완, 있잖아……. 내가 네 아이를 낳으면 안 될까?"

완은 자리에서 벌떡 일어섰다. 유밍은 성급히 팔을 뻗어 완의 손목을 잡았다. 완은 눈을 감고 뻐근한 듯 목을 뒤로 젖힌 채 냉담하게 되물었다.

"지금 무슨 소리야? 네가 왜 갑자기 내 아이를 낳아?"

완은 답답할 따름이었다. 시간은 없는데 왜 이런 뚱딴지 같은 말들을 늘어놓는지 모를 일이었다. 지금 서둘러 레스토랑으로 가면 십 분 정도 늦을 듯했다. 고개를 떨어뜨린 유밍이 기어들어갈 듯한 목소리로 물었다.

"그럼…… 아이를 못 낳는다면…… 나 반지 하나만 해주면 안 될까?"

"반지?"

"비싼 거 아니어도 돼. 10달러짜리도 괜찮아. 시티 마켓에서 파는 5달러짜리도 괜찮아, 응? 나 반지 하나만!"

"왜 느닷없이 이 순간에 반지를, 아, 참!"

완의 짜증스러운 반응에 유밍은 순간적으로 얼굴이 붉어져서 침대에서 벌떡 일어났다.

"그게 그렇게 짜증 나고 언짢은 일이야? 내가 너한테 반지를 사달라는 게 그렇게 이상한 일이야? 못 할 말인 거야?"

그때 알람이 울렸다. 유밍이 종료 버튼을 빠르게 눌렀다. 지금 전속력으로 뛰어나가도 늦을 판인데, 이런 식으로 헤어질 수는 없었다. 이대로 헤어지면 언짢을뿐더러 며칠간 공부에 집중하지 못할 만큼 신경이 쓰일 게 분명했다.

완은 어지럼증을 느끼며 두 손바닥으로 얼굴을 감쌌다. 왜 지금 이런 상황이 벌어지는지, 도대체 어떻게 해야 좋을지 갈피를 잡을 수가 없었다. 완이 그 자세로 비틀거리자 유밍은 완의 손을 얼굴에서 떼어냈다. 그리고 완을 끌어안으며 어르고 달래듯 말했다.

"비싼 거 바라는 거 아니야. 1달러짜리도 좋아. 돈이 없으면 콜라 캔 뚜껑도 괜찮아, 응?"

완은 등에서 땀이 나며 속에서 열기가 치밀어 올랐다. 유밍은 천천히 완의 목에 키스를 했다. 그리고 귀에 대고 속삭였다.

"나비?"

완은 참지 못하고 그녀를 확 밀쳐내며 소리쳤다.

"날아갔다니까! 귓구멍이 막혔어? 날아갔다고!"

그러자 완을 노려보는 유밍의 눈동자가 좌우로 경황없이 흔들렸다. 그녀는 곧 터질 듯 붉어진 얼굴로 목에 굵은 핏대를 세우고 완의 턱밑에서 악을 썼다.

"나비! 나비! 나비!"

자신도 모르게 완은 유밍의 멱살을 틀어쥐었다. 그러고는 거칠게 흔들며 넌덜머리가 난다는 듯 소리를 질렀다.

"이런 씨발, 그 입 닥치지 못해!"

뒤로 힘껏 밀어버리자 유밍은 침대에 나자빠지고 말았다. 완이 가방을 집어 들자 유밍이 자리에서 일어나 달려와 완의 팔목을 움켜쥐었다. 그녀의 표정은 울 것처럼 금방 애원하는 투로 바뀌었다.

"완, 십 분만 더 있다 가. 응? 부탁이야. 십 분만 더!"

완은 자신의 팔목을 아프도록 쥔 유밍의 손을 쳐다보았다. 이 손은 얼마나 무서운 소유욕을 갖고 있는지, 얼마나 끝 모를 집착으로 끈적이는지, 또 앞으로 얼마나 불안하게 내 정신과 마음을 휘저을 것인지…….

유밍은 다른 한 손으로 알람을 맞추려고 휴대전화기를 더듬거렸다. 완이 잡힌 손을 뿌리치자 유밍의 손에서 전화기가 떨어지며 바닥에 굴렀다. 완은 몸을 돌려서 방문을 거칠게 열고 뛰쳐나왔다. 그리고 전속력으로 달렸다. 등에 멘 가방이 위아래로 미친 듯이 출렁거렸다. 속에서는 마구 욕지거리가 튀어나왔다.

19

글리브의 고급 인도 레스토랑에서 수연은 기다리고 있었다. 완은 꽃 한 다발을 사고 싶었으나 빈손으로 헐레벌떡 도착했다. 약속 시간에서 사십 분이나 지나 있었다. 생일을 맞은 수연 앞에서 완은 즐거운 표정을 지을 수가 없었다. 땀을 뻘뻘 흘리고 가쁜 숨을 몰아쉬며 미안하다는 말만 반복하는 완에게 수연은 별다른 말을 하지 않았다. 구차한 잔소리로 저녁 자리를 망치고 싶지 않은 게 분명했다.

오래전부터 완은 늘 수연에게 미안했다. 그녀는 대학 신입생 시절부터 누구보다 먼저 완의 재능과 근성을 알아보고 격려했다. 완을 자랑스러워하고 완에게 부족한 기회나 환경을 자신이 만들어주면 완이 스스로 일어서 크게 될 것으로 믿었다. 영국 유학을 함께 떠나자고 제안한 것도 그런 이유에서였다. 완은 그런 수연의 지지가 고마우면서도 자신의 재능이 그리 대단치 않다는 것을 알기에 그 유효기간이 곧 끝날 거라 여겼다. 또한 자신이 그녀의 상대가 되기에는 여러모로 부족하다고 판단해서 애써 외면하곤 했다.

완이 아는 한 수연은 가장 긍정적인 허무주의자였다. 그녀는 극도의 슬픔이나 극도의 기쁨도 이 세상에 없다고 믿었다. 그런 까닭에 수연의 표정과 감정은 큰 기복이 없었다. 기분 나쁜 말을 들으면 완은 앞에서 펄쩍 뛰거나 뒤에서 끙끙 앓았지만 수연은 아무 말 없이 그 사람을 만나지 않는 쪽이었다. 완이 전전긍긍 앙앙불락하는 반면 수연은 태연자약 수수방관하는 편이었다. 그녀는 설득이나 설명, 조언에 의해 사람의 성향이 쉽게 바뀌지 않는다는 것을 일찍 터득했고 그래서인지 누군가를 가르치거나 조정하려 들지 않았다. 긍정적으로 말하면 사람을 있는 그대로 대했고 부정적으로 말하면 타인에게 무관심했다.

그렇다고 수연이 우울질은 아니었다. 개그 프로그램을

보다가 킥킥대며 웃고 사람들과 어울려 즐겁게 술을 마시기도 했다. 무엇보다 그녀의 가장 큰 미덕은 집착이 없다는 점이었다. 조르거나 애원을 하지 않고도 그녀는 대개 일을 자신이 원하는 방향으로 움직였다. 가능한 한 많은 것을 이해하고 아주 적게 용서하는 것이 그녀의 태도였다. 남을 자주 용서할 만큼의 분노를 만들지도 않았다. 그러나 결단력이 뛰어나서 한 번 받아들일 수 없다고 판단하면 뒤를 돌아보지 않았다. 완은 그녀의 그런 점이 늘 무서웠다.

"근데 오늘 비즈니스 계약 서명 건은 어떻게 됐어? 잘 끝난 거야?"

완의 물음에 수연은 유리잔의 물을 다 마시고는 조용히 입을 열었다. 표정만으로는 잘 됐는지 안 됐는지 짐작할 수 없었다.

일주일 전 시드니에 도착한 수연은 다음 날 클라이언트 앞에서 프레젠테이션을 가졌다. 비즈니스 파트너가 되면 더할 나위 없이 훌륭한 세계적인 금융회사였고 다행히 그녀가 준비한 기획은 경쟁 후보자들을 제치고 제안 심사에 통과했다. 두 번째 세부 심사에서도 사업 제안서는 문제없이 채택되었다. 어제만 하더라도 수연은 오늘 서명을 하고 즐거운 생일 파티를 하자고 기대에 차 있었다. 계약이 성사되면 그녀의 나머지 출장 일정은 세부안이 실제로 현지에서 실행되도록 점검하고 가동하는 일로 채워질 예정이었다.

문제는 오늘 최종 서명 장소에서 삼십 분을 기다려도 담당자가 나타나지 않은 점이었다. 담당자의 비서가 연락을 취하자 담당자는 급한 일이 생겨서 이십 분만 더 기다려달라고 부탁했다. 그런데 실제로 나타난 것은 그로부터 사십 분 후였다. 중년의 백인 남성 매니저는 수연을 대하는 태도가 몹시 거만했다. 수연이 하는 말을 건성으로 듣고 이전의 대답과 제안서에 포함된 내용을 다시 질문하기도 했다. 심지어 수연을 앞에 두고 너절한 농담으로 가득한 전화 통화를 하기도 했다. 결국 매니저는 쓸데없이 시간을 질질 끈 후에 마지못해 최종 서명을 하려 했지만 수연은 그 자리에서 계약을 무산시켰다.

"좀 참지 그랬어? 그렇게 열심히 준비하고서 왜 일을 망쳐? 그 프로젝트가 네 개인 거야? 그게 얼마짜린데 그것도 못 참아!"

자초지종을 듣고 완은 도대체 이해가 안 된다며 자리에서 펄쩍 뛰었다. 그러나 수연의 다음 말을 듣고 완은 입을 다물고 말았다. 그녀는 흘러내린 앞머리를 쓸어 올리고는 평상시와 달리 약간 톤을 높였다.

"그들만 제안자를 심사한다는 건 오산이야. 제안자도 그들을 심사하는 거야. 제대로 된 놈들인지 본다고. 시간 약속도 안 지키고 횡설수설하는 그런 놈들하고 앞으로 무슨 일을 제대로 하겠어!"

시간 약속이라는 말이 나오자 완은 무안해서 시선을 떨어뜨렸다. 마침 인도인 웨이터가 은식기에 탄두리 커리와 난을 담아서 테이블 위에 올려놓았다. 금방 화덕에서 구워낸 난에서는 구수하고 담백한 냄새가 났다. 요구르트가 담긴 은빛 종지가 촛불 아래서 뽀얗게 빛을 발했다. 팔자 콧수염을 기르고 나비넥타이를 맨 웨이터는 와인글라스에 포도주를 따라주었다. 웨이터가 테이블을 떠나자 수연은 손을 들어 검지 끝으로 완의 미간을 겨누었다.

"그리고 너."

완은 와인글라스를 향해 손을 뻗다 말고 수연을 바라보았다. 수연은 말이 나온 김에 한마디는 짚고 넘어갈 기세였다. 그녀의 어조는 낮고 차가웠다.

"부탁인데, 다신 나를 기다리게 하지 마. 실은 너에 대한 인내심이 거의 바닥났어. 난 너를 자랑스러워하지만 더는 실망하고 싶지 않아."

불꽃놀이

20

한 해의 마지막 날이었다. 달력의 마지막 날짜에 동그라미를 치고 쓴 'party'라는 글자를 완은 몇 주 전부터 보았다. 그사이 수연은 새로운 비즈니스 파트너와 계약을 성사시켜 분주한 일정을 보내고 내일이면 귀국이었다. 그동안 함께 일한 동료 몇을 초대하여 조촐한 파티를 열기로 한 모양이었다.

수연은 완에게 시티 마켓에서 망고를 사다 달라고 부탁했다. 망고를 유독 좋아하는 수연은 손님들에게 대접하고 싶다며 잘 익은 것을 골라달라고 했다. 파티 시간은 3시 반이었다.

"3시까지만 오면 돼."

오전 10시쯤 가방을 메고 나서는 완에게 수연은 간결하게 말했다. 늦으면 안 된다느니, 덜 익은 과일을 고르면 안 된다느니 하는 잔소리는 하지 않았다. 완은 머릿속으로 2시 50분까지는 무조건 돌아오겠다고 다짐했다.

수연의 말투를 완은 알고 있었다. 수연은 정확한 것을 좋아하고 두 번 말하지 않았다. 과장도 하지 않았다. '꼭'이라든지 '반드시', '필히', '무조건', '절대'와 같은 부사도 사용하지 않았다. 그런 부사를 사용하지 않아도 상대방은 지킨다고 아는 사람이었다.

"걱정 마. 이번엔 늦지 않는다고 정말 약속!"

완은 일찍 수연의 스튜디오에서 나왔다. 며칠 전부터 볼 수 있냐고 조르던 유밍을 만나 점심을 먹을 계획이었다. 유밍에게도 한 해의 마지막 날 외식을 하는 즐거움을 주고 싶었다. 다섯 시간쯤은 함께 할 수 있었다.

시티 마켓에서 완은 유밍과 망고를 골랐다. 망고에 대해 문외한인 완에 비해 유밍은 망고 재배 지역에서 성장해서 어떤 것이 맛있는지 잘 알았다. 과일 가게 상인은 중국인이었다. 유밍은 망고를 손으로 슬쩍 쥐어보고는 잘 익은 것은 봉투에 담고 덜 익은 것은 옆으로 옮겼다. 그녀는 망고 열다섯 개를 고르는데, 좌판 위의 망고를 거의 모두 옆으로 산더미처럼 옮겨놓았다. 기분이 나빴는지 중국인 아주머니는 계산을 할 때 완이 내민 돈을 거의 낚아챌 듯이 가져갔다.

완은 봉투를 하나 더 받아서 망고 다섯 개를 따로 담았다. 그리고 유밍에게 웃으며 말했다.

"이건 망고를 골라준 네 몫이야. 무거우니까 내가 들고 다니다가 헤어질 때 줄게. 손님에게 이걸 대접해야 해서 2시 50분까지는 반드시 들어가야 해."

사실 완이 말하고 싶은 부분은 '2시 50분'이었다. 언제부터인가 완은 유밍에게 미리 시간을 알렸다. 헤어질 때 실랑이를 줄이기 위해서 생각해낸 고육지책이었다. 유밍은 아이처럼 고개를 크게 끄덕였다.

과일을 가방에 담고 시장 한 바퀴를 천천히 돌았다. 방학에도 계절학기 수업으로 학점을 보충하느라 분주했던 완에게는 오랜만의 여유였다. 앞서 걷던 유밍이 문득 걸음을 멈추었다. 반지, 귀걸이, 목걸이 등을 파는 점포들이 늘어선 곳이었다. 먼지 낀 유리 진열장 안에는 값싸 보이고 조악한

디자인의 장신구와 짝퉁 시계들이 놓여 있었다. 유밍이 반지가 놓인 쪽을 유심히 살피자 주인으로 보이는 중국인 아주머니가 바람을 잡았다.

"남자친구가 아주 멋있게 생겼네!"

그 말에 유밍은 고개를 들어 빙긋 웃고는 다시 시선을 반지에 주었다. 아주머니는 몇 개의 반지를 진열장 위로 꺼내어 그녀의 손에 끼어보게 했다. 유밍은 반지를 번갈아 끼고는 손가락을 접었다 폈다 하며 좋아했다. 보다 못한 완은 유밍의 손을 잡아끌고 그 자리를 조용히 벗어났다.

몇 미터를 억지로 끌려가던 유밍이 자리에 멈춰 서서 움직이지 않았다. 그녀가 손에 쥔 것은 때가 묻어 색이 탁한 호박(琥珀) 브로치였다. 먼지를 닦아내자 주홍빛 호박 안에는 한 쌍의 날벌레가 하트 모양으로 마주 본 채 굳어 있었다. 낡고 촌스러운 데다가 견출지에 붙은 물건값도 터무니없어서 완은 그것을 빼앗아 진열대 위에 놓고는 그녀의 손을 잡고 밖으로 나왔다.

완은 유밍과 달링 하버 쪽으로 걸었다. 항구가 잘 보이는 레스토랑에서 점심을 먹기 위해서였다. 요즘 유난히 우울해하는 유밍에게 오늘만은 행복한 시간을 갖게 해주고 싶었다. 저녁에 벌어질 불꽃축제 때문에 달링 하버에는 벌써부터 관광객들과 현지인들이 꾸역꾸역 몰려들었다. 레스토랑의 전망 좋은 테이블에 앉아 완과 유밍은 양고기 스테이크를 주문했다.

이상하게도 유밍은 부쩍 말이 없었다. 반지값의 몇 배에 해당하는 요리를 먹으면서도 별로 행복하지 않은 얼굴이었다. 유밍은 곧 졸업을 하지만 상당 분량의 논문을 완성해서 다음 학기까지 제출해야 하는 상황이었다. 그녀는 수석 졸업생이었으나 연구 리서치만으로는 특별 장학생 요건이 충분치 않고 지도교수가 학교를 옮길 예정이어서 동일 전공으로 박사 진학이 어려웠다. 그래서 다른 교수의 지도 아래 문자학 논문을 추가 작성하라는 제의를 받았다. 경쟁력 있는 조건과 입지를 다지기 위해서 교수진이 내린 조치였다.

스트레스 탓인지 유밍은 그사이에 볼살이 두툼하게 잡히고 체중이 부쩍 불어났다. 완은 몇 번 가벼운 농담을 던졌으나 유밍은 웃지 않았다. 음식을 다 먹고 난 뒤에도 그녀는 테이블의 접시에서 시선을 떼지 않았다.

"스테이크가 별로 맛이 없니?"

완이 물어도 고개를 숙인 유밍은 아무 말이 없었다. 잠시 후에 후드득, 접시에 남은 갈색 그레이비소스 위로 눈물이 떨어졌다. 완은 그녀를 바라봤다. 두 눈에는 눈물이 그렁그렁 맺혀 있었다.

"왜 그래?"

완은 벌써부터 긴장이 되어서 몸을 움츠렸다. 유밍은 목울대를 꿀꺽하며 눈물을 삼켰다. 완이 몇 번이나 왜 그러냐고 묻자 유밍은 흐느끼다가 완이 깜짝 놀랄 만큼 큰 소리로 외쳤다.

"너는 나를 사랑하지 않잖아!"

그리고 그녀는 엉엉 울기 시작했다. 근래에는 툭하면 울어서 완은 그저 기다리는 수밖에 없었다. 엄마의 사랑이 소홀하면 아이가 본능적으로 아픈 시늉을 하듯 완이 거리를 두려 하자 그녀는 그렇게 자주 울었다. 울음소리가 점점 커지자 식사를 즐기던 사람들이 하나둘씩 돌아보기 시작했다. 무슨 문제가 있느냐고, 문제가 있으면 도와주겠다며 웨이터가 찾아왔다.

완은 괜찮다며 웨이터를 돌려보냈으나 결국엔 세 명의 웨이터가 찾아와 테이블을 둘러쌀 때까지 유밍은 울었다. 완은 당황해서 계산을 하고, 그녀를 부축해서 밖으로 나왔다. 그러고는 항구 근처의 사람이 덜 다니는 벤치를 찾아서 앉았다.

한낮의 햇빛을 반사하는 바다는 눈이 부셨다. 그녀는 그곳에서도 울음을 그치지 않았다. 아니, 오히려 더 크게 울었다. 두 손으로 배를 움켜쥐고 마치 토할 듯이 울었다. 눈물이 계속해서 그녀의 뺨 위로 떨어졌다. 지나가던 관광객들이 발걸음을 멈추며 바라보고 안내원들이 다가와 도움이 필요하냐고 묻기도 했다. 완은 팔을 둘러 그녀를 끌어안고 위로하기 시작했다.

유밍의 눈물과 콧물이 입술을 타고 흘러내리고 넋을 놓아 우는 바람에 침이 턱 밑으로 떨어졌다. 세상이 곧 망한다는 소식을 들었을 때나 흘릴까 말까 한 통곡이었다. 그녀는 바다를 향해 빠른 중국말로 신음했다. 알아들을 수 없는 중얼거림은 완을 불안하게 만들었다. 그녀가 혹시 미친 것은 아닐까, 하는 걱정이 들 지경이었다. 무엇보다 그 중국말은 완을 저주하는 소리 같았다.

"제발 그만 울고 정신 차려, 유밍!"

달래고 달래다 못해 완은 유밍을 다그쳤다. 그러자 유밍은 벌떡 일어나 눈을 부릅뜨더니 벤치에 놓인 완의 가방을 땅바닥에 패대기쳤다. 그리고 망고가 든 가방을 발로 짓밟기 시작했다. 그녀의 발작에 완은 소름이 끼쳤다.

"뭐 하는 짓이야! 제발 정신 차려!"

완은 유밍의 양어깨를 붙잡고 세게 흔들었다. 그대로 주저앉은 유밍은 땅바닥에 무릎을 꿇더니 엎드렸다. 엎드려서도 땅바닥에 이마를 대고 한참을 통곡했다. 멀리서 2인 1조로 순찰을 도는 백인 경찰이 보였다. 완은 옆에 쪼그리고 앉아 유밍에게 무조건 미안하다고 했다. 미안하니까 제발 그만 울라고 부탁했다.

갑자기 유밍은 자리에서 벌떡 일어났다. 완은 불안해서 견딜 수가 없었다. 그녀는 두리번거리더니 근처 가로수의 나뭇가지를 거칠게 꺾었다. 유밍은 눈물범벅이 된 얼굴로 꺾은 나뭇가지를 들고 완에게 걸어왔다. 한낮의 뜨거운 태양 아래서 그녀는 낯설고 무서웠다.

완의 눈앞에 선 유밍은 그 나뭇가지를 양손으로 붙잡고 부러뜨렸다. 도무지 왜 이러는지 가늠할 수가 없었다. 유밍은 부러뜨린 가지 한쪽을 있는 힘껏 바다에 던져버리고는 다시 털퍼덕 엎드려 통곡하며 중국어로 탄식했다. 완은 속이 심하게 울렁거려서 먹었던 스테이크가 위로 올라왔다.

완은 유밍을 애시필드의 집까지 바래다주었다. 그 상태로 차마 혼자 보낼 수는 없었다. 방에 들어와서 유밍을 침대에 앉히고 완이 물었다. 돌아오는 기차 안에서 약을 꺼내 먹은 그녀는 진정된 듯 보였다.

"왜 그렇게 울었니?"

"반지를 사줄 거라고 예상했어. 오늘 드디어 완이 반지를 사줄 거라고……."

완은 차갑게 가라앉은 목소리로 물었다.

"왜 그런 예상을 했어? 무슨 근거로, 무슨 이유로, 네 맘대로, 네 멋대로 그런 예상을 해? 왜, 왜, 넌 늘 그렇게 네 마음대로 예상하고 실망하고 괴로워하니? 도대체 왜!"

완은 말을 하면서도 짜증이 치밀었다. 유밍의 목소리는 평상시와 달리 약간 어눌하고 톤도 좀 이상했다.

"미안해. 유밍의 이 작은 머리로는 그렇게 생각할 수밖에 없었어."

"작은 머리? 나보다 두 배나 큰데, 이게 작은 머리야?"

"미안해. 너보다 두 배나 큰 이 머리로는 그 반지를 사줄 거라고 예상했어."

이게 대화인지, 대화라면 무슨 대화가 도대체 이런 식으로 진행되는지 답답해서 미칠 지경이었다. 완은 입고 있는 자신의 셔츠를 전부 찢어발기고 싶었다.

"에이 씨발, 그 좆같은 반지!"

2시 50분까지 반드시 귀가한다고 다짐했지만 벌써 4시였다. 수연의 무표정한 얼굴 앞에서 어떤 변명을 해야 할지 앞이 캄캄했다. 초대한 손님들에게 망고를 대접한다고 했을 텐데……. 수연에게서 온 두 통의 전화를 받지 않은 핑계도 궁색했다. 무엇보다 더 심각해질지 모를 유밍의 걷잡을 수 없는 행동을 생각하면 머리가 터질 듯했다. 왠지 이 모든 일을 이 지경까지 만든 자신의 목을 조르고 싶었다.

"아, 뭘 어쩌란 말이야, 쌍!"

완은 벽에 털썩 등을 기대고 두 손으로 얼굴을 감싸 쥐었다. 정작 울고 싶은 건 자신이었다. 그러자 유밍이 다가왔다.

"완, 왜 그래? 미안해. 이젠 아무것도 바라지 않을게. 반지도 바라지 않을게. 정말이야."

"꺼져! 넌 내가 만난 최악의 여자야! 아니, 최악 그 자체야!"

"미안해."

벽에 기대어 머리를 쥐어뜯는 완을 유밍은 끌어안았다.

완이 신경질적으로 밀어낼수록 유밍은 더욱 꽉 끌어안았다. 완은 신음하듯 중얼거렸다.

“난 너 같은 여자를 본 적이 없어. 신이 말이야, 그동안 내가 얼마나 행복하게 살았는지 상기시키려고 너를 보낸 거야.”

“미안해. 잘못했어.”

유밍이 완의 입술에 키스를 했다. 완의 눈과 코에서 눈물과 콧물이 뒤섞여 흘러내렸다.

“도대체 이게 뭐냐? 너 때문에 점심도 망치고, 시간도 못 지키고! 아, 씨발, 망고는!”

“이러지 마, 이러지 마. 제발!”

유밍은 애원하며 떨리는 손으로 완의 얼굴을 닦아냈다.

“완, 이젠 아무것도 원하지 않을게. 그러니 제발!”

유밍은 몸을 낮춰 무릎을 꿇고 완의 바지춤을 끌러 내렸다. 완은 여전히 두 손으로 얼굴을 감싸 쥐며 참담하게 신음했다. 유밍은 완의 팬티를 내리고 성기를 입으로 애무했다. 넌덜머리가 난다는 듯 완은 팔을 뻗어 유밍의 얼굴을 밀어냈다. 유밍은 밀어낼수록 완강하고 격렬하게 움직였다. 결국 그녀는 토할 듯이 캑캑거리다가 고개를 들어 완을 올려다봤다. 그리고 체액으로 뒤범벅된 입술을 손등으로 훔치며 애원했다.

"완, 아무것도 원하지 않을게. 네가 좋아하는 것만 할게. 무조건 그럴게. 이러지 마!"

"아흐, 너 정말! 아흐!"

완은 울음인지 탄식인지 모를 소리를 내뱉으며 그녀 앞에 털썩 무릎을 꿇고 앉았다. 그리고 양손을 뻗어 유밍의 얼굴을 움켜쥐었다. 그 얼굴을 비틀어 짜듯 열 손가락 끝에 힘을 주자 그녀의 눈과 코와 입술과 뺨이 기괴하게 일그러졌다. 완은 그녀의 얼굴을 그렇게 움켜쥐고 앞뒤로 힘껏 흔들며 한국어로 신음했다.

"아흐, 씨발, 넌 대체 뭐냐!"

21

완은 기차를 타고 수연의 스튜디오로 돌아오며 절대로 유밍을 만나지 말아야겠다고 다짐했다. 원하는 것을 얻지 못할 때 표출되는 그녀의 분노는 갈수록 심각해졌다. 완은 유밍이 짓밟은 게 망고가 아니라 자기라고 생각하자 소름이 끼쳤다. 그녀에게 이런 식으로 더는 휘말려 들고 싶지 않았다. 한 해의 마지막 날 마치 시궁창에서 뒹굴다가 간신히 빠져나온 기분이었다.

스튜디오 앞에 서서 시계를 보니 오후 5시가 훌쩍 지나 있었다. 수연과 약속한 시간보다 두 시간이나 지난 상태였다. 완은 조용히 현관문을 열었다. 거실 테이블에는 빈 접시와 먹다 남은 음식들이 보였다. 손님들은 가고 없었다. 수연이 어지러운 테이블 앞에서 팔짱을 끼고 앉아서 완을 무연히 쳐다보았다. 완은 차마 미안하다는 말을 꺼낼 수가 없었다.

"약속을 지키는 적이 없구나."

수연이 낮게 중얼거렸다. 완은 대답 없이 어깨를 축 늘어뜨리고 테이블 위에 가방을 내려놓고 지퍼를 열었다. 손을 넣어 가방에서 꺼내는 망고마다 검게 멍들었거나 과육이 터졌거나 뭉개져 있었다. 먹을 수 없게 된 것은 대부분 잘 익은 것들이었다. 달콤하면서도 불쾌한 망고 특유의 냄새가 코를 찔렀다. 완의 손에는 찐득한 과즙이 묻어났다. 완은 테이블 위에 망고를 모조리 꺼내놓고는 아무 말 없이 욕실로 가서 뜨거운 물로 샤워를 했다. 그러고는 몸을 웅크리고 침대에 누워서 이불을 머리끝까지 썼다.

그날 밤, 근방에서 폭죽 소리가 들렸다. 하버브리지 방향이었다. 마치 포성(砲聲)과 같은 파열음이 대기 중에 둔중하게 퍼지며 하늘과 땅이 진동했다. 완은 며칠 전 전공 친구들과 나눈 얘기를 떠올렸다.

매년 마지막 날에 열리는 시드니 불꽃축제는 런던 불꽃놀이와 더불어 세계적으로 손꼽히는데, 쏟아붓는 예산이 600만 달러가 넘는다고 했다. 유학생 1,200명분의 한 학기 학비가 밤하늘을 수놓으며 타들어가는 셈이었다. 너그럽게 생각하면 극도의 사치이자 완벽한 무용지물이었다. 화려한 빛깔로 관중들의 감탄사를 동시에 끌어내고 흔적 없이 사라지는 최고의 예술이었다. 그러나 막상 생활이 궁핍한 탓인지 유학생들은 상상력까지 빈곤했다.

"저런 돈 있으면 유학생에게 장학금 혜택이라도 주지, 개자식들!"

"장학금은 둘째 치고 최소한 학생 교통 할인이라도 해주지, 도둑놈들!"

같은 학생 신분인데도 현지인들은 교통 할인을 받는 반면, 등록금으로 그들의 몇십 배를 내는 유학생은 할인이 적용되지 않았다. 심지어 유학생이 학과 수석과 차석을 차지

해도 성적장학금 지급이 제외되었다. 평등하게 대하는 부류는 교육 현장 일선의 교수들뿐이었다. 오직 그들만이 현지 학생과 유학생을 차별하지 않고 'F 학점'을 줬다.

완이 잠에서 깼다는 것을 알아챈 수연이 완의 팔을 끌어당겨 팔베개를 했다. 둘은 누워서 폭죽 터지는 소리를 들었다. 하늘에서 불꽃이 터질 때마다 창 쪽이 환해지면서 어두운 방 안이 희미하게 점멸했다. 묵은해가 저물고 새로운 해가 오고 있었다. 수연이 말했다.

"사실 나 오늘 할 말이 있어."

내일이면 귀국하는 그녀가 무슨 말을 할지 완은 약간 긴장했다.

"나 내일이면 이제 서른셋이야."

내일이 되어도 시드니에서는 서른한 살이지만 서울에서는 서른세 살이었다.

"네가 먼저 말해주기를 바랐는데, 더는 못 기다릴 것 같아."

수연은 손을 완의 가슴 위에 올리고 잠시 뜸을 들였다.

"너도 학위가 곧 끝나잖아. 서울로 돌아가면 우리 함께 살까? 전에도 얘기했지만 나는 네가 컴퍼니언십을 유지하기에 적합한 상대라고 생각해."

수연이 말하는 '컴퍼니언십'이란 서로에게 종속되지 않고 각자의 고유성을 인정하며 쿨하게 늙어가는 동반자 관계였다.

"당장 답하기 어려우면 시간을 줄 테니까 생각해봐. 이번엔 오래 기다리지 않을 거야."

영국으로 떠날 때도 수연은 비슷한 말을 했다. 그녀는 완에게 매번 시간과 기회를 줬으나 완은 주어진 시간을 넘겨서도 늘 답을 망설여서 결국 기회를 잃곤 했다. 완이 그 기회를 싫어하기보다는 다만 생각이 많다는 것까지 수연은 알고 있었다. 묵묵부답으로 일관하는 완의 가슴을 수연이 손으로 가볍게 흔들며 물었다.

"네가 나 사랑한다고 했던 거 기억나?"

완은 고개를 끄덕였다. 지금까지는 그 고백이 처음이자 마지막이었다.

"그럼 옛날처럼 한번 해봐."

새삼스러운 요구에 완은 큭, 하고 웃음을 터뜨렸다. 어쩌면 학창 시절 사귈 때 그녀의 속을 어지간히 썩였기 때문에 이러는 걸지도 몰랐다. 그녀에겐 또래의 여학생들에게 쉽게 찾아볼 수 없는 당찬 매력이 있었다. 완이 습작을 끝내면 제일 먼저 달려가 작품을 보여준 첫 번째 독자도 수연이었다. 대학에 입학하고 봄꽃이 지던 밤, 그녀는 완에게 사랑한다고 말했다. 완이 어쩔 줄 몰라 하자 그녀는 대답을 기다리겠다고 했다. 그 후로 3년 동안 수연은 완의 미온한 반응에 불만스러워하고 지쳐갔다.

완은 3학년을 마치고 훈련소 입소 전날이 되어서야 수연과 밤을 함께 보냈다. 둘 모두에게 첫 경험이었다. 입영 전야에도 수연이 먼저 같이 있자는 말을 꺼내지 않았다면 완은 망설이다가 집으로 돌아갔을 것이다. 그 시점에서 사랑을 말하고 그 징표로 제대할 때까지 기다려달라고 요구하는 건 편의적이고 즉흥적인 충동처럼 보였다.

완이 그녀에게 고백한 시점은 한겨울 내내 훈련소에서 구르고 자대 배치를 받아 백 일 동안 온갖 고초를 겪은 뒤 첫 휴가를 나왔을 때였다. 병영 내의 손에 닿는 것들은 모두 차갑고 단단했다. 종일 명령과 지시에 시달리다가 침상에 누울 때면 완은 수연이 사무치게 그리웠다. 이기적이고 우둔하며 유약한 자신을 견뎌준 그녀의 인내와 관용과 배려가 얼마나 대단한 것이었는지를 깨닫게 되자 얼굴이 홧홧해질 정도로 부끄러웠다.

놀랍게도 그런 깨달음은 손에서 책과 펜을 버리고 총과 삽을 든 이후에 다가왔다. 관대한 교수님과 선배들을 벗어나 강팔진 부사관과 선임병을 만나지 않았더라면 그 고백은 또 정처 없이 유예되었을지 모를 일이었다. 안온한 도서관과 강의실을 떠나서 혹독한 연병장과 야간 초소를 경험하지 않았더라면 묻혀버렸을 진심이었다.

휴가를 나와 수연을 만난 완은 짧은 머리카락을 그녀의 젖가슴에 비비며 목을 놓아 울었다. 그리고 몇 년간의 묵묵부답에 사죄하는 뜻으로 무릎을 꿇고 고백했다. 그 말을 듣자 수연은 허탈한 듯 한숨을 길게 내쉬더니 그의 등을 다독여주었다.

“어, 이거 봐라? 내일 귀국하는 대학 동기가 한 해의 마지막 부탁을 하는데 또 이러네?”

그래도 완은 큭큭큭 웃음만 터뜨리며 어물쩍 넘어가려 했다.

“아쭈? 살짝 기분 나빠지려고 그러네. 오늘 엉망진창 망고에 두 시간이나 늦은 거 용서해주려고 했더니.”

팔베개에서 머리를 들며 수연이 말하자 완은 곧바로 대답했다.

"사랑해."

수연은 실망한 듯 재미도 없고 감동도 없다며 불쑥 건달처럼 말해보라고 했다. 완은 누워서 한쪽 다리를 천장으로 들어 건들거리며 과장된 사투리로 목청을 높였다.

"아따, 거시기, 허벌나게 사랑해부러요잉!"

어둠 속에서 키득키득 웃던 수연은 무뚝뚝하게 말해보라고 했다. 완은 경상도 억양을 느리게 흉내 냈다.

"봐라, 내는 말이다, 니를 억수로 사랑한대이."

이번에는 익살스럽게 말해보라고 했다. 완은 잠깐 생각하다가 충청도 출신 중년 남성 탤런트의 얕고 빠른 사투리를 구사했다.

"그려유, 지가 사랑혀유. 여태 그걸 몰랐슈?"

수연의 웃음소리가 커졌다. 완도 기분이 좋아져서 덩달아 웃었다. 달링 하버 쪽에서는 축제가 정점을 향해 치닫는지 불꽃 터지는 소리가 다발로 들렸다. 스튜디오에서 멀지 않은 곳에서 구경하는 사람들의 환호성도 희미하게 들렸다.

수연은 이번엔 '이념적'으로 말해보라고 했다. 점점 요구가 어려워지고 있었다. 완은 누운 채 한 손을 척 올리고는 낮고 강건한 어조로 끊어 말했다.

"내래 이 목숨 바쳐 충성으로 사랑합네다, 에미나이 동무!"

연이어서 수연의 웃음이 빵 터졌다. 팔베개를 벤 수연이 머리를 들썩거리고 어깨를 들먹이며 귓가에서 웃자 완도 큰 소리로 껄껄껄 웃었다. 그녀를 이렇게 웃긴 적이 언제였는지 가물가물했다. 그러면서 완은 이제 그만하자고 했다.

"그럼 마지막으로 네 목소리로, 오직 너만의 목소리로 진실하게 말해봐, 응?"

완은 잠시 아무 말도 하지 않았다. 불꽃놀이가 끝났는지 갑자기 사방이 너무 조용했다. 수연의 기다림도 부담스러웠다. 완은 눈을 감고 숨을 골랐다. 이상하게 감정이 잘 안 잡혔다. 다른 사람의 목소리로 하는 연기는 쉬웠는데, 정작 '나만의 목소리로, 진실하게'가 감이 잡히지 않았다. 어서 해보라는 듯 수연은 완의 가슴을 살짝 흔들었다. 완은 목청을 가다듬고 말했다.

"수연, 당신을 진심으로 사랑해요."

정적이 흘렀다. 수연은 완의 가슴에 올린 손을 떼고 팔베개에서 머리를 들어 완을 쳐다봤다. 진심이란 말을 썼지만 진심이 잘 담기지 않아서 말한 당사자가 듣기에도 민망했다.

"치, 그게 뭐야?"

"그치? 좀 이상했지? 피곤해서 그래. 다음에 다시 해줄게."

완은 침대 밑으로 쑥 가라앉는 기분이 들었다. 이제껏 팔베개를 해줬던 팔도 저려와서 슬쩍 뒤로 뺐다. 수연은 베개를 찾아 베며 어쩔 수 없다는 듯 밝게 말했다.

"좋다, 봐줬다. 오늘 밤 좋은 꿈 꿔. 굿나잇."

"굿나잇, 굿 드림."

완도 속삭였다. 문득 이 밤을 유밍은 어떻게 보낼지 궁금했다. 남루한 그 방의 정경이 떠올랐다. 혼자 울고 있지나 않을까 걱정이 되었다. 유밍의 위태로움과 불안에 질린 나머지 완은 수연에게 속한 균형과 절제, 고요와 안정의 세계가 마음에 끌렸다. 유밍은 힘겹게 계속해서 감당해야 하는 반면 수연은 최소한 책임지지 않아도 된다는 점도 달랐다. 완은 수연이 들리지 않게 얕은 숨을 길게 내쉬고는 입술을 달싹거렸다.

"유밍, 굿나잇, 굿 드림."

고산병 함정

22

라바르마(4,417m)의 산장에 도착했을 때 완은 탈진 상태였다. 세 시간가량 폭설을 뚫고 오느라 뇌가 동결된 듯 아무 생각을 할 수 없었고 몸은 금방이라도 쓰러질 듯 비틀거렸다. 산장에 들어서자마자 완은 배낭을 벗어 던졌다. 그리고 모자와 어깨에 쌓인 눈도 털지 않은 채 정신 나간 얼굴로 난롯가를 향했다. 난롯가에 둘러앉아 담소를 나누던 젊은 서양인 남녀 트레커들이 완을 보며 친절하게 인사를 했다. 완은 인사나 양해 따윈 구할 겨를도 없이 난로를 끌어안을 기세로 그들 사이를 비집고 들어갔다.

완은 눈과 땀에 흠뻑 젖어 있었다. 등산화와 양말을 벗는 데만 이십 분이 넘게 걸렸다. 스패츠 사이로 눈이 밀려들어와 등산화 끈이 꽁꽁 얼어붙고 손발이 부들부들 떨리는 탓에 끈을 풀기가 쉽지 않았다. 빨 새도 없이 며칠을 신은 양말은 걸레처럼 축축했다. 점심에 먹은 마늘 수프를 저녁에도 주문했지만 수프가 입으로 들어가는지 코로 들어가는지 알 수 없었다.

수프의 수저질을 하다가 미식거림을 느낀 완은 자신이 '고산병 함정'에 빠졌다는 것을 겨우 눈치챘다. 트레커들은 고산 지역에 얼마간 익숙해지면 일시적으로 몸이 가벼워지면서 자신이 고산 체질이라는 착각에 무리를 하게 된다. 아침부터 포르체(3,800m)에서 라바르마(4,417m)까지 내처 걸었으니 일곱 시간이 넘도록 고도를 무려 617미터나 높인 셈이었다. 완은 새삼 자신을 이 지경까지 끌고 온 푸르바가 원망스러웠다. 포르체에서 돌레까지 고도를 520미터나 올렸어도 머리와 몸이 가벼웠던 때가 함정에 빠진 지점이었다.

"이게 뭐야? 왜 수프를 전부 흘렸어?"

저녁을 먹고 온 푸르바가 완에게 물었다. 신분 질서가 남아 있는 탓에 셰르파는 손님과 식탁에서 음식을 먹지 않았다. 그래서 푸르바는 산장에 들를 때마다 완이 알 수 없는 곳에서 먹고 자고 했다. 완은 푸르바에게 약한 모습을 보이기 싫어서 멀쩡한 척 농담을 했다.

"내가 숟가락질을 좀 못해. 근데 여기는 마늘 수프에 술을 넣나 봐. 점심과 저녁 두 사발을 들이켰더니 엄청 취하네!"

완은 숟가락을 바닥에 떨어뜨리고 의자를 쓰러뜨리며 비틀비틀 일어났다. 객실로 돌아와서는 옷을 입은 채 침대에 고꾸라졌다. 불행하게도 객실 안은 찬바람이 숭숭 들어왔다. 배낭에서 침낭을 꺼낼 여력이 없었다. 머리가 아프고 속이 울렁거리며 모든 관절이 쑤셨다. 숨을 몰아쉴 때마다 역할 정도로 입에서 마늘 냄새가 진동했다. 양치질을 하고 싶지만 잇몸이 마비될 정도의 찬물로 닦는 건 끔찍했다. 완은 부엌을 닫기 전에 따또빠니를 부탁해야 된다고 생각했다.

완은 자꾸 헛웃음이 나왔다. 왼쪽 관자놀이와 정수리 사이에 굵은 나사못이 박혀 있는 것 같았다. 근육이 울퉁불퉁한 거인이 드라이버로 그 나사못을 힘주어 조이는 듯한 환영이 떠올랐다. 나사못이 파고드는 통증을 어찌할 수 없는 탓에 웃음이 새어 나왔다. 간신히 자리에서 일어나 칫솔과 치약을 찾으면서도 완은 헤벌쭉 웃었다.

"이런 얼어 죽을 칫솔! 이런 얼어 죽을 치약!"

언짢은 기분과 어지럼증에서 깨려고 완은 큰 소리를 쳤다. 그렇게 삼십 분 넘게 배낭 안의 물건을 전부 끄집어내도 칫솔과 치약은 보이지 않고 웃음만 나왔다.

그때 푸르바가 방문을 열고 들어와 걱정스러운 얼굴로 물었다. 완의 눈에는 일곱 시간이 넘도록 600미터 이상 고도를 올려 눈밭을 끌고 다닌 멍청한 녀석으로만 보였다.

"왜 대성통곡을 하고 그래?"

"아니야, 푸르바, 난 웃고 있었어. 이렇게 웃고 있었다고."

"무슨 소리야? 넌 울고 있었어. 문밖까지 울음소리가 들렸다니까. 많이 아픈 거야?"

푸르바의 표정이 왠지 재수가 없어서 완은 아프지 않은 척했다. 그리고 입을 벌려 과장되게 웃어 보였다.

"네가 잘못 들은 거야. 귀가 어떻게 된 거 아냐? 보면 몰라?"

"모르긴, 눈에 눈물이 고여 있잖아."

"너무 웃겨서 그런 거야. 한국 사람은 너무 웃길 때 눈물이 나기도 하거든."

"근데 지금 도대체 뭐 하는 거야?"

딸꾹질만 하지 않았지 완은 만취 상태와 다름없었다. 대답을 하면서도 이 무식한 촌놈이 오늘따라 왜 이렇게 질문이 많은지 슬슬 짜증이 났다. 그런데도 완은 최선을 다해 멀쩡한 척 대답했다.

"이를 닦고 자려고 칫솔과 치약을 찾고 있어. 참, 부엌에 가서 따또빠니 좀 달라고 부탁해줘."

침대에 걸터앉아 배낭의 물건을 모조리 마룻바닥에 쏟아 놓은 완 앞으로 푸르바가 다가왔다. 그리고 손가락으로 완의 머리를 가리키며 또 물었다.

"그러니까 너 왜 팬티를 머리에 뒤집어쓰고 있어?"

완은 퀭한 눈으로 푸르바를 바라보다가 천천히 손을 들어 머리를 짚었다. 그리고 쓰고 있는 것을 벗겨서 눈앞으로 가져왔다. 네팔 입국 후 일주일가량을 입다가 배낭 바닥에 쑤셔 넣은 팬티였다. 수면용 비니가 아니라 어느새 그것을 쓰고 있었다. 완은 창피한 나머지 억지로 껄껄껄 웃으며 그 더러운 팬티를 푸르바 앞에 흔들었다.

"이거 써보니까 잠잘 때 머리 보온에 아주 좋아. 원하면 너 빌려줄게."

푸르바는 완의 눈앞에서 박수를 세게 세 번 쳤다. 귀청이 떨어질 정도로 그 소리가 커서 완은 놀란 나머지 기분이 확

상했다. 푸르바는 손가락질로 완의 앞가슴을 가리키며 비아냥거리듯 말했다.

"너 칫솔과 치약을 여기에다 두고서 뭐 하는 거야?"

완은 고개를 숙여 앞가슴 주머니에 꽂혀 있는 그것들을 바라보았다. 머리가 지끈거리고 자신이 하는 짓이 부끄럽고 이 상황이 황당하고 푸르바가 하는 짓에 짜증이 치밀어서 완은 팬티를 든 채 두 손으로 머리를 감싸 쥐었다. 그리고 끝내 참지 못하고 한국말로 악을 썼다.

"야, 이 개새끼! 알았으니까 그만 닥치고 가서 뜨거운 물이나 가져와, 씨발!"

그날 밤은 완에게 지옥과 같았다. 두통은 집요했다. 정수리 왼쪽 두개골에 박힌 한 뼘 길이의 나사못은 밤새도록 천천히 회전했다. 그리고 뇌를 뚫고 들어와 그 스크루에 신경다발을 감은 채 몇 밀리미터씩 파고들었다. 차가운 나사가 뇌를 파고들어 조일수록 완은 끙끙 앓으며 통증을 고스란히 느꼈다.

몇 분 간격으로 기침이 터져 나왔다. 감당 못 할 정도로 터지는 기침은 배에 경련을 일으키며 오줌을 지릴 정도였다. 고관절과 무릎관절, 발목 관절이 빠져나갈 듯 아파서 완은 신음을 하며 침낭 안에서 헛발질을 했다. 콧물은 끝없이 흘러나왔다. 코가 막혀서 입으로 숨을 쉬면 찬 공기에 이가 시렸다. 그 통증과 혼미함 속에서 완의 의식에 오로지 한 문장이 반복적으로 깜빡거렸다.

'어째서 나는 사랑과 고통이 같은 말이라는 걸 미처 몰랐을까?'

그렇게 뒤척이다가 완은 새벽에 자리에서 일어났다. 침낭 속의 물병은 식어 있었고 내복은 땀에 흠뻑 젖어 있었다. 문득 여기가 어딘지 가늠이 되지 않았다. 시드니의 대학가 스튜디오인지, 서울의 전세 아파트인지, 부모님이 계신 본가인지, 처가댁의 작은방인지, 지방대학의 강사용 숙사인지 혼란스러웠다.

침낭에서 빠져나온 완은 어둠 속에서 가만히 서 있었다. 정신을 차리고 보니 이곳은 쿰부 히말라야의 해발 4,417미터 지점이었다. 목이 마르고 온몸이 아팠다. 그는 방 안을 둘러보았다. 바닥에는 자신의 짐들이 쓰레기처럼 아무렇게나 널려 있었다. 땀이 식으며 온몸이 부들부들 떨렸고 문득 견딜 수 없이 무서웠다.

완은 처음으로 살아서 돌아갈 수 있을까를 걱정했다. 들뜬 창틈으로 설탕 가루 같은 분설이 들어와 머리맡의 베드테이블에까지 쌓여 있었다. 창에는 눈의 결정체가 다닥다닥 붙어 있었다. 아니, 창 전체가 거대한 눈의 결정이었다. 커튼에 손을 댄 완은 곧 손을 뗐다. 커튼은 유리창과 함께 얼어붙어 있었다. 완은 불면과 통증으로 뒤척이느라 핼쑥해진 얼굴에 마른세수를 하며 신음하듯 중얼거렸다.

'왜 나는 관계가 상처를 먹으며 성장한다는 것을 몰랐을까?'

23

이튿날 점심 무렵에야 완은 간신히 식당으로 나왔다. 눈보라가 심하게 몰아쳐서 오늘은 아무 곳으로도 갈 수 없었다. 창밖으로 몰려가는 눈을 바라보는 그의 얼굴은 몇 년이나 늙어버린 듯 수척했다. 얼굴을 만지면 낡은 고무를 만지는 듯 이물감이 들었다. 기침이 터지면 그 자리에 주저앉아 그칠 때까지 콜록거려야 했다.

푸르바가 어디서 찾았는지 백인 청년을 데리고 왔다. 트레킹을 하며 자원봉사를 하는 의대생이라고 했다. 의대생은 완에게 거쳐 온 루트와 몇 가지 증상을 묻고는 동공과 편도선을 살펴보며 말했다.

"편도선이 부었고 기침 소리를 들으니 상태가 안 좋네요. 빨리 내려가서 안정을 취하는 게 좋겠어요."

그리고 청진기로 가슴과 등을 검진하고, 혈압을 쟀다. 푸르바가 어떠냐고 묻자 의대생은 고개를 좌우로 저었다.

"두고 봐야겠지만, 이대로 무리하는 건 위험해요."

청년은 완에게 따뜻한 곳에서 쉬다가 날이 개면 하산하는 게 낫겠다는 의견을 말하고는 자리에서 일어났다. 나흘 전 칼라파타르에서 비슷한 증상의 트레커가 트레킹을 강행하다가 결국 눈밭에 쓰러져 저체온증으로 사망했다는 말도 덧붙였다.

완은 검진을 해준 백인 의대생에게 따뜻한 차라도 대접하려 했으나, 기분이 상해서 그만두었다. 관광을 온 게 아니기 때문에 여기서 내려갈 수는 없었다. 겨우 하루치의 거리가 남은 상태였다. 지난 5년간 유예한 약속을 지키는 게 쉽지 않으리라는 건 각오한 일이었다. 완은 고통의 질량을 따져보았다. 오르는 동안 겪을 고통의 양은 정확히 나오지 않왔지만 이대로 포기하면 앞으로 두고두고 감당해야 할 후회의 고통은 명백했다.

그러나 의대생의 말은 완의 계산에 자꾸 발목을 걸었다. 지난밤보다 더 지옥 같은 시간은 상상만으로도 끔찍했다. 완은 점심도 먹지 않은 상태에서 무작정 고산병 예방에 좋다는 생마늘을 통째로 씹어 먹었다. 불면과 통증으로 정신이 반쯤 나간 상태여서 맛이 어떤지, 속이 쓰린지도 몰랐다. 지붕 끝에는 어른 팔뚝만 한 고드름이 맺혀 있었다.

"젊은 사람이 무슨 걱정이 그리 많나?"

가까이 다가온 사람은 어제 잠깐 인사를 나눈 일본인 다케야마 씨였다. 오십대 중반으로 직업을 약사라고 소개한 그는 흰머리가 적절히 섞인 단발에 수염을 멋있게 길러서 노련한 산사나이처럼 보였다. 오랜 세월 취미로 산악 사진을 찍은 탓인지 그 나이에도 몸매가 날렵하고 탄탄했다. 이번에는 칼라파타르 출사를 마치고 촐라패스를 거쳐 고쿄피크에 들른 뒤 하산하는 길이라고 했다.

대답 대신 완은 어금니로 마늘을 오드득오드득 씹으며 씁쓸하게 웃었다. 그는 완이 도달하고 싶은 곳을 이미 여러 번 다녀온 사람이었다. 다케야마 씨가 단발머리를 손으로 빗어 넘기며 말했다.

“걱정 말라고. 혼자서 히말라야에 온 사람은 절대 고산병에 걸리지 않아. 그러니 냄새나는 마늘은 좀 치우라고.”

히말라야에 혼자 온 사람은 고산병에 걸리지 않는다는 말이야말로 비의학적이고 증거 불충분한 의견이 아닐 수가 없었다. 재미없는 농담으로만 들렸다. 다만 상대방 역시 단독 트레커로서 위로의 말이려니 여기며 완이 웃어넘기자 다케야마 씨는 힘주어 말했다.

“설마 그깟 애송이 의대생의 말을 믿는 건 아니지? 내가 그 증거니까 믿어보라고. 믿어서 손해날 건 없잖아.”

그는 히말라야를 열 번 방문했는데 단 한 번도 고산병에 걸린 적이 없다고 했다. 모두 혼자 왔기 때문이라는 주장이었다. 완은 마늘을 꿀꺽 삼키며 이런 생각을 했다. 그렇다면 고산병을 예방하는 것은 이 마늘이 아니라 외로움이 아닐까? 히말라야의 눈길을 혼자 걷는 외로움이 고산병보다 더 지독하다는 뜻일까? 지독한 외로움을 견디고 있으니 이런 증세 따위는 걱정할 필요가 없다는 말이겠지?

그 순간 묘하게도 완은 이제껏 붙들려 있던 두려움을 슬며시 내려놓았다. 다케야마 씨는 뜨거운 차를 한 모금 마시고는 말했다.

"잘 들어봐. 히말라야를 오르는 일은 관중도 없고 심판도 없어. 심지어 일정한 룰도 없어. 단 한 가지만 지키면 되는 거라고."

"단 한 가지요?"

"그래, 단 한 가지. 자기 자신만 잘 컨트롤하면 돼."

"저는 그게 잘 안돼서 여기에 온 놈입니다."

완은 자신도 모르게 웃음이 터져 나왔다. 입을 크게 벌리자 마늘 냄새가 훅 하고 끼쳤다. 큰 소리로 웃으니 기분이 한결 나아졌다.

"그러니까 그걸 배우고 가라고 누군가 자네를 여기까지 부른 거야. 그분께 감사하라고!"

다케야마 씨도 찻잔을 들며 씩 웃었다. 완은 쥐고 있던 마늘을 테이블 위에 던지고는 자리에서 일어나 다케야마 씨를 향해 고개를 숙였다.

"고맙습니다. 지금 드시는 찻값은 제가 내겠습니다."

그날 밤 완이 이마에 손을 짚고 누워 있을 때, 다케야마 씨는 완의 방으로 찾아왔다. 그리고 두통약을 몇 알 건네주었다. 완이 따뜻한 물과 함께 알약을 복용하자 그는 방에서 몇 가지를 친절하게 점검해줬다.

"거참, 이것 보라고. 이러니 잠을 푹 잘 수가 없지."

다케야마 씨는 혀를 차며 빈 침대의 남는 베개로 완의 머리맡에 난 창문을 단단히 틀어막았다. 그리고 완의 머리에 비니를 쓰게 하고는 방 밖으로 나가더니 빈 병을 구해 왔다.

"따또빠니 이리 줘봐."

완이 끌어안고 있던 물통을 주자 그는 빈 병에 따또빠니를 반쯤 옮겨 담았다. 하나는 겨드랑이에 다른 하나는 발에 두고 자라고 했다. 아, 따또빠니를 두 개로 나누는 이 쉬운 걸 왜 진작 못했을까, 완은 후회했다. 완이 침낭 지퍼를 올리고 눕자 다케야마 씨는 그 위에 담요를 덮어주고는 흘러내리지 않도록 끝자락을 침낭 아래로 갈무리해주었다. 그는 주위를 두리번거리며 물었다.

"혹시 크고 깨끗한 손수건이 있나?"

"콧물에 젖은 작고 더러운 손수건은 여러 장 있어요."

완의 대답에 그는 코를 찡그리며 손사래를 쳤다. 다케야마 씨는 목에 감은 노란 머플러를 풀더니 가볍게 공중에 털었다. 마치 마술을 하는 것 같았다. 그리고 부드러운 그 머플러를 완의 얼굴에 씌워주었다.

"이렇게 해야 냉기가 직접 코에 닿지 않는 거라고. 오늘 푹 자면 내일은 힘을 쓸 수 있을 거야. 굿나잇!"

다케야마 씨는 전등 스위치를 내리고는 문을 꼭 닫고 밖으로 나갔다. 겨드랑이와 발에 넣어둔 따또빠니의 온기가 퍼지자 침낭 안은 따뜻하고 포근했다. 기분을 좋게 만들려고 완은 나지막하게 노래를 불렀다.

"만일 그대 내 곁을 떠난다면 끝까지 따르리, 저 끝까지 따르리 내 사랑, 그대 내 품에 안겨 눈을 감아요. 그대 내 품에 안겨 사랑의 꿈 나눠요."

노래가 끝나자 유밍이 떠올랐다. 완의 품에 안겨 꿈꾸는 얼굴로 사랑을 속삭이던 그녀는 곁에 없었다. 다시는 영원히 그 얼굴을 볼 수 없고 그 음성을 듣지 못한다고 생각하자 목이 아파오면서 눈물이 고였다. 깊은 한숨을 내쉬고 완은 눈물을 삼키며 중얼거렸다. 머플러가 솟구치듯 들썩였다.

'도대체 왜 나는 관계가 힘이 들 때, 사랑을 선택하지 못했을까?'

멀리서 눈사태가 나는 굉음을 들으며 완은 눈을 감았다.

오랜만에 숙면을 취하고 아침 식사를 든든히 하자 완의

컨디션은 상당히 회복되었다. 다케야마 씨에게 머플러를 돌려주려고 식당과 주위를 두리번거렸지만 찾을 수가 없었다. 오히려 난롯가에서 마주친 푸르바의 상태가 좋지 않아 보였다. 전날 음식을 많이 먹고 잔 탓인지, 어떤 이유인지 모르겠지만 얼굴이 붓고 잔기침이 심했다. 완이 컨디션을 걱정하면 그는 한결같이 '노 프라블럼'이라고 대답했다.

"푸르바, 지도를 보니 오늘은 상당히 오래 걸어야 할 거 같아."

테이블에 앉아 완은 레몬차를 마시며 물었다. 의대생의 말은 잊은 지 오래였다. 지도를 확인하니 라바르마(4,417m)에서 고쿄(4,750m)까지의 고도는 333미터로 높지 않았다. 그러나 길게 늘어진 코스는 거리가 만만치 않았고 연이은 폭설로 눈이 수북할 게 분명했다. 라바르마에서 두 시간 거리의 마체르모(4,450m)에 산장이 있다는 표시가 보였다. 그곳에서 점심을 먹으며 한 시간가량 휴식을 취한 뒤, 세 시간 반 정도를 걸어 고쿄에 닿는 게 오늘 일정이었다.

"평탄하지만 꽤나 긴 코스가 될 거야. 나도 고쿄는 5년 만에 처음이야."

"날씨는 어때?"

"모르겠어. 그건 오직 신만이 아시지. 어쨌든 지금은 괜찮잖아."

지금의 체력으로 폭설이 내리는 고도 4,500미터의 산길을 여섯 시간가량 걷는 건 위험했다. 어제 다케야마 씨는 기상 상황이 좋지 않으면 여유를 갖고 하루를 더 쉬라고 충고했다. 산소량이 50퍼센트대로 줄어 호흡이 용이치 않은 곳에서 폭설로 인해 체온이 떨어지면 몸은 열을 내기 위해 더욱 많은 산소를 필요로 하는 악순환이 벌어진다는 것이다. 그러면 전력이 부족한 기계처럼 뇌에서 오작동이 나거나 끝내는 정지한다고 했다.

"걷다 보면 팡가라는 곳이 나오는데 눈사태가 자주 나는 곳이야."

푸르바의 말에 완은 헛웃음이 나왔다. 그야말로 첩첩산중이었다. 푸르바는 한참을 콜록거리더니 부은 눈으로 완을 보며 말을 이었다.

"그래도 말이야, 차도텐을 지나면 '알게 되는 길'이 나오지."

"알게 되는 길?"

"오래전 라마승 상와 도르지가 그 길에서 몰랐던 것을 크게 알게 됐대. 그 자리에 가면 아직도 바위에 상와 도르지의 발자국이 남아 있어."

완은 바위에 발자국을 남길 정도의 깨달음이란 어떤 것인지 상상했다.

"그 발자국을 볼 수 있을까? 아마 눈에 덮여 있겠지?"

푸르바는 한참 마른기침을 하고는 대답했다.

"도르지의 발자국을 못 보면 어때? 눈에 네 발자국은 남잖아. 그게 중요한 거지."

완은 도대체 무슨 생각으로 푸르바가 이런 말을 하는지 알 수 없지만 녀석이 꽤나 멋있게 보였다.

"맞아, 듣고 보니 그게 더 중요하네."

"차도텐에서 세 개의 호수를 지나면 바로 고쿄야. 아주 괜찮은 산장이 나온다고."

완의 귀에 푸르바의 설명은 마치 시처럼 들렸다. '알게 되는 길' 그리고 '세 개의 호수'라는 이미지는 어느 틈에 '폭설과 고산병'이라는 단어를 마법처럼 뒤덮었다. 그 길과 호수를 거치면 목적지인 고쿄에 도착한다는 사실. 일단은 그것만 중요했다.

오전 10시에 트레킹 장비를 갖추고 카운터에서 계산을

하며 다케야마 씨에 대해 묻자, 그는 아침을 일찍 먹고 산장을 내려갔다고 했다. 완은 미처 돌려주지 못한 노란색 머플러를 자신의 목에 감았다. 문을 나서니 황량하고 광활한 설원이 펼쳐져 있었다. 습관적으로 완은 지갑이 든 왼쪽 가슴 안주머니를 더듬어 확인하고는 걸음을 뗐다. 평탄하지만 꽤나 먼 길이라 했다.

만다린

24

석사 졸업논문에 해당하는 전공 리서치 페이퍼를 제출하고 나자 완은 지독한 감기몸살을 앓았다. 더는 학교에 갈 일은 없었다. 리서치 페이퍼에 대한 평가가 남았지만 지난 몇 개월간 담당 교수로부터 꾸준히 피드백을 받고 수정과 보완을 거듭했기 때문에 큰 걱정은 없었다. 완은 모든 과정이 끝났다는 것을 깨닫자 허탈함을 감당할 수가 없었다.

철두철미한 대학원 생활이었다. 일단 교수 전원이 수업의 커리큘럼을 처음부터 끝까지 강도 높게 지켰다. 매주 용의주도하게 부과되는 과제물은 상당 분량의 공부를 요구했다. 마감일을 어기면 칼처럼 감점이 들어와서 완은 밤새 리포트를 쓰다가 동이 틀 무렵 몇 번인가 흐느껴 울었다. 매주 우수 과제물이 클럽에 올라오면 자신이 얼마나 열등한지 뼛속 깊이 알았다. 그렇게 몸과 마음을 사력을 다해 전소해야 1회의 강의가 지나갔다. 박사과정은 엄두도 못 내서 진학자가 아예 없는 학기도 잦았다.

함께 공부하는 친구들과 맥주 혹은 커피 한잔 마셔보지 못한 경우가 대부분이었다. 영국과 북미의 유학생들도 있었지만, 대부분은 카자흐스탄, 태국, 중국, 이란, 인도, 방글라데시, 인도네시아 등 가난한 나라의 국가장학생들이었다. 한 학기가 끝나면 겨우 얼굴을 익힌 학생들이 소리 없이 사라졌다. 한 과목이라도 낙제를 받으면 체류가 힘들어졌다. 그들은 대개 수업료와 그 배에 해당하는 생활비를 감당할 여력이 없었다. 무엇보다 본인이 낙제를 받았다는 사실을 못 견뎠다.

매일 아침 완은 이것이 인생의 마지막 공부라고 결의했다. 떨어져 나가지 않기 위해 몸부림쳤으나 지금까지의 공부가 인식의 지평을 넓히고 인생의 깊은 통찰을 위한 것이었는지는 자신할 수 없었다. 스스로 이 전공의 '마스터

(Master)'라 할 수 있는가, 물으면 두 손으로 얼굴을 감추고 싶었다.

유밍과의 관계는 어떻게 정리해야 할지, 수연의 제안에는 어떤 결론을 내릴지 생각할수록 복잡했다. 곧 한국으로 돌아가면 어떻게 살지도 막막했다. 분명한 건 어떤 형태로든 유밍과 당분간 헤어지게 된다는 점이었다. 마지막 과제를 제출하자 잔뜩 조여 있던 긴장이 풀리며 이런저런 걱정과 함께 몸에 열이 펄펄 끓었다.

사흘째 앓아눕던 날 눈을 떠보니 유밍이 침대 머리맡에 앉아 있었다. 완은 어지러움 속에서 눈에 초점을 맞추며 자신이 지금 어디에 있는지 헷갈렸다. 유밍의 방에서 잠이 든 걸까, 의심했지만 분명 책장이며 세간이 자신의 스튜디오였다. 그러나 완은 놀랄 기운도 없었다.

"많이 아파?"

유밍이 걱정스러운 듯 물었다.

"어, 이게, 어떻게 된 거야?"

"어떻게 되긴? 네가 며칠 안 보여서 찾아왔지. 전화기도 꺼져 있고."

완은 어지러워서 다시 베개에 머리를 떨어뜨리고 눈을

감았다. 물기를 잃은 혀는 까끌까끌하고 열이 오른 입술은 말라서 갈라져 있었다.

"아무것도 안 먹고 누워만 있었어? 이것 좀 먹어봐."

유밍은 비닐봉지에서 만다린을 꺼냈다. 그러고는 주황색의 껍질을 벗겨 몇 조각을 완의 입에 넣어주었다. 과육을 깨물자 달고 새콤한 과즙이 터지며 향이 돌았다. 모양은 감귤과 흡사하지만 맛은 오렌지에 가까웠다. 퉁퉁 부은 목구멍으로 만다린을 삼키며 완은 슬며시 웃었다.

"아, 달고 맛있다. 너도 먹어."

유밍은 자신의 입에도 몇 조각을 넣으며 의자를 당겨 앉았다. 그리고 약간 이상한 어조로 어눌하게 말했다.

"들어봐, 어젯밤에 꿈을 꿨어. 사랑하는 남자와 히말라야에 가서 눈밭에서 놀았어. 눈싸움을 하며 놀다가 만다린을 먹었는데 정말 맛있었어."

지금 눈앞의 유밍은 자신이 아는 유밍과는 다르다고 완은 생각했다. 얼굴 표정뿐만 아니라 말하는 모습까지 낯설었다. 그녀는 마치 배터리가 다 됐거나 볼트의 조임이 느슨해진 인형 같았다.

"있잖아, 나는 눈싸움을 한 번도 못 해봤는데, 그렇게 재미있는 줄 몰랐어. 근데 그 사랑하는 남자가 누군 줄 아니?"

그 질문을 받자 완은 어지러운 가운데서도 불안해지기 시작했다.

"그 남자가 누군 줄 알아? 그 남자는 바로 너야. 그래서 이렇게 아침부터 만다린을 사 온 거야."

유밍은 헤벌쭉 웃으면서 바닥의 검은 비닐봉지를 들어 완 앞에 흔들어 보였다. 완은 갑자기 실없는 웃음이 터지며 어떤 표정을 지어야 할지 몰라서 두 손으로 얼굴을 감쌌다. 이 여자애가 느닷없이 무슨 히말라야 타령을 하는 건지, 어떻게 여기까지 들어온 건지 갈피를 잡을 수가 없었다. 머리는 여전히 무겁고 몽롱했다.

완은 더는 누워 있을 수가 없어서 침대에서 벌떡 일어나 앉았다. 며칠 동안 머리를 감기는커녕 세수도 하지 않았던 터라 그야말로 낮도깨비 같았다. 그런 완을 보며 유밍이 물었다.

"내가 와서 싫지?"

"아니야, 고마워."

그러자 유밍은 히죽 이를 드러내며 웃었다. 그녀의 눈빛은 탁하고 눈동자는 초점 없이 흔들렸다. 입학 후 처음 봤을 때의 명석한 얼굴과는 완전히 달랐다. 체중이 늘어서 그녀의 양 볼은 빵처럼 부풀어 오르고 어깨는 둔해 보였다. 불어난 뱃살에 바지 단추는 금방 터질 듯했다. 몸무게가 7킬로그램이나 빠지고 양 볼이 움푹 꺼진 자신과는 대조적이었다. 완이 뚫어지게 쳐다보자 유밍은 목소리 톤을 높여 활기차게 말했다.

"이 헤어스타일 어때? 한국 친구와 센트럴 부근의 한국 미용실에 가서 한 거야."

유밍은 손으로 머릿결을 매만지며 귀 뒤로 넘겼다. 최신 유행이라는 눈썹 위 일자머리는 그녀에게 전혀 어울리지 않았다. 게다가 화장법을 어설프게 배웠는지 파운데이션을 덕지덕지 바른 얼굴은 괴기스럽기까지 했다. 귀에 덜렁거리는 나무 십자가 귀걸이는 웃길 정도였다. 못 보던 새에 귀를 뚫고 빌린 귀걸이를 달고 온 게 틀림없었다. 완은 그녀가 정신 나간 여자처럼 보였다. 삐뚜름히 그린 립 라인에 눈길을 주다가 완은 조용히 물었다.

"너 약은 꼬박꼬박 먹고 다니냐?"

그녀가 항우울증 약을 복용한다는 것을 완은 알고 있었다. 유밍은 고개를 끄덕였다. 유밍은 약기운으로 버티며 문자학 논문을 완성하여 제출했고 결과를 기다리는 중이었다. 장학생 선발이 그 논문의 성패에 달려 있었다. 현지인이라면 선발 과정이 그렇게까지 까다롭지 않을 텐데 중국 유학생이어서 절차가 복잡하고 엄격했다. 박사를 마칠 때까지 소요되는 5년 동안 생활비 혜택이 포함된 장학생에 선발되지 않고는 과정 이수가 불가능했다. 유밍에게는 학자로서의 장래를 결정짓는 중대 사안이어서 스트레스가 엄청났다.

"근데 그 꿈에서 말이야, 이거 퀴즈니까 잘 듣고 맞혀봐. 그 남자가 만다린을 먹고 나서 내게 뭔가를 선물했어. 그게 뭔 줄 알아?"

완은 유밍을 가만히 내려다보았다. 어디서부터 그녀가 잘못된 것인지, 어떻게 하면 이전의 모습으로 되돌릴 수 있을지 가늠이 되지 않았다. 이렇게 망가진 그녀가 안타까울 따름이었다. 완은 왠지 자신이 유밍을 이렇게 만든 것 같았다.

"완, 모르겠니? 그럼, 이거 하나 더 먹어."

그녀는 봉투에서 만다린을 꺼내더니 엄지를 아무렇게나 꾹 쑤셔 넣었다. 과즙이 그녀의 바지 위로 뚝뚝 떨어졌다. 그리고 대충 껍질을 벗기고는 반을 갈라내어 완의 입가에 내밀었다. 껍질이 붙어 있었지만 완은 입을 크게 벌려 그것을 받아먹었다.

"그거 다 먹고 나서 맞혀봐."

만다린은 목마름을 지우기엔 안성맞춤이었고 신맛이 몸에 활기를 주었다. 유밍은 입을 헤벌리고 웃었다. 완이 입안에서 씨를 솎아내자 유밍이 몸을 일으켜 입술을 완의 입가에 가까이 댔다. 완은 손으로 유밍의 어깨를 눌러 자리에 앉혔다. 그리고 씨앗을 꿀꺽 삼키며 조용히 말했다.

"논문 결과 나올 때까지 잠깐 중국으로 돌아가 있어."

그녀는 입술을 굳게 다물며 고개를 저었다. 완은 진지하게 설득했다.

"부모님 곁에서 얼마간이라도 쉬다가 돌아와. 지금은 몇 푼 아끼는 것보다 그게 더 중요해."

"싫어. 돌아가면 너를 다신 못 볼 것 같아."

완은 꺼칠한 목소리로 버럭 소리를 질렀다.

"도대체 몇 번을 말해! 그렇지 않다니까! 보고 싶으면 반드시 만나게 돼 있어!"

"아니야, 다시는 못 볼 것 같아. 지난 이틀도 그런 생각에 괴로웠어. 그리고 돈도 없어."

돈이 없다는 말 앞에서는 대꾸가 옹색했다. 논문 결과가 좋게 나오더라도 그녀는 학기가 시작될 때까지 생활비를 벌어야 한다고 했다. 비행기 표를 내줄 것도 아니고 생활비를 대줄 것도 아니면서 부모님과 휴가를 보내라고 설득하는 건 무책임한 일인지도 몰랐다. 유밍은 자리에서 일어났다.

"그만 가볼게. 일자리 면접 보러 가야 해. 금방 또 올게."

"아니, 그러지 마."

완은 한국의 잡지사로 보낼 중요한 원고 마감이 있으니 열흘 정도 시간이 필요하다고 했다. 완은 정색을 하며 말했다.

"딱 열흘만 혼자 있게 해줘. 이번 원고는 정말 중요해서 집중이 필요해."

"열흘씩이나?"

그녀가 걸음을 멈추고 미간을 찌푸렸다. 아무리 다시 봐도 어이없는 헤어스타일과 화장이었다. 도대체 저러고 어느 일자리의 면접을 간다는 것인지 의아스러웠다. 완은 짧게 말했다.

"그리고 반지 줄게."

"정말이야!"

갑자기 유밍의 얼굴에 백만 와트의 빛이 들어온 듯 환해졌다. 완이 말했다.

"열흘 뒤 낮 12시에 빅토리아 파크에서 보자. 일 끝내고 마음 편하게."

"완 있잖아, 꿈속에서 그 남자가 반지를 여기다 이렇게 끼워줬어."

유밍은 왼손 약지를 들어 보이고는 오른손 엄지와 검지로 링을 만들어 끼우는 시늉을 했다. 완이 다시 당부했다.

"여기 찾아오지 말고 잘 지내. 쓸데없이 전화 걸어서 방해하지 말고. 집중해서 일해야지 돈도 벌고 반지도 사줄 수 있어."

"응, 알았어. 열흘 뒤 낮 12시 빅토리아 파크."

유밍은 달려들어 완의 입술에 뽀뽀를 하고는 현관문으로 뛰어나갔다.

그녀가 나가자 완은 자리에서 일어나 침대에서 내려왔다. 손을 이마에 짚은 채 방 안을 둘러봤다. 짐은 단출했다. 우선 붙박이 옷장을 열었다. 입국할 때 가져온 옷들이 가지런히 걸려 있었다. 랭귀지 스쿨부터 3년 가까이 옷은 단 한

벌도 늘지 않았다. 한국에서는 이미 유행이 지난 것이고, 이젠 낡아서 입을 수 없는 것들이었다.

큰 종이가방을 찾아서 완은 그것들을 던져 넣었다. 근처의 재활용 판매점 앞에 놓고 몇 걸음을 걷자 호주 원주민 청소년 서너 명이 달려드는 것이 보였다 그들은 옷을 끄집어내어 몸에 대보고, 겨울 잠바 한 벌을 두고는 서로 잡아당기느라 옥신각신했다. 머리가 더는 아프지 않았고 몸에 힘이 돌았다.

완은 유밍이 바뀌지 않을 거라는 불길한 확신이 들었다. 그녀는 자신이 극단적으로 추구한 것들에 대해 단 한 번도 실패를 겪어보지 않은 사람이었다. 전부를 얻지 않으면 아무것도 얻지 못했다고 생각하는 과잉 성취욕에 더는 놀아나고 싶지 않았다. 실패의 면역이 없는 사람이 실패하지 않기 위해 어떤 무서운 일을 벌일지 예측할 수 없었고, 그녀의 집요한 애착이 연출하는 롤러코스터에 올라타 감정의 널뛰기를 할 일이 벌써부터 끔찍했다.

돌아오는 길에 완은 부동산에 들러 스튜디오를 내놓았다. 최소 2주 전에 방을 뺀다는 공지를 해야 하지만 학교 주변의 스튜디오는 늘 대기자가 넘쳤다. 그리고 공중전화 부스에서 서울의 수연에게 전화를 걸었다.

"나 일찍 귀국할까 하고."

"무슨 일 있어? 갑자기 왜?"

"이젠 여기에 아무 미련 없어. 빨리 돌아가지 뭐. 너도 빨리 보고 싶다며."

"곧 졸업식 있지 않아? 그래도 공부 열심히 했잖아. 내가 너 입을 양복 준비해서 졸업식 전날 직접 공수하려고 하는데. 며칠 여행하고서 같이 귀국하려고."

"그때 가나 지금 가나 같지 뭐. 박사 딴 것도 아닌데 졸업식 굳이 참석할 필요도 없고. 너도 바쁜데 시간 뺏길 필요 없잖아."

"나야 작가님이 일찍 온다면 좋지. 비행기 표는 내가 알아봐줄게. 언제 귀국 예정인데?"

"사흘 뒤."

수화기 건너편에서 수연이 맑게 웃었다.

다음 날부터 완은 자신이 가진 것을 정리하기 시작했다. 책상 겸 식탁으로 쓰던 테이블, 소형 냉장고, 침대 등은 묶어서 인터넷 생활정보란에 내놓으니 젊은 커플이 차를 몰고 와서 싹 실어 갔다. 식기류와 냄비 등을 덤으로 주니 매우 기뻐했다.

스튜디오는 바로 다음 날 들어올 사람이 정해졌다. 완은 각종 세금을 납부하고 은행 계좌를 닫았다. 그리고 사용하던 데스크톱과 주변기기, 문방 용품 등을 아프가니스탄에서 온 모힙에게 선물로 줬다. 모힙은 도서관 앞 벤치에서 질질 짜며 앉아 있는 걸 완이 발견해서 도와준 언어학과 후배였다. 각 교수별 공략법과 효율적인 리서치 방법을 알려주자 모힙은 완을 멘토로 청했다. 매운 음식을 좋아하는 친구여서 완은 뉴타운의 태국 음식점에 데리고 가서 자주 점심을 사줬다. 정부 장학생인 그의 목표는 이곳에서 박사 학위를 받고 교수가 되는 것이었다. 모힙은 데스크톱을 받자 감격한 나머지 완의 손을 잡고 영원히 잊지 않겠다는 말을 세 번이나 했다.

완이 마지막까지 남겨둔 것은 책장의 책과 자료였다. 랭귀지 스쿨부터 모아온 자료들이 비닐 파일에 정연하게 꽂혀 있었다. 대학원 과정의 교재, 복사한 논문, 리서치 자료들에는 갈피마다 메모지가 붙어 있거나, 형광펜이 그어져 있고 색색의 북 마커가 달려 있었다. 거의 모든 페이지마다 완의 지문과 펜이 스친 것들이었다.

특히 피드백을 받은 과제물과 연구물 등을 보면 고생했던 기억이 바로 떠올랐다. 완은 이를 정리하려고 손에 쥐었다가 매번 다시 읽는 데 시간을 보내느라 기회를 미루었다. 이것들을 솎아내어 추려낼지, 상자에 전부 담아 배로 부칠지 결정하는 일은 고민스러웠다.

출국 전날 밤까지 완은 망설이다가 결국엔 빈 박스를 몇 개 갖다 놓고는 그것들을 쓸어 담았다. 손은 그렇게 하면서도 마음은 이렇게 해서는 안 될 것 같았다. 목장갑을 끼고 그것들을 쓸어 담는 데 이상하게도 목울대가 울컥했다. 마치 그동안 공부한 내용과 시간까지 쓸어 담는 기분이었다.

그런 와중에 그동안 받은 크리스마스카드며, 각 나라의 엽서, 명함, 사진 등이 바닥에 후드득 떨어졌다. 유밍과 맨리 비치의 선착장 앞에서 찍은 사진을 완은 주워 들었다. 렌즈를 향해 웃고 있는 두 사람의 어깨 너머로 무지개가 희미하게 찍혀 있었다. 완은 자리에 서서 한참을 들여다보다가 긴 숨을 몰아쉬고는 그것을 찢어서 버렸다. 책장에 꽂혀 있을 때는 소중한 자료였으나 박스 안에 담기자 쓰레기 뭉치에 불과했다.

시드니 공항에 도착했을 때, 완은 트렁크 하나와 작은 배낭 하나가 전부였다. 도저히 버릴 수 없는 책들과 사전뿐이었다. 그것이 지난 3년간 그가 시드니에서 들고 나온 전리품의 전부였다.

봄 그리고 봄

25

완이 서울로 돌아왔을 때는 7월 중순이었다. 인천공항 입국장에 모인 환영객들의 여름 옷차림과 마주하자 완은 입고 온 겨울옷이 거추장스러웠다. 청사를 나서자 뜨거운 공기에 숨이 막혔다. 한겨울의 시드니에서 한여름인 서울로 계절을 가로지른 셈이었다. 마중 나온 수연을 따라서 주차장으로 걸어갈 때 수백 대의 차창에서 반사된 햇빛이 날카롭게 눈을 찌르고 들어왔다. 완은 가로수마다 무성한 암녹색의 나뭇잎을 보자 까닭 모를 암담함을 느꼈다.

3년 만의 귀향은 씁쓸했다. 완은 병치레 한 번 하지 않고 과정을 마쳤으나 손에 든 것은 아무것도 없었다. 졸업장은 당장에 쓸모없는 종잇장에 불과했다. 아무것도 내보일 게 없는 게 공부임을 완은 그때 알았다. 그나마 있다면 소설가라는 타이틀이었다. 몇 년간 발표도 못 하고 책 한 권을 내지도 못해서 실은 무명과 다름없었다. 그러나 별다른 힘이 없는 이 둘이 합쳐져 '유학파 소설가'가 되자 기이한 힘을 발휘했다.

그 기이한 힘을 앞세워 완과 수연은 양가에 인사를 드리고 가을에 결혼식을 올렸다. 완은 조촐한 예식을 원했으나 수연의 계획은 화려했다. 그녀는 대학 동기와 선후배들을 빠짐없이 초청하고 그동안 직장 생활을 하며 쌓은 인맥들을 총동원했다. 친구 동료 사진만 세 번으로 나누어 찍을 정도였다. 수연은 그들 앞에서 완을 '성공할 재원'으로 치켜세우며 한껏 뽐을 냈다.

둘은 창전동 언덕의 방 두 개짜리 전세 아파트를 얻었다. 결혼하고 몇 달 동안 수연이 출근하면, 완은 첫 책의 퇴고 작업에 몰두했다. 그리고 수연의 퇴근 시간에 맞추어 저녁 식사를 준비했다. 완을 학교로 불러들인 건 그해 겨울 황 선배의 전화 한 통이었다. 신학기 강사 위촉이 됐으니 서둘러 구비 서류를 학교로 제출하라는 전갈이었다.

완은 지방 캠퍼스의 문예창작과에 세 시간짜리 한 과목을 배정받았다. 월요일 1교시에 시작하는 수업을 위해서 새벽 5시 반에 일어났다. 완은 강의를 시작하는 것이 이 사회의 일원이 된 것처럼 뿌듯했다. 월요일 새벽에 휴대전화 알람음 〈환희〉가 울릴 때마다 완은 환희에 차서 깨어났다.

완이 맡은 창작 실습 과목은 9시부터 12시까지였다. 개강하던 날 완은 8시 40분에 강의실을 들어가서 12시 20분에 나왔다. 이십 분 전 입실해서 파워포인트를 점검하고 수강생들의 이름을 외웠다. 정시에 수업을 마치고는 지각생들과 과제물 질문자들을 상대했다. 완은 첫날 지킨 수업시간을 학기 끝까지 고수했다.

*

귀국 후 유밍으로부터 이메일이 계속 날아왔다. 보름 동안은 하루에 다섯 통씩 메일이 들어왔다. 어디 있는지 수소문하는 내용이었고, 반지를 받기로 한 날은 빅토리아 공원에서 날이 저물도록 기다렸다고 했다. 그리고 결국 스튜디오를 찾아갔고 이사 갔다는 말을 듣고는 분노와 허탈함에 지금껏 자지도 먹지도 못한다는 사연이었다. 한참씩 스크롤 다운을 해야 하는 장문의 편지에서 그녀의 원망과 성난 얼굴이 보였다.

빅토리아 공원의 벤치에 앉아 주위를 두리번거리며 종일 자신을 기다렸을 유밍을 떠올릴 때마다 완은 우두커니가 되었다. 보름이 넘도록 그런 메일이 쌓여가자 완은 짧은 답신을 썼다. 자신을 더는 찾지 말라는 것과 남자를 사귀되 가급적 동양인은 피하고 백인 남자와 결혼해서 부디 행복하게 살라는 내용이었다. 답장의 제목은 '노랑나비는 잊고 하얀 나비를'이었다.

답신을 보내자 삼십 분 안에 세 통의 메일이 날아들었다. 유밍은 그동안 자신이 잘못한 사항들을 조목조목 나열하며 반성한다고 했다. 그리고 한 사람을 인위적으로 잊는 일은 불가능하며 우정 외에 바라는 것은 없다고 강조했다. 그녀는 그저 '친구로서 연락을 주고받고 싶을 뿐'이라고 여러 차례 밝히면서 귀국 선물을 주고 싶다며 완의 주소와 전화번호를 물었다.

메일은 하루에 세 통 정도로 줄었으나 완은 응답하지 않왔다. 간혹 그녀가 보낼 힘든 시간이 안타까워서 좋지 않은 상상이 꼬리를 물고 이어지기도 했다. 책을 읽거나 밥을 먹는 중에도 유밍이 떠오르면 기운이 빠졌다. 그러던 완은 상대를 너무 심각하게 바라보면 오히려 적절한 이해를 방해한다는 생각이 들었다. 그 후로는 메일을 읽자마자 바로 지워버렸다. 서울에서 어떡해서든 적응하고 뿌리를 내려야만 한다는 집념뿐이었다.

그치지 않고 전송되는 메일은 완을 자꾸 뒤흔들었다. 이렇게 냉정할 필요가 있는지 의문이었다. 그러나 냉정해져서 유밍이 제 궤도를 찾는다면 충분히 그렇게 할 수 있었다. 잠깐은 서럽겠지만 장기적으로 보면 오히려 그 편이 나았다. 말을 피하는 것만으로도 많은 문제가 해결된다는 것을 완은 알고 있었다.

그렇게 한 달이 지났을 때, 유밍은 특별 장학생에 선발됐다는 소식을 전했다. 학비는 물론이고 기숙사와 생활비까지 제공받는 조건이었다. 그녀는 말미에 우체국에 다녀온 이야기를 적었다. 고향 집 근처에 아주 오래된 큰절이 있는데, 그 절의 연등에 매달 소원성취 카드를 적어서 집으로 보냈다는 내용이었다. 그녀의 마지막 문장은 이렇게 끝났다.

"부처님은 너와 인연을 맺게 해주셨어. 장학생 선발 기도도 들어주셨어. 이제부터 너와 함께 히말라야에 가게 해달라고 빌 거야. 매년 그 약속이 이루어질 때까지 빌 거야. 그날이 빨리 오기를 너도 기도해줘!"

그녀가 경제적인 근심 없이 원하는 학자의 길로 들어서게 된 건 다행이었다. 무엇보다 그녀의 생활에 긍정적 변화가 일어났다는 점이 놀라웠다. 완은 축하한다는 내용의 답신을 써놓고 메일의 임시보관함에 저장했다가 끝내 보내기를 포기했다.

유밍은 새로운 학기를 맞이하여 바빴던 듯 잠잠하더니 봄꽃이 활짝 필 무렵 완에게 장문의 메일을 보냈다. 제목은 '나의 매미(My Cicada)'였다.

엄마는 그 매미를 어서 풀어주라고 했지. 부처님은 매미를 잡아놓는 것을 싫어한다고 했어. 그래도 나는 그의 목소리가 좋았어. 내가 앉던 작은 대나무 의자 주위를 날아다니며 노래를 부르는 게 신기해서 오래 붙들고 싶었어.

그래서 도망가지 못하게 실로 허리를 꽁꽁 묶었던 거야. 겨우 여덟 살이던 나는 내 손에 들어온 건 나의 매미라고 생각했으니까. 그 외의 것을 생각하기엔 너무 어렸고 그 매끈한 몸의 표면과 투명한 날개의 무늬가 근사했어.

그랬던 거야. 곧 저녁 시간이 되어 자리를 옮긴 후에 나는 매미 따위는 까맣게 잊었어. 다음 날 가보니 그는 죽어 있었어. 하늘로 날아오르라고 몇 번이나 공중으로 내던졌지만 딱딱하게 오그라든 몸은 바닥을 굴러다녔지. 나는 그를 두 손으로 움켜쥐고는 울었어. 그토록 서럽게 울었던 적은 처음이었던 것 같아.

죽은 매미를 쥐고 울음을 그치지 않자 엄마가 말했어. “유밍, 그것을 묻어주렴. 저 대나무 숲에 가서 묻어주면 내년 여름에 다시 돌아올 거야.”

나는 눈물을 닦으며 물었지. “정말이에요, 엄마? 이렇게 죽어도 내년 여름에 다시 돌아오나요?”

“그럼, 죽은 것들은 반드시 돌아온단다. 그 매미도 다시 돌아올 거야.”

그 말을 믿을지 말지 우물쭈물하니까 엄마는 고개를 끄덕이며 내 등을 밖으로 밀었지. “걱정 마라. 부처님께서 돌아오게 만드시니까.”

아, 부처님이라면 충분히 그렇게 할 수 있는 분임을 나는 알고 있었어. 나는 대나무 숲에 그것을 가지고 갔지만 파묻지는 않았어. 한여름의 대숲은 온통 초록색 바람으로 출렁거렸어. 아무에게도 말하지 않았지만 나는 그것을 입에 넣고 삼켰어. 그러고는 다른 곳으로 보내지 말고 반드시 내게 다시 보내달라고 부처님께 절했어.

완, 나는 네가 끊어버린 길에서 더 나아가지 못하고 같은 자리를 맴돌고 있어. 네가 닫아버린 문에 기대어 너를 기다리고 있어. 나는 아무렇게나 내버려진 더러운 장난감이 된 기분이야. 두통이 몰려오는 밤에 잠을 이룰 수 없을 때마다 네 생각을 해.

완, 듣고 있지? 그까짓 반지를 사주지 않아도 좋아, 안아주지 않아도 좋아, 함께 오래 있자고 다시는 조르지 않을게, 전화도 하지 않을 거야……. 대신 한 번만 너의 응답을 받을 수 있다면, 다시 한 번만 네 목소리를 들을 수 있다면, 그렇게 떠난 이유를 들을 수만 있다면, 아, 부처님께서, 대자대비하신 부처님께서 다만 한 번만 너를 내게 보내주신다면! 너 듣고 있지? 내가 보낸 이메일 꼬박꼬박 읽는 것 다 알아. 내 말 듣고 있지? 완, 단 한 번만이라도, 제발!

편지를 읽고 완은 모니터 앞에서 머리카락을 쥐어뜯었다. 유밍의 목소리가 들리는 듯했다. 완은 밖으로 뛰쳐나가면 금방이라도 센트럴 역에 닿고, 기차를 타고 애시필드 역에 내려서 유밍의 유닛으로 달려갈 수 있을 것 같았다. 그녀가 요리한 '함초이문지눅'을 먹으며 와인을 함께 마시고 노래를 부를 수 있을 것 같았다. 그러나 주위를 둘러보면 이곳은 서울이었다.

그날 이후 완은 유밍의 메일 제목을 보는 순간 심장이 몇 배나 빨리 두근거리는 이상한 증세로 시달렸다. 읽고 나면 안절부절못하며 기분이 다운되는 상태가 며칠씩 갔다. 용서받지 못할 죄를 짓고 도망친 죄인의 심정이었다. 무엇보다 답신을 해야 할지 망설였다. 답신을 한다면 어떻게 쓸지 내용을 궁리하는 일에 시간과 에너지가 소모됐다. 그렇게 우왕좌왕하다가 답신을 하지 않는 게 좋겠다는 결정을 내린 뒤에는 다시 죄책감에 시달렸다.

메일이 오지 않으면 초조하고 불안했다. 완은 누군가를 '단 한 순간도 잊은 적이 없다'는 말을 처음 이해했다. 자신의 감정 소모가 너무 심해서 곧 병에 걸릴 것 같은 자각이 들었다. 고민 끝에 완은 유밍을 연상시키는 모든 기록을 삭제하고 사용하던 이메일을 폐기했다. 그녀와의 하나뿐인 연락선을 끊어낸 뒤 스스로에게 주문을 걸었다.

'그곳에서 부디 행복하렴. 넌 이제 내 인생에서 삭제된 사람이야.'

2학기가 시작되고 얼마 지나지 않아 완은 첫 책을 출간했다. 귀국 후 1년 만이고 서른셋의 가을이었다.

26

강사 생활 2년이 지나자 완은 여러 대학에서 강의 요청을 받았다. 완은 대체적으로 강사 생활에 만족했다. 타인의 가능성을 중시하며 그들의 성장을 도울 수 있는 기회를 감사하게 여겼다. 다만 시간 배치는 여전히 1교시를 벗어나지 못했다. 때로는 교양과목이 1·2교시 3·4교시 5·6교시가 배정되어 점심을 먹을 시간조차 없었다.

교양 국어에서 한 여학생이 8회 연속 결석한 적이 있었다. 완은 매주 영화사로부터 성의 없는 협조전을 이메일로 받았다. 홍보 작업으로 출석할 수 없으니 양해를 부탁한다는 내용이었다. 졸업할 시기가 훌쩍 지난 4학년생이어서 취업 활동이 분명했다. 황 선배에게 이런 경우엔 어떻게 하면 좋으냐고 묻자 단호한 대답이 돌아왔다.

“뭐, 영화 홍보? 포스터 붙이는 알바하느라 수업을 못 들어온다는 게 말이나 돼? 한 학기 더 공부하고 싶다는 뜻이지 뭐겠어?”

완은 출석일수 미달로 점수를 줄 수 없으니 더는 협조전을 보내지 말라는 답신을 보냈다. 몇 주 후에 강의실에 들어갔더니 출입구까지 사진을 찍고 사인을 받는 학생들로 북적거렸다. 실제로 나타난 여학생은 유명 영화배우였다. 그녀는 짧은 치마를 입고 앞자리에서 다리를 꼬고 앉아 강의를 들었다.

수업이 끝나자 여배우는 완에게 면담을 요청했다. 테이블을 사이에 두고 마주 앉자 그녀의 매니저가 비타민 음료수 한 박스를 완에게 내밀었다. 무대 인사를 비롯한 영화 홍보 때문에 나머지 수업을 참석할 수 없다는 게 그녀의 요지였다. 완은 직업적 특성을 감안해서 최소 과제물 제출에 대해 설명하고 성적 정산 마감까지 시간을 연장해줬다.

결과적으로 완은 그녀에게 낙제점을 줬다. 영화를 찍으며 느꼈던 점에 대해 A4 두 페이지 분량의 에세이를 한 편만 내도 구제가 가능했는데, 성적을 줄 만한 근거가 하나도 없었다. 그 학기의 다른 과목에서는 1학년 30명 중에서 20명에게 'D'와 'F' 학점이 나갔다. 이상하게도 학생들의 얼굴에 패배감과 우울함이 가득했던 클래스였다. 완은 마지막까지 애를 썼지만 점수가 낮을 것을 뻔히 아는 학생들은 과제물을 제출하지 않았다.

상당수의 대학생들에게 '규율(discipline)'의 개념이 없다는 데에 완은 적잖게 놀랐다. 어떤 게임이든지 그것을 작동시키고 유지하는 데 필요한 룰이 있기 마련인데, 학생들은 룰을 지키는 과정은 무시하고 결과에만 집착하는 양상을 보였다. 자기만의 트랙과 룰을 만들어 뛰고는 기록을 경신했다고 우기는 부류마저 심심찮았다. 완은 대학이라는 교육 공간은 현실과는 다른 양질의 규율이 지켜져야 한다고 믿었다. 최소한 '부실, 위조, 어영, 졸속, 모조, 허위, 얼렁뚱땅, 물타기, 뽀루꾸, 구라, 야료, 야메, 페이킹'과는 거리를 두어야 하는 곳이었다.

그러나 완은 그동안 고수한 원칙의 강도와 수위를 조정해야 한다는 것을 알았다. 완은 그 두 가지 일로 학과장과 교양 담당 주임에게 불려갔다. 학교 이미지를 홍보하는 배우에게 너무 가혹한 점수를 준 것이 아니냐는 지적과 많은 수의 학생들이 그렇게 'D'와 'F'를 받은 것은 강사의 자질 부족이 아니냐는 의심을 받았다.

물론 완은 반론이 가능했다. 여배우에겐 점수를 부여할 근거 자체가 없었다는 점, 그리고 강사 자질이 문제라면 왜 같은 강의를 받은 다른 두 클래스에서는 그런 일이 벌어지지 않았느냐는 것이었다. 하지만 완은 아무런 반론을 제기하지 못하고 고개를 숙이고 나왔다.

그렇게 서울의 삶에 적응하는 동안 완은 묘한 버릇에 시달렸다. 잠에서 깨면 그 장소가 어디인지 심한 혼란에 빠졌다. 시드니의 글리브인지, 애시필드인지 아니면 한국의 작은아버지 댁인지, 본가인지, 장인어른 댁인지, 창전동인지, 지방대학의 숙사인지를 한참씩 더듬어야 했다. 완의 머릿속에는 지난 몇 년간 거쳐온 장소와 그곳에서의 기억이 난마처럼 얽혀 있었다.

샤워 중에 머리에 샴푸를 하다가 갑자기 물의 온도가 변하면 그는 눈을 뜨지 못하고 어깨부터 무릎 높이까지 조절기를 찾느라 한참을 더듬거렸다. 지난 몇 년간 그가 지나쳐온 곳마다 샤워기 수도꼭지의 위치와 작동 방식이 전부 달랐기 때문이었다. 서울의 생활에 적응하느라 완은 시드니에서의 일들을 상당 부분 잊었지만 몸은 여전히 그것을 기억하고 있었다.

수연과의 결혼 생활은 3년이 넘도록 행복하지도 불행하지도 않았다. 완의 예상처럼 수연은 안정되고 균형적이었다. 그러나 그것이 전부였다. 완은 수연과의 관계에서 적당한 거리와 균형을 잡기 위해 몇 가지의 욕망을 덜어내야만 했다.

가장 먼저 포기한 건 음식이었다. 설날 본가에서 돌아갈 때 완의 어머니가 떡과 만두를 챙겨준 일이 있었다. 수연이 메뉴를 망설일 때마다 완은 자신이 좋아하는 떡만둣국을 먹자고 했다. 수연은 두 달 만에 떡만둣국을 하기로 했는데, 무표정한 얼굴로 냄비 앞에 서서 완에게 대뜸 물었다.

"떡 몇 개 먹을 거야?"

떡만둣국을 먹을 때, 떡을 몇 개 먹는지 헤아려본 적이 없는 완은 당혹스러웠다. 수연은 떡을 한 주먹 손에 들고 완을 추궁했다.

"빨리 말해. 몇 개 먹을지 알아야 개수를 맞춰서 넣을 거 아냐?"

"잠깐 생각 좀 해보고."

"넌 생각이 너무 많아. 그럼 만두부터 말해. 만두 몇 개 먹을 거야?"

수연은 음식을 잘하고 싶은 욕망이 없는 사람이었다. 엄연히 냉장고에 있는 파를 곰국에 넣지 않고 내와도, 플라스틱 국자를 그대로 담근 채 냄비의 음식을 데워도, 달걀 프라이를 프라이팬째 밥상 위에 놓아도 완은 말없이 먹었다. 공휴일에는 함께 집에 있어도 아침은 빵과 우유를 먹고 점심은 각자 알아서 먹었으며 저녁은 외식을 했다.

완이 자주 '군바리 식성'이라고 놀리듯 그녀는 아무리 맛없는 음식도 한마디 투정 없이 잘 먹었다. 그리고 자신이 투정하지 않듯 다른 사람도 투정하지 않기를 바랐다. 긍정적으로는 관대한 식성의 사람이었고 부정적으로는 미각에 둔감한 사람이었다. 수연은 3년이 지나도록 빻아놓은 깨소금을 단 한 번도 사용하지 않았다.

그리고 두 사람은 신혼 초를 제외하고 섹스를 거의 하지 않았다. 완은 키스를 좋아한 반면 수연은 싫어했다. 침대에 누운 수연의 입술에 완이 키스하면 그녀는 심드렁하게 반응했다.

"그 똥꼬 제발 치워줄래? 나 피곤하니까 빨리 자."

완이 입을 맞출 때 오므린 입술이 수연은 매번 항문 같다고 했다. 프렌치 키스는 하려는 시늉만 해도 질색했다. 혀는 괜찮은데, 침이 싫다는 거였다. 젖가슴에 입술이라도 대면 즉시 경고가 날아왔다.

"침 묻히지 마, 한 방울도!"

수연은 결벽증이 있었다. 그래서 부부관계를 가지려면 까다롭고 복잡한 절차가 끼어들었다. 결혼 전에는 몰랐지만 증세는 갈수록 심해졌다. 완은 샤워를 철저히 하고 이를 닦고 가글까지 해야만 접근이 허용됐다. 침실에서 분위기를 잡으면 수연은 용의 검사를 하는 선생님이 아이를 꾸중하듯 말했다.

"수염은 왜 안 깎았어? 그 수염이 얼마나 따갑고 아픈 줄 알아?"

완은 욕실로 가서 수염도 마저 깎는데 조금씩 치사한 기분이 밀려들었다. 그래도 인내심을 가지고 수연을 애무하면, 결정적인 순간에 이렇게 말했다.

"밑에 깔 게 필요해."

다급해진 완은 대강 넘어갔으면 했다.

"그냥은 안 돼. 빨리 가져와. 젖은 침대보에서 못 잔단 말이야."

욕실로 뛰어가 수건을 가져온 완이 그것을 깔고 다음 단계로 가면, 위험한 날이라며 콘돔이 필요하다고 했다. 그럼 완은 서랍에서 콘돔 박스를 찾아 어둠 속에서 은박 포장을 허둥대며 벗겨내곤 했는데 이쯤 되면 왠지 감정이 상하고 의욕이 꺾이고 말았다. 늘 고단한 수연은 그런 완의 상태를 눈치채지 못하고 매번 먼저 잠이 들었다.

마지막으로 완이 기대를 접은 것은 애정 표현이었다. 수연이 완에게 관심이 없는 건 아니었다. 다만 살갑거나 아기자기한 맛이 없었다. 완이 여름 양복이 없다고 하면, "물론, 그거 사야지. 이참에 셔츠하고 구두까지 사" 하며 카드를 주는 식이었다. 함께 가서 옷이나 물건을 골라주는 일은 없었고 수연 또한 자신의 쇼핑에 완의 시간을 빼앗지 않았다.

신혼 3개월이 지났을 무렵, 완은 자다가 새벽에 수연이 어깨를 흔드는 바람에 잠에서 깼다. 졸린 눈을 간신히 떴을 때 수연은 짧게 말했다.

"너 숨소리가 너무 커."

완은 비몽사몽이어서 그게 무슨 말인지 처음에 알아들을

수가 없었다. 수연은 완의 얼굴 위에서 조용하지만 다부지게 말했다.

"무슨 말인지 알겠어? 나는 큰 숨소리를 안 좋아해."

말투에서 어떤 힘이 느껴져 완은 고개를 끄덕였다. 그리고 몸을 돌려서 숨소리가 새어 나갈까 봐 이불을 뒤집어썼다. 그나마 코를 고는 습관이 없는 건 다행이었다. 완은 동료들과 이야기 중에 누구의 아내가 외출할 때 구두를 닦아준다느니, 손수건을 챙겨준다느니 하는 말을 들을 때마다 신기하고 놀라웠다.

그렇게 몇 가지의 욕망을 접으면 수연과의 컴퍼니언십은 평온했다. 눈치를 볼 필요도 없고 잔소리를 들을 걱정도 없고 외박을 하게 될 경우엔 문자로 간단히 알리면 그만이었다. 토라진 아내를 위로하느라 진땀을 빼는 일도 없고, 이벤트를 고민하지 않아도 됐다.

마찬가지로 완은 다정한 손길과 세심한 배려를 기대해서는 안 됐다. 일주일에 두 번 해주는 맛없는 밥을 조용히 먹고 침대에서 약간 떨어져 숨소리를 작게 내고 자면 아무런 문제가 없었다.

간혹 수연의 회사에서 부부동반 모임에 참석하면 완은

주목받는 소설가 혹은 전도유망한 교수감으로 소개되었다. 실은 이제 책 한 권을 출간한 풋내기 작가에다가 언제 목이 달아날지 모를 시간강사에 불과했다. 수연은 연봉이 천만 원도 안 되는 남편을 그것의 수십 배를 버는 직장 상사들에게 자랑스럽게 소개했다. 완은 그런 수연을 볼 때마다 자존심이 보통이 아니라고 생각했다. 자괴감 탓인지 모르겠으나 외국계 금융회사에서 입지를 넓히는 수연에게 완은 마치 문화적 상징자본 혹은 사회적 액세서리가 된 듯한 인상을 떨칠 수가 없었다.

수면이 고요한 호수 아래에서 물이 썩듯이 표면적으로 균형과 안정을 이룬 듯한 둘의 관계는 차츰 변질됐다. 그 균형이란 부부가 동등하게 서로 이해하고 양보해서 조성된 것이 아니라 완이 자신을 굽혀서 형성된 것이었다.

완은 불만을 표현하지 않은 것뿐이지 불만이 없었던 건 아니었다. 오히려 그것은 밖으로 해소되지 못하고 안으로 곪아 들어갔다. 완은 말수가 줄어들었고 박사 공부를 하면서부터 작은방에서 따로 잠드는 날이 많았다. 수연이 보름 만에 해외출장에서 돌아온 날도 둘은 평상시처럼 식탁에 앉아서 무심히 배달음식을 먹었다.

수연은 완과의 결혼생활에 별다른 불만을 표시하지 않았다. 어제와 같은 덤덤한 태도로 완을 대했고 다음 날도 변함이 없었다. 자주는 아니지만 일주일에 두 번씩 밥을 차려주는 것도 잊지 않았다. 평소에 완에게 사랑한다고 말하지 않았고 자기를 사랑하느냐는 질문도 하지 않았다. 그녀는 불만을 드러내는 것은 자신이 배우자를 잘못 선택했다는 것을 수긍하는 꼴이라고 여기는 듯했다.

다만 완과의 관계가 점점 불행해지는 듯한 기분이 드는 까닭은 아직 완이 임용이 되지 않아서라고 생각했다. 혹은 창작자들이 인정받기 전까지 겪는 통증을 완이 심하게 앓는 거라고 치부했다. 냉랭해지는 관계의 원인을 수연은 그렇게 외부의 탓으로만 돌렸다. 완이 자신을 사랑하지 않는다는 것은 추측만으로도 자존심 상하는 일이었다. 수연은 완과의 관계가 별다른 문제가 없다고 생각하면서도 조금씩 병이 들어갔다.

놓칠 수 없는 기회

27

서른여덟 살의 이른 봄, 완은 박사과정을 수료하고 논문 초고를 쓰느라 골치를 앓았다. 강사 생활이 5년쯤 지났을 때였다. 처음에 자신이 '유능하고 실력 있는 강사'라고 착각했던 완은 점차 '무능하고 실력 없는 강사'라는 회의에 빠졌다. 여전히 십 분 먼저 강의실에 입실했지만 정시에 강의를 끝내는 일은 없었다. 그사이에 한 권의 소설책을 더 발간했지만 큰 주목을 받지 못했다.

목련 가지에 꽃망울이 맺힐 무렵, 완은 차 교수의 전화를 받고 저녁 식사 자리에 나갔다. 차 교수가 말을 하는 동안 불판 위에서 돼지고기가 탔다. 한가하게 집게로 고기를 뒤집거나 불 언저리로 골라내면서 들을 만한 내용이 아니었다. 적당히 익혀서 차 교수의 접시에 따로 던 살점들은 이미 식어 있었다.

"그러니까 결론만 말하자면 이번 하반기 교수 임용에서 나는 자네를 생각하고 있네."

차 교수의 말을 들으니 완은 빈속에 여러 잔 마신 폭탄주가 활짝 치밀어 올랐다. 이것이 서울에서 기차로 한 시간 거리인 A시까지 완을 부른 이유였다. 차 교수는 A시에 위치한 B대학의 미디어창작과 학과장으로 학회에서 만난 분이었다. 완이 학술대회에서 소논문을 발표하던 날 마침 참석하여 몇 가지 질문을 했는데 완의 대답이 흡족했는지 부쩍 관심을 보였다.

"자네 지금 박사 논문이 어떤 상태지?"

"초고가 대강 완성된 상태입니다."

시드니에서의 공부가 인생의 마지막일 줄 알았는데, 강의를 시작하자 박사과정에 대한 요구가 끝없이 제기됐다. 도무지 피할 수 없는 일이었다.

"그럼 큰 문제가 없네. 자네는 어떤가? 11월경에 공고가 날 걸세. 우리 대학에 지원할 의사가 있나?"

완은 대답 대신 소주가 섞인 맥주잔을 들었다. 그리고 차 교수의 잔에 부딪친 후 끝까지 마셨다. 차 교수는 소문난 주당이어서 오늘은 최소한 그와 같은 양을 마시거나 더 마셔야 했다.

학회에서 몇 번 만난 바에 의하면 차 교수는 과묵한 사람이었다. 표정 변화가 없고 말수가 적어서 속내를 알 수 없는 쪽에 가까웠다. 오십대 중반치고는 얼굴에 주름이 많고 체구는 그리 크지 않았지만 매우 단단해 보였다. 순수 서정 시인의 이미지와 달리 간혹 통화를 할 때 보면 누군가를 호되게 꾸짖곤 했다. 아무하고나 술을 마시지는 않지만 한 번 마시면 1박 2일은 꼬박 마신다는 호주가로 소문이 돌았다.

2차로 생맥주를 마시면서부터 평상시와는 다른 차 교수의 강건한 면모가 드러났다. 지상에서는 쭈글쭈글하고 볼품없는 아귀가 심해에 들어가면 수압 덕에 위풍당당한 근육질의 물고기로 바뀌는 것처럼 술잔이 비워질수록 그는 호방한 대인으로 변모했다.

"자네, 지금 내 눈 보고 확실히 대답하게. 그 자리를 원하나?"

차 교수는 크고 부리부리한 눈으로 완을 노려보았다. 완은 그 눈을 정면으로 응시하며 확실하게 그렇다고 대답했다. 그 자리를 원하지 않을 이유가 없었다. 고단하고 불안정한 '보따리 장사'에 종지부를 찍을 드문 기회였다.

"좋아. 그럼 자네의 가장 큰 라이벌이 누군지 아나?"

임용 건에 대해 처음 들은 완으로서는 라이벌이 누군지 알 턱이 없었다. 그러나 질문을 받자 그가 누군지 궁금했다.

"바로 황 군일세!"

순간 완은 들고 있는 술잔이 출렁거리는 듯한 어지럼증을 느꼈다. 자신의 상대가 황 선배일 줄은 짐작조차 못 한 일이었다. 완이 아직 자녀가 없는 것에 비해 선배는 초등생 자녀가 두 명이어서 안정된 자리가 절실한 상황이었다. 선배는 시간강사 12년차로 모든 조건을 다 갖추고 자리가 나기만을 기다리는 반면 완은 5년차에 불과했다.

"나는 자네가 황 군보다 여러 면에서 훨씬 유리하다고 보네. 자네는 젊고 해외파 아닌가? 게다가 요즘엔 작품 활동도 활발히 하지 않나? 논문 실적이야 황 군이 앞서지만 우리가 원하는 건 창작 쪽이니 걱정할 문제는 아니고."

차 교수의 말에 완은 괴롭지만 여유로워졌다. 라이벌보

다 우세한 점을 인정받고 자신의 승리를 기원하는 지지자가 있다는 건 다행이었다.

그날 밤 대취한 차 교수를 바래다주다가 완은 그의 집 안까지 들어가고 말았다. 차 교수는 완이 마음에 들었는지 혹은 주벽인지 모르겠으나 막무가내로 완을 안으로 끌어들였다. 호주가답게 그의 거실 장식장에는 각종 고급술이 진열되어 있었다. 차 교수는 완을 장식장 앞에 세우더니 소리쳤다.

"마음껏 고르게! 자네가 마시고 싶은 걸로!"

잠에서 깬 사모님을 마주하는 것은 무안한 일이었다. 근처 C대학의 교수인 그녀는 간단한 주안상을 봐주고는 방으로 들어갔다. 둘은 기어이 작은 코냑 한 병을 비우고서야 술자리를 끝냈다.

서재에서 완이 양말을 벗고 있을 때, 차 교수는 직접 안방에서 이불 두 채를 어깨에 떠메고 들어왔다. 완이 그것을 받아 들려고 하자 그가 말했다.

"잠깐 저 의자에 앉아 있게."

그는 손수 요를 깔고 자리에 엎드려 접힌 부분이 없도록 모서리를 폈다. 그리고 덮을 이불과 베개를 정성스레 놓아

주었다. 완은 앉아 있지 못하고 자리에서 일어나며 말했다.

"선생님, 제가 하겠습니다."

"아니야, 자네는 손님이니 가만히 있게."

그는 취한 와중에도 창문이 닫혔는지 살펴보고 보일러의 온도를 조절했다. 그리고 방에서 나가며 완의 어깨를 두드렸다.

"잘 자게. 그리고 이 서재에서 잔 사람은 자네가 처음일세."

다음 날 완이 눈을 떴을 때는 오전 11시경이었다. 사모님과 자녀들은 이미 외출을 했는지 집 안은 조용했다. 차 교수는 잠옷 차림으로 베란다의 분재에 분무기로 물을 주고 있었다. 햇볕이 잘 드는 그곳은 작은 식물원을 방불케 했다. 차 교수는 완을 그렇게 세워두고 오랫동안 분재를 감상했다. 완은 쓰린 속을 손으로 비비고 깔깔한 입속을 혀로 더듬으며 차 교수가 그만 나오기를 바랐다.

"이 소나무의 수령이 나랑 동갑이야. 이 가지의 곡선 좀 보게. 이쪽으로 뻗어나간 가지 하나가 수형 전체를 결정하는 것이지. 솔방울이 맺히면 얼마나 신기한 줄 자넨 모를 거야."

"선생님, 마치 분재 전문가 같으십니다."

"그런가? 난은 청초해서 좋지. 그런데 분재는 이야기가 많아서 좋아. 기르는 사람의 의도와 힘이 개입되거든. 내가 요즘은 이 재미로 사네."

차 교수는 환하게 웃으며 베란다의 슬리퍼를 벗고 말했다.

"집사람이 급한 일로 외출했으니 나가서 점심이나 하자고."

밖으로 나가니 이른 봄치곤 날이 따뜻했다. 마침 길모퉁이에 구둣방이 보이자 차 교수는 느닷없이 구두를 닦자고 했다. 두 사람은 작은 컨테이너 안으로 들어가 좁은 의자에 나란히 앉아서 구두를 맡기고 슬리퍼를 신었다. 한쪽에 붙은 A시의 지도를 차 교수가 손가락으로 가리켰다.

"여기는 어제 우리가 1차를 마셨던 곳. 그리고 여기가 2차로 맥주를 마셨던 곳이지."

술자리가 깊어질수록 내밀한 정보가 흘러나왔다. 임용 절차에서 유의할 점에 대해서 그는 친절한 조언을 아끼지 않았다. 차 교수가 완을 신뢰하지 않는다면 쉽게 꺼낼 수 없는 이야기들이었다.

"바로 여기가 아파트 들어오기 전에 3차를 했던 곳이지.

소주로 입가심하던 곳."

설명을 들으며 완은 한마디를 거들었다.

"그쪽이 선생님 댁이면 바로 이쪽이 학교고 저쪽이 기차역이겠네요."

"그렇지! 자네 방향감각이 꽤나 좋군. 벌써 이 도시를 다 알아버렸어."

둘은 마주 보며 웃음을 터뜨렸다. 다리를 꼰 한쪽 발에 걸린 슬리퍼가 경쾌하게 건들거렸다.

"근데 우리 점심으로 뭘 할까?"

"짬뽕이 당기는데요."

"그래, 여기 이 길을 쭉 타고 가면 백화점에 유명한 중식당이 있으니까 거기서 짬뽕 한 그릇 하자고. 어떤가?"

"캬, 죽이네요!"

완이 손가락을 튕기자 구두에 광을 내던 아저씨도 함께 껄껄거렸다. 구두 닦은 비용은 차 교수가 지불했다. 완은 그와 광이 나는 구두를 신고 봄이 오는 A시의 거리를 함께 걸었다. 완이 구둣방에서 구두를 닦은 적은 처음이었다.

점심을 먹고 차 교수는 중식당 아래층의 분재원에 들렀다. 분재원 주인은 차 교수에게 반갑게 인사를 했다. 차 교수는 고개를 끄덕이고는 창가로 걸음을 옮겼다.

"이리 와서 좀 보게. 요즘 내가 눈독을 들이는 친구야. 어떤 이야기가 들리는 것 같지 않나?"

'청송명월'이라는 이름표가 붙어 있었다. 가격을 보니 완의 두 달 수입이 훌쩍 넘었다. 한 바퀴를 둘러보고 나올 때 완은 카운터에서 분재원의 명함을 슬며시 들고 나왔다.

"선생님, 먼저 타신 후에 제가 타겠습니다."

완은 기차역으로 가고, 차 교수는 학교로 가야 했다. 백화점 앞에 택시가 도착하여 완이 양보하려 했으나 그는 한사코 완을 먼저 태웠다.

"아니야. 자네는 귀하고 크게 될 사람이니 부디 먼저 타게."

마지못해 완은 택시 문을 열고 광이 나는 구두를 안으로 밀어 넣었다. 차창을 내리자 차 교수는 완에게 힘주어 당부했다.

"잊지 말게. 나랑 한 말은 오직 자네만 알고 있게."

완이 고개를 끄덕이며 대답하자 택시가 출발했다. 차 교수가 왠지 작은아버지 같았다. 완은 주머니에서 분재원의 명함을 꺼내 봤다.

28

1학기 개강을 하고 한 달이 지날 무렵, 완은 황 선배와 점심을 먹고 캠퍼스를 느릿느릿 걸었다. 오랜만의 한가한 봄날의 산책이었다. 황 선배는 전공과 지도교수가 같은 직계였다. 지금까지 완이 맡은 강의는 그가 앞서 했거나 나누어 준 것이었다. 그래서 완은 강의계획을 비롯해서 심지어 해당 대학 근처의 맛있는 식당까지 조언을 받을 수 있었다. 완은 인생의 멘토를 고르라면 주저 않고 황 선배를 꼽았다.

황 선배는 완보다 네 학번이 높았고 학창 시절에는 전국대학문학상을 휩쓸 만큼 실력이 출중했다. 때로 유별나고 괴팍했지만 공부를 잘하고 사람 자체가 따뜻했다. 완은 신입생 시절 늦은 술자리로 차편이 끊겨 그의 자취방에서 묵은 적이 있었다. 자고 일어나자 선배는 아침상을 성의껏 차려 왔다. 김치찌개와 몇 가지 밑반찬, 바로 무친 콩나물과 고사리나물이 있었다.

아침밥을 다 먹자 그는 완에게 양말을 내주었다. 완이 잠든 사이 땀에 전 그것을 빨아서 널어놓았던 것이다. 완이 깨끗한 양말을 손에 쥔 채 놀란 표정을 짓자 선배는 다만 이렇게 말했다.

"요즘은 날씨가 따뜻해서 금방 마른다."

장식이 없으나 진심이 담겨 있고, 힘들이지 않고 감동을 주는 말이었다. 이후로도 그는 완에게 자주 주면서 주지 않은 척 능청을 떨거나 주고서도 줬다는 것을 잊어버렸다.

캠퍼스의 한적한 곳을 걷던 황 선배는 허리를 구부려 바닥에서 백목련 잎사귀 한 장을 주워 들었다. 금방 누가 밟고 갔는지 젖빛 잎사귀에는 신발 자국이 선명하게 찍혀 있었다. 벚꽃 잎들이 바람에 날려 눈처럼 떨어졌다. 선배는 목련 잎에서 눈을 떼지 않으며 물었다.

"꽃의 절정에 대해 생각해봤냐? 언제가 꽃의 절정일까?"

"아주 필 대로 활짝 피어서 떨어지기 바로 직전 아닐까요? 중력에 저항하는 최후의 순간."

선배는 기도하듯 양손을 가지런히 모아서 꽃봉오리를 만들었다. 그리고 손끝을 살짝 벌렸다.

"내 생각엔 꽃봉오리가 막 벌어질 때야. 중력에 순응하는 최초의 순간."

말끔한 양복에 넥타이를 매고 중년티를 풍기는 그가 손을 곱게 모은 모습은 흥미로웠다. 햇살에 눈살을 찌푸리며 선배는 완을 향해 개구쟁이처럼 웃었다.

"모든 것은 막 벌어질 때가 제일 순수하고 아름다워. 활짝 피었을 때보다 오히려 그 순간이 절정이야."

그는 꽃봉오리를 만들던 손을 풀어 완의 어깨를 두드렸다.

"그런 점에서 나는 네가 부럽다. 그러니 너무 조급하게 애쓰지 말라고."

선배는 꽃이 피기 직전의 긴장과 절제에 대해 언급하는 듯했다. 그의 말이 근사하다고 생각하면서도 완은 쓸데없는 어깃장을 놓았다.

"근데 실용적으로 보면 목련은 별로 쓸 데가 없어요. 봄에 잠깐 꽃을 피울 때 빼고는 1년 내내 존재감이 없잖아요. 게다가 꽃이 지면 주변도 엄청 더럽고."

"원래 쓸데없는 게 제일 아름다운 거야. 네 말대로라면 목련이나 개나리, 벚나무 죄다 뽑아버리고 그 자리에 과실수나 건축용 목재를 심어야 해. 최상의 무용지물이 예술인 거 몰라?"

동의한다는 뜻으로 완은 고개를 끄덕였다. 그러다 문득 선배의 음성이 작아졌다.

"나 말이야, 몇 년 전만 해도 꿈이 있었어. 이다음에 정원을 만들면 목련 두 그루, 매실나무 두 그루, 향나무 두 그루, 배롱나무 두 그루, 앵두나무 두 그루……."

선배는 늙으면 시골로 내려가 작은 정원이 딸린 집에서 나무를 가꾸며 살고 싶다고 입버릇처럼 말했다. 완은 "형, 저도 그래요" 하고 말하고 싶었으나 이어서 선배가 씁쓸하게 중얼거리는 바람에 말문이 막혔다.

"근데, 이젠 글렀어."

완은 차마 왜 그런 말을 하냐고, 그 꿈을 포기하기엔 이르지 않느냐는 위로의 말을 꺼낼 수가 없었다. 시간강사 생활 12년이면 어떻게 힘이 꺾이고 에너지가 바닥나는지 짐작됐다. 완은 차 교수를 떠올리며 이번 임용 건이 잘되어 이 대학 저 대학을 떠도는 '임시 강단 노동자'의 생활을 벗어나기를 바랐다.

황 선배는 B대학의 임용 건에 대해서는 한마디도 하지 않았다. 마치 그런 일은 전혀 모르는 것처럼 행동했다. 그날 저녁 완은 술자리를 만들어 임용 건에 대해 지나가듯 슬쩍 운을 뗐다. 황 선배의 말은 의외였다.

"차 교수는 두 얼굴의 사나이야. 순수한 시인의 얼굴도 있지만 차가운 보스의 얼굴도 있어. 성실함이란 말이야, 그것이 선이든 악이든 일관되고 체계적으로 움직이는 것이거든. 상대방이 성실하면 대응하기가 편해. 뒤통수를 맞아도 언제 맞을지 예상할 수 있으니까."

차 교수를 향한 황 선배의 발언은 시니컬했다. 선배는 잔을 들어 술을 비우고는 입가를 닦았다.

"그런 맥락에서 차 교수는 성실한 사람이 아니야. 어떻게 돌변할지 몰라."

"그럴 땐 어떻게 대응해야 해요?"

그 말에 황 선배는 씁쓸하게 대답했다.

"뭐 대응 방법이랄 게 있나? 휘둘리지 말아야지. 휘둘려서 엿 먹은 놈들 몇 있다고."

"엿을 먹다니요?"

"있는 충성, 없는 충성 다하면서 쓸개까지 빼놓고 굽실대다가 헛물켜는 거지. 발표 실적이 모자라서 허술한 출판사에서 책을 찍는 놈도 있지. 그게 아이에스비엔이 찍혀서 나중엔 못 쓰게 된다고. 죽을 고생하며 쓴 글을 땡처리하는 거야. 임용되면 쓰린 속이야 달래겠지만, 떨어지면 글은 쓰레기가 되고 혹독한 후폭풍을 각오해야 해."

완은 잔을 든 손이 덜덜 떨려서 손을 테이블 밑으로 감추었다. 황 선배의 말이 어디까지 사실인지 가늠할 수가 없었다. 차 교수는 황 선배가 라이벌이라며 절대 그를 믿지 말라고 누누이 강조했었다.

"야, 잔을 밑에 감추고 뭐 해? 이거 얼른 마시고 나가자."

선배가 소주병을 들고 잔을 권해서 완은 성급히 술을 입안에 털어 넣었다. 완은 술을 미처 다 삼키기 전에 잔을 내밀었는데, 이어진 선배의 물음에 기침이 터지며 술을 입 밖에 쏟고 말았다.

"너 혹시 그 양반 집에 가서 자거나 구두 닦고 온 건 아니지?"

"아, 아니에요. 제가 무슨 일로……."

29

차 교수가 소주와 맥주를 섞어 완에게 건넸다. 완은 잔을 받자마자 단번에 그것을 쭉 들이켰다.

"맛이 어떤가? 비율이 맞나?"

"선생님 제조 폭탄주는 언제 마셔도 최고지요."

완이 엄지를 추켜세우자 차 교수는 껄껄껄 웃었다.

"보내준 분재는 잘 받았네. 자네 무리했어. 그럴 필요는 없었는데."

"아닙니다. 제가 좋아서 한 일인걸요. 청송명월은 잘 지내고 있습니까?"

"요즘 내가 그 친구한테 푹 빠져 지내네. 오늘 아침에도 그 친구의 얘기를 한참 듣고 나왔지."

차 교수가 다시 술을 섞어 건네자 완은 공손하게 받아 들었다.

"그런데 자네 발표 실적을 보니까 황 군에 비해서 부족하더군."

일주일 전에 차 교수는 완에게 그동안의 발표 실적 전체를 요구했다. 아무래도 황 선배가 경력도 많고 박사 학위도 일찍 받아서 완은 실적 면에서 그에 비해 부족했다.

"혹시 그동안 써놓은 것 있나?"

완은 몇 년 동안 공력을 들인 장편소설의 초고와 한 권으로 묶을 때가 된 단편집 원고를 떠올렸다. 차 교수는 잔을 단숨에 비우고는 말했다.

"가까운 시일 내에 책을 두 권 더 찍게. 그래야 실적에서 밀리지 않을 수 있어."

완은 놀라서 물었다. 황 선배가 말한 '엿 먹는 일'과 정면으로 맞닥뜨린 듯했다.

"갑자기 책을 두 권이나 어디서 찍습니까? 출판사에 심의가 통과된 원고라도 교정 작업을 하고 출간되려면 최소 5개월은 걸릴 텐데요."

"걱정 말게. 내 제자가 하는 인쇄소가 있어. 거기서 찍으면 문제없네."

"인쇄소요? 아니, 책을 그렇게 막 찍어도 됩니까?"

완의 목소리가 한층 올라가자 차 교수의 미간에 굵은 주름이 잡히며 입술이 뒤틀어졌다.

"막 찍다니? 자네 무슨 말을 그렇게 막 하나?"

"죄, 죄송합니다."

차 교수는 글라스 두 잔을 앞에 놓고 술을 섞었다.

"자네 마음 모르는 거 아닐세. 일단 책을 내고 말이야, 조용히 삭제시키면 되니까 문제가 없다고."

"선생님, 꼭 그렇게까지 해야 되겠습니까?"

차 교수는 막 입술에 갖다 댄 술잔을 꽝 소리 나게 내려놓았다. 그는 부리부리한 눈으로 완을 매섭게 쏘아보고는 윗

니로 아랫입술을 꾹 깨물었다.

"이 사람이 정말! 그렇게 설명해도 무슨 철부지 같은 말을 자꾸 반복하나! 어떡해서든 기회를 잡아야 하지 않겠나? 이런 기회가 어디 쉽게 오나!"

일단 완은 고개를 숙였지만 의구심은 가라앉지 않았다. 출간한 책을 남모르게 삭제하는 일이 가능한 것인지, 그렇게 낸 책이 과연 실적에서 유리한 증빙이 될 만한지 판단이 서지 않았다. 이런 식으로 책을 찍는 건 일종의 매문 행위로 여겨졌다. 교수가 되기 위해 문학을 시작한 게 아니었다. 정열과 시간을 바쳐 완성한 작품을 내던져 자리를 얻는다 생각하니 이제껏 지켜온 작가의 자존심이 내동댕이쳐지는 기분이었다. 완이 고개를 숙이고 침묵을 지키자 차 교수는 고함을 질렀다.

"이런 형편없는 사람 같으니! 지금 자네 나를 못 믿는 건가! 내가 자네를 도우려고 이렇게 애를 쓰는 게 안 보이나! 내가 지금 시간이 남아돌아서 자네랑 장난치는 것처럼 보이나!"

"아, 아닙니다, 선생님. 믿습니다."

완이 대답하자 차 교수의 화가 약간 누그러들었다.

"자네가 뭘 몰라서 다시 하는 말인데, 임용 결정이 날 때까지는 아무도 믿지 말게. 황 군도 믿지 말고, 심지어 자네 아내도 믿지 말게."

그리고 차 교수는 자신의 가슴을 손바닥으로 치며 강조했다.

"오직 나만 믿게!"

차 교수는 글라스 두 잔에 술을 섞어 한 잔을 완 앞에 거칠게 내밀었다. 완이 두 손으로 잔을 받자 그는 글라스가 깨질 듯 세게 부딪쳤다. 술이 흘러넘쳐 완의 손을 흠뻑 적시고 바닥으로 뚝뚝 떨어졌다.

"자네 지도교수한테도 절대 누설하지 말게. 때가 되면 내가 다 말할 테니."

차 교수는 철저한 입단속을 잊지 않았다. 매번 함구령을 내렸기 때문에 완은 고민이 되고 의심스러워도 누구에게 털어놓지도 못한 채 혼자 앓았다. 그리고 결국은 차 교수가 목줄을 끄는 방향으로 끌려갔다.

*

집에 들어오자마자 수연은 혼잣말을 하기 시작했다. 작은방에서 작업을 하던 완은 현관문이 열리는 소리에 엉거주춤 자리에서 일어났다. 수연의 혼잣말을 듣자 머리칼이 쭈뼛 서고 소름이 돋았다. 그녀는 마치 방언이 터지듯, 아니 누군가를 앞에 두고 기분이 나쁘다는 듯 자신의 생각을 입 밖으로 꺼내어 말하고 있었다. 그것도 한두 마디가 아니라 쉴 새 없이 줄줄줄 쏟아냈다.

완은 못이 박힌 것처럼 기척도 못 하고 문 앞에 서서 두려운 기분이 들었다. 당당하고 교양 넘치던 그녀가 결혼 5년이 지나자 왜 이렇게 변했는지 알 수 없는 일이었다. 수연이 최근 들어 우울한 기색이 심해진 건 눈치챘지만 그런 버릇이 생긴 줄은 짐작조차 못 한 상황이었다.

결국 수연은 작은방 문 뒤에 서 있는 완을 보고도 놀라는 기색 없이 그저 희미하게 웃었다. 완은 본인의 놀란 마음을 얼버무리려 머쓱한 웃음을 지었다. 수연은 하루 업무를 끝내고 장시간의 운전까지 한 탓인지 고단해 보였다. 완은 수연을 부엌 테이블에 앉혔다. 그리고 차를 두 잔 만들어 그녀와 마주 앉았다.

“그래, 강화도 선녀님께서 뭐라고 하셔?”

우울할 때는 정신과 의사를 찾는 것보다 점집을 한 번 가는 게 낫다는 회사 동료 김 팀장의 설득에 수연은 막 강화도를 다녀온 길이었다. 용하다는 강화도 선녀님을 만나고 온 수연의 표정은 어두웠다.

“앞으로 잘될 거래. 내년쯤 아이를 가지면 그 아이가 복을 몰고 온대.”

“아이를 가지면?”

“그 아이가 너에게 칼자루를 쥐어준대.”

“칼자루까지?”

완은 차를 마시며 고개를 끄덕이고는 가장 궁금한 것을 물어봤다.

“이번 임용 건도 물어봤어?”

“묻긴 물었는데…… 좀 이상한 대답을 들었어.”

수연은 그 말을 할까 말까 망설이다가 완이 기다리자, 웃을 수도 없고 울 수도 없는 얼굴로 입을 열었다.

“니 뒤에 누가 있대.”

완은 깜짝 놀라면서 차 교수를 떠올렸다. 뒤에서 누가 봐

준다는 사실을 아는 것으로 봐서 신통력이 보통이 아니었다. 그건 아내에게조차 꺼내지 않은 말이었다. 수연이 완의 표정을 살피며 이어서 말했다.

"누가 뒤에서 너를 안고 있대."

"뒤에서 나를 안고 있대? 백 허그? 어디?"

완은 뒤를 돌아보는 시늉을 했다. 아귀 같은 차 교수가 뒤에서 끌어안는 상상은 좀 거북했다.

"근데 여자래."

"여자가 뒤에서 허그?"

완의 머릿속에서 차 교수의 얼굴이 지워졌으나 그를 대체할 만한 여자는 선뜻 떠오르지 않았다. 따로 만나는 여자가 있는 것도 아니었다.

"에이, 그건 좀 아니다. 순 선무당 아냐? 임용이 될지 안 될지를 물었는데, 그거 바람피운다는 얘기잖아?"

"그것도 그냥 안고 있는 게 아니라 숨이 막히도록 꽉 끌어안고 있대."

완은 앞으로 내밀었던 몸을 털썩 의자 등받이에 기댔다. 그리고 기운이 빠진 듯 씁쓸하게 웃었다.

"누군가 나를 지독히 짝사랑한다는 건가? 그래서 어떻게 하래? 굿하래?"

"그냥 굿도 아니고, 높은 곳에서 큰 제사를 지내라고 그랬어."

완은 언뜻 마니산의 참성단과 태백산의 천제단 등을 떠올렸다. 그곳까지 올라가는 생각만으로도 힘들어서 인상을 찌푸렸다. 수연은 의자를 뒤로 빼며 덧붙였다.

"별로 신통찮은 것 같아. 같이 간 김 팀장도 굿하라는 말 듣고 나왔는데, 별로라고 그랬어. 너무 신경 쓰지 마."

그녀는 눈가를 비비면서 자리에서 일어났다. 그리고 외출복을 벗으며 샤워실로 들어갔다.

"나 피곤해서 먼저 쉴게."

부엌 테이블에 혼자 남은 완은 차를 마저 마셨다. 이번 강화도 선녀는 지난번 계룡산 도사보다 영험하다고 해서 기대를 걸었던 참이었다. 완은 어느덧 수연처럼 혼잣말을 했다.

"여자가 뒤에서 끌어안고 있다고? 그것도 숨이 막히도록? 왜 임용 여부를 물었는데 그런 대답을 했지? 높은 곳에서 제사를?"

이 동떨어진 것들이 어떻게 연관된 것인지 도무지 짐작

할 수 없었다. 그러나 잠시 후에 완은 웃는 것 같기도 하고 울 것 같기도 한 얼굴로 자리에서 벌떡 일어났다. 그 바람에 식탁 의자가 큰 소리를 내며 뒤로 자빠졌다. 막 샤워를 마치고 목욕실에서 나오던 수연이 놀란 나머지 비명을 질렀다. 완은 차 교수가 사라진 등 뒤에서 억세게 팔을 두른 유밍을 보았다.

30

새 학기가 시작되자 완은 강의 시간이 늘어나서 동분서주했다. 그리고 11월에 있을 B대학 교수 임용 제반 서류를 준비하느라 바빴다. 결국 완은 차 교수의 지시대로 A시의 군소 출판사에서 두 권의 책을 서둘러 찍었다. 장편소설 한 권과 단편집 한 권이었다.

삼백만 원을 들여 찍은 두 권의 책은 표지부터 제본까지 조악하기 이를 데 없었다. 책을 받아 든 완은 깊은 숨을 몰아쉬며 머리를 쥐어뜯었다. 그동안 피를 찍어서 쓰다시피 한 글을 이렇게 내다 버린 것이 지독히 부끄러웠다. 하지만 수연이 기대하는 '자랑스러운' 사람이 되기 위해서 치러야 할 대가로 여기고 눈을 질끈 감았다. 그녀가 원하는 평등한 '컴퍼니언십'을 유지하려면 완은 자신의 신분을 상승시켜야만 한다고 믿었다.

임용 공고가 나기 직전 완은 차 교수를 만나 제출 서류와 실적물 등을 철저하게 점검받았다. 그리고 차 교수가 일러준 몇 분의 교수님들께 인사를 다녔다. 차 교수는 마지막으로 유학 시절 담당 교수의 해외 추천서 한 통을 따로 준비하라고 지시했다. 차 교수는 차 교수대로 분주하게 움직이는 눈치였다. 준비는 견고하고 치밀했다.

덮어뒀던 유밍이 완의 삶으로 스프링처럼 튀어 들어와 박힌 건 그 무렵이었다. 완은 시드니의 데보라 교수에게 사정을 설명하고 추천서를 부탁하는 이메일을 넣었다. 며칠 후 데보라는 완이 원하는 서류를 첨부파일로 보내주며 답신의 마지막에 유밍의 소식을 몇 줄 적었다. 몇 주 전 교통사고로 사망해서 안타까움을 금할 수 없다는 것과 완과 친하게 지낸 것으로 기억하는데 이 사실을 알고 있느냐는 내용이었다.

말미에 적힌 그 몇 줄을 읽자마자 완은 쇠망치로 뒤통수를 호되게 맞은 듯 정신이 멍했다. 그 부분을 읽고 또 읽다가 완은 손톱을 세워 자신의 머리를 세게 쥐어뜯었다. 알 수 없는 신음이 새어 나오는 중에 손톱 끝에 피가 맺혔다.

텅 빈 흰 몸

31

“드디어 님이 오시는군. 왜 안 오시나 했지.”

걸음을 멈추고 완은 혼잣말을 하며 얼굴에 발라클라바를 착용했다. 그리고 아웃 셸의 후드를 뒤집어쓴 뒤 강풍에 벗겨지지 않도록 끈을 바짝 조였다. 오전 10시 라바르마에서 출발하여 삼십 분쯤 지나자 눈송이가 떨어지기 시작했다. 이젠 이 정도의 강설에서 두 시간 정도의 운행은 두렵지 않았다. 오히려 히말라야 트레킹을 하기에 안성맞춤인 효과 장치로 여겨졌다. 날아온 눈발이 후드에 부딪히는 소리가 귓전을 따갑게 때렸다.

푸르바는 자주 시야에서 사라졌다. 길 안내를 맡은 가이드가 고객을 무시하고 빨리 걷는 것을 완은 이해할 수 없었다. 지금까지와는 달리 녀석은 20미터 이상을 앞서 걸었다.

"마체르모 남갈 로지에는 처녀 두 명이 있어. 둘 다 미녀야!"

푸르바는 출발 전에 퉁퉁 부은 눈을 찡긋하며, 마치 처녀 둘이 우리를 간절히 기다리고 있다는 듯 말했다. 녀석은 먼저 가서 처녀들과 노닥거릴 심사인지, 발이 느린 완이 답답한 탓인지, 일찍 도착하여 쉬겠다는 뜻인지, 아니면 그 모두 때문인지 좀처럼 걸음을 늦추지 않았다.

완은 푸르바의 발자국을 따라서 쉼 없이 걸었다. 햇빛은 찬란하고 눈은 소리 없이 쌓여갔다. 전에는 한 시간 정도 걷고 십 분을 쉬었지만 이번 구간은 쉬는 시간이 따로 없었다. 완은 목이 마르자 쑨달라가 먹고 싶었다. 당장은 아리따운 아가씨보다 과즙이 상큼한 쑨달라가 더 간절했다. 두 개만 까먹으면 참 좋겠다는 상상을 하자 입안에 침이 고였다. 남체에 가기 전에는 맛볼 수 없다고 푸르바에게 여러 번 들었지만, 떠오르는 것까지 막을 수는 없었다.

마체르모에 도착한 시간은 예정 시간 두 시간을 사십 분이나 넘긴 12시 40분이었다. 설상 운행이라 시간이 지체됐고 체력 소모가 심해서 허기가 졌다. 어이없게도 아리따운 처녀가 기다리고 있다는 남갈 로지는 닫혀 있었다. 그것도 출입문에 각목을 대고 굳건하게 못질을 한 상태였다. 근방의 제일 큰 산장은 공사 중인 채 버려져 있었다. 형편없이 젖어버린 등산화를 끌고 세 군데의 산장을 돌아보았으나 전부 영업을 중지한 상태였다. 절벽 아래에서 네 다리를 하늘로 들어 올린 채 죽어 있는 야크가 보였다. 머리 위로는 검은 독수리가 음산하게 울며 날아다녔다.

기대가 무너진 게 억울한 탓인지 완과 푸르바는 나란히 서서 남갈 로지를 향해 뜨거운 오줌을 갈겼다. 그리고 눈을 간신히 피할 만한 처마 밑에 둘은 쪼그려 앉았다. 국물이 있는 점심과 설탕을 많이 넣은 뜨거운 레몬티가 그리웠다. 완은 비상식량인 다이제스티브를 꺼내어 푸르바와 나눠 먹었다. 목이 말랐으나 물은 없었다. 완이 불만에 찬 목소리로 말했다.

"여긴 뭐 이래? 산장도 다 닫히고. 처녀는 옘병, 눈밖에 없잖아!"

"다른 것도 있어. 여기는 예티가 나타났던 곳이야."

"예티? 히말라야 괴물?"

"응, 예티가 나타나서 야크를 세 마리나 물어뜯고 여자를 공격했어."

완은 줄줄 떨어지는 콧물을 소매로 훔쳐냈다. 그리고 퍽퍽한 비스킷을 침으로 삼켜 넘기며 투덜거렸다.

"공격할 게 따로 있지, 여자를 왜 공격해? 여자는 사랑해야지."

"응, 그게 예티가 사랑하는 방식이야."

그렇다면 할 말이 없었다. 푸르바도 배가 고픈지 과자를 입안 가득 넣고 꾸역꾸역 씹다가 가슴을 치며 밭은기침을 내뱉었다. 완은 푸르바의 등을 두드려주며 아쉬운 듯 말했다.

"쑨달라가 있으면 딱인데. 쑨달라 두 개만 까먹으면 좋겠는데……."

푸르바도 쑨달라를 생각하는지 입맛을 다시고는 입을 열었다. 눈발은 더 굵어지고 무엇보다 바람이 거세지고 있었다. 땀이 차갑게 식으며 몸이 부들부들 떨렸다.

"앞으로 사십 분쯤 걸으면 팡가가 나와."

"팡가? 팡가 산장에 가면 혹시 쑨달라를 먹을 수 있을까? 적어도 밥과 뜨거운 차는 먹을 수 있겠지?"

푸르바는 두통이 심한지 양쪽 엄지로 관자놀이를 꾹꾹 눌렀다. 그리고 눈을 찡그리며 난데없이 소리를 쳤다.

"아침에 산장에서 말했잖아. 팡가는 눈사태 다발 지역이라고!"

녀석이 전에 없던 신경질을 내자 완은 푸르바의 컨디션이 몹시 좋지 않다는 것을 직감했다. 그래서 아무 말 없이 다음 말을 기다렸다.

"두 번째 호수까지만 가면 산장이 보여. 세 번째 호수를 지나면 산장에 들어갈 수 있어."

"설마 그 산장도 닫혀 있지는 않겠지?"

"지금 이 곡식과 설탕이 오기만을 눈 빠지게 기다리고 있어. 이번엔 확실해."

푸르바는 자기 배낭의 불룩한 부분을 두드렸다. 녀석은 어제 잠을 설친 듯 손등으로 눈을 비비며 계속 말을 이었다.

"두 번째 호수 옆에 라마 상와 도르지의 발자국이 있어. 그 발자국 주변이 바로 '크게 알게 되는 길'이야."

가까이서 보니 녀석의 상태는 아침보다 더 나빴다. 얼굴이 허옇게 떠서 빵처럼 부풀어 있었고 잔기침이 심했다. 아무리 고산에서 나고 자란 셰르파족이라도 푸르바는 무쇠로 만든 로봇이 아니었다. 그도 추우면 몸을 떨고 체온이 내려가서 산소가 모자라면 고산병에 걸리는 인간이었다. 녀석은 어깨가 몹시 뻐근한지 날갯죽지를 천천히 돌리다가 통증을 느끼는 듯 얼굴을 고통스럽게 일그러뜨렸다.

"너 괜찮은 거야?"

"노 프라블럼."

푸르바는 몸을 움츠리며 퀭한 눈으로 대답했다. 순간 푸르바의 코에서 코피가 주르륵 흘러내렸다. 선홍색 피가 하얀 눈 위에 후드득 떨어졌다.

"이런, 정말로 괜찮은 거야?"

푸르바는 피가 옷에 묻지 않도록 허리를 숙여 목을 쭉 빼고는 코맹맹이 소리로 대답했다.

"노, 노 프라블럼!"

완은 엄지와 검지로 푸르바의 콧등을 세게 눌러 지압했다. 눈을 뭉쳐서 그의 목 뒤에 댔더니 곧 지혈이 됐다. 녀석은 입을 크게 벌리고 헉헉댔다. '노 프라블럼'이 아니라 그야말로 '베리 베리 빅 프라블럼'이었다. 이곳에서 고쿄까지는 지도상 세 시간 반 거리였다. 눈발이 지금보다 거세지면 시간이 지연될 게 뻔했다. 돌아갈 수도 없어서 걸음을 빨리

하는 수밖에 없었다.

완은 어제 다케야마 씨에게 받은 두통약 나머지를 푸르바에게 주었다. 녀석은 손으로 눈을 한 줌 떠서 입에 넣더니 약과 함께 꿀꺽 삼켰다. 그리고 잠이 쏟아지는 듯 손등으로 눈두덩을 계속 비벼댔다.

완은 푸르바의 배낭을 짊어졌다. 입에서 끙, 하는 신음이 절로 나왔다. 여기저기서 부탁받은 곡물과 생필품을 채워 넣은 탓에 걸음이 휘청할 정도였다. 어깨와 등이 뻐근한 게 당연했다. 푸르바는 아무 말 없이 완의 배낭을 메고 앞서 걸어가며 말했다.

"서둘러야 해. 날씨가 영 안 좋아. 그리고……."

"그리고 뭐?"

"예티가 나타나기 딱 좋은 날씨야. 돌레 산장에서 봤던 실종자 목록 기억나지? 서두르지 않으면 그 꼴 나기 십상이야."

짐이 가벼워진 푸르바의 걸음은 더 빨라졌다. 컨디션이 좋지 않기 때문에 서둘러 산장에서 쉬고 싶은 마음은 이해하지만 정도껏 완을 배려할 법도 한데 좀처럼 속력을 늦추지 않았다. 완은 무거운 배낭을 메고 무릎까지 빠지는 눈길을 걷는 일이 힘에 부쳤다. 마치 거인이 손으로 등판을 짓누르는 압력을 참고 깊은 갯벌에서 발걸음을 떼는 기분이었다.

그렇게 한 시간쯤 걷자 눈발이 거세지기 시작했다. 푸르바와는 간격이 점점 벌어졌다. 어쩌다 완이 소변을 보기 위해 푸르바를 목청껏 부르면 그는 아득히 떨어져서 배낭을 풀었다. 센 바람 탓에 오줌발은 허공에서 제멋대로 파동을 그리며 눈 속으로 날아갔다. 푸르바가 다시 걸으면 완도 어쩔 수 없이 짐을 챙겨 움직여야 했다. 도무지 쉴 틈을 주지 않았다. 완은 억울하게도 푸르바에게 돈을 지불하고서 바보처럼 그의 포터가 된 듯했다.

"아, 자식, 너무하잖아! 푸르바, 그렇게 빨리 가면 안 돼. 나 못 견디겠어!"

4,500미터가 넘는 고도에서 완은 천천히 걷기는커녕 허둥지둥 쫓아가기에 정신이 없었다. 배낭 무게에 다리가 후들거려도 아픈 푸르바에게 바꿔 메자고 말할 수도 없어서 꾹 참고 걷는 수밖에 없었다. 바람이 더욱 세지자 후드가 벗겨지고 콧물이 줄기차게 쏟아졌다.

입을 벌려 숨을 거칠게 몰아쉬며 완은 속으로 간절히 빌었다. 하나님에게도 빌고, 부처님에게도 빌고, 히말라야의 정령에게도 빌고, 하늘을 맴도는 검은 독수리에게도 빌었다. 부디 고쿄에 오르는 것을 허락해달라고, 자신을 위해서가 아니라 안타깝게 떠난 한 사람을 위해서 그곳에 가서 할 일이 있다고. 완은 습관처럼 왼쪽 가슴 포켓 부위를 손으로 더듬었다.

그렇게 두 시간을 넘게 걷자 완은 자신이 걷는 것인지 아닌지 판단이 서지 않았다. 만취 상태처럼 의식이 흐릿했다. 밟고 있는 것이 눈인지 밀가루인지 설탕인지 소금인지 혼동될 정도였다. 정신은 혼미한데 푸르바는 보이지 않은 지 오래였다. 어서 따라잡고 싶은 마음과는 달리 완은 속도가 현저히 느려지면서 취한 사람처럼 소리를 질렀다.

"거기 서, 푸르바! 너 이 자식, 가만두나 봐라!"

산모퉁이를 돌거나 언덕을 넘을 때면 푸르바가 보이지 않아서 완은 설산에 혼자 남겨진 기분이 들었다. 주위에는 아무도 없고 오직 검은 바위와 눈과 바람뿐이었다. 그런 황량한 길을 침묵 속에서 걷다 보면 완은 스스로도 잘 모르는 자신 안의 공간 속으로 들어온 듯했다. 그래서 한 구간에서 다른 구간으로 이동할 때마다, 굽어진 길에서 접혀 있던 경치가 펼쳐질 때마다, 고도를 한층 한층 높일 때마다, 완은 남들 모르게 덮어놓은 것들을 한 겹 한 겹 걷어내며 은밀한 내면의 속살을 들여다보는 듯했다.

그리고 길이 점차 눈에 지워질수록 완은 자신 안으로 깊이 열리는 길을 보며 걸었다. 발을 디딜 때마다 온몸이 출렁거리며 머릿속에서 수많은 화면이 어지럽게 명멸했다. 어떤 장면에서 완은 까닭 없이 소리를 내어 웃었고, 어떤 대목에서는 안타까운 신음을 내뱉었다. 문득 완은 자신이 억지로 문질러버려 희미해진 기억의 루트를 따라 걷는다는 것을 깨달았다.

32

“사고가 나던 날, 유밍은 집 근처 우체국으로 소포를 부치러 가던 중이었어요.”

아프가니스탄 후배 모힙의 목소리는 침울했다. 서울과 시드니의 거리가 무색할 정도로 침 넘어가는 소리가 들릴 만큼 통화 음질은 선명했다. 데보라의 이메일을 받은 후 완은 이 일을 알 만한 사람을 찾다가 모힙을 떠올렸고, 5년 만의 전화에도 그는 완을 기억했다. 모힙은 이 사건에 대해 자세히 알고 있었다. 유밍의 연구실 동료인 그는 병원 응급실과 경찰서를 오가고 중국에 연락을 취하느라 한동안 제정신이 아니었다고 덧붙였다.

"경찰이 소포를 열어보니 고향 사찰의 연등에 매달 소원카드와 시주 물품 등이 들어 있었대요. 이해할 수 없는 건, 유밍의 소원이 뭐였는지 알아요?"

"소원이 뭐였대?"

"중국어를 해석하니까 애인과 히말라야에 가는 거였어요. 등산을 좋아한 것 같지는 않았는데……."

사망 원인은 뺑소니 교통사고였다. 정해진 신호와 속도를 위반하고 안전선을 넘어 돌진한 차량 때문이었다. 모두가 지키기로 정한 규칙을 깨자 한 생명이 끊어지고 말았다. 캥거루 범퍼가 달린 차량은 애시필드 칼링포드 로드의 횡단보도에서 유밍의 몸을 5미터나 날려버렸다. 가해자는 감쪽같이 사라지고 오로지 피해자만 남은 사고였다. 5년간 작성한 박사 논문이 여러 번의 수정 끝에 최종 통과된 직후였다.

"모힙, 혹시…… 유밍에게 애인이 있었나? 남자 친구라든지?"

“그런 남자가 있으면 제가 왜 그 고생을 했겠어요? 휴대전화 단축번호 1번이 연구실, 2번이 지도교수님이었어요. 그 애인이 누군지도 미스터리예요.”

완은 칼링포드 로드의 건널목을 떠올렸다. 함께 쇼핑을 할 때면 과일, 와인, 고기, 채소를 양손 가득 들고 유밍과 건너던 길이 생생했다. 파란불이 들어오는 순간 발신되는 그 특유의 알람도 귀에 쟁쟁했다. 수화기를 든 손이 부들부들 떨리고 눈물이 고이고 목소리마저 나오지 않았다. 완은 손으로 얼굴을 감싼 채 신음했다. 히말라야……. 유밍은 언젠가 편지에서 그 약속이 이루어질 때까지 매년 빌겠다고 했다.

일주일이 넘도록 완은 충격에서 헤어 나오지 못했다. 평상시처럼 강의실과 집을 오갔지만 정신이 반쯤 나간 상태였다. 글을 쓰기는커녕 책을 오 분 이상 읽지 못했다. 완에게는 이번 학기의 강의와 발표해야 할 논문과 청탁받은 원고와 그리고 서류 접수를 비롯한 임용 절차가 남아 있었다.

유밍에게서 도망친 일은 영원히 떠올리고 싶지 않은 기억이었다. 묻을 수만 있다면 가장 깊은 곳에 묻고 싶은 일이었다. 아주 불쾌하고 숨기고 싶은 비밀을 알고 있는 단

한 사람이 사라졌는데도 완은 마음을 붙잡을 수가 없었다. 고요한 호수에 바윗덩어리가 떨어진 것처럼 지난 5년간 익숙해진 균형과 안정된 생활에 일어난 파문은 흙탕물을 일으켰다.

순간 분노가 치솟았다가 곧 이은 자책으로 어깨가 축 늘어지는 일이 하루에도 몇 번씩 반복됐다. 술을 마시고 수면제를 복용하고도 불면에 시달렸다. 당장 유밍에게 달려가 용서를 구하고 싶지만 용서를 해줄 그녀는 이 땅에 없었다. 완의 마음은 뒤틀리고 세상은 지옥으로 여겨졌다.

간혹 거울을 보면 환청이 들렸다. "유밍이 죽었는데, 비겁하게 도망친 네가 매문까지 해서 호의호식하겠다니!" 윤기 없이 쪼글쪼글하고 거무튀튀한 거울 속의 얼굴은 그럴 수 없다는 듯 고개를 가로저었다. 그렇게 아픈 스스로를 위태롭게 지탱하며 완은 2학기 강의의 중반을 넘어서는 중이었다.

"이 자식들이 정말 미쳤나!"

L전문대학의 '교양 글쓰기' 강좌 중간 리포트를 검사하다가 완은 욕설을 내뱉으며 펜을 집어 던졌다. 독후감 과제물을 검사할 의욕이 나지 않았다. 일단 미제출자가 반이 넘

었다. 제출자의 절반은 자신의 글이 아니라 카피에 불과했다. 인터넷 자료를 무작위로 옮겨 붙여서 리포트의 글씨체가 전부 다르고 문맥조차 맞지 않은 것도 여러 편이었다. 카피한 것을 다시 카피한 과제물도 보였다. 마감 전날 SNS를 열어놓고 리포트를 탁구공 받아치듯 여기저기로 넘긴 게 분명했다. 제대로 책을 읽고 글을 쓴 학생은 10퍼센트 정도였다.

다음 날 엉터리 리포트를 들고 완은 강의실로 들어갔다. 리포트의 끝에는 다시 작성해야 하는 이유를 일일이 적었다. 금요일 마지막 강의 탓인지 몰라도 유독 말썽이 많은 클래스였다. 출석을 부르고 십 분이 지나도록 예정된 발표자 네 명 중 세 명이 나타나지 않았다. 한 학생의 성의 없는 발표가 끝나자 강의실 뒤에 앉은 여학생이 손을 들며 말했다.

"문자 왔는데요. 아람이 아파서 발표도 못 하고 수업에 못 온대요. 다음 주에 진료확인서 떼어 온대요."

학생 일부는 '진료확인서'를 면죄부로 착각했다. 심지어 과제물의 양보다 진료확인서를 더 많이 제출하는 경우도 있었다. 한쪽에서 "그년은 맨날 개뺑이야" 하는 소리가 들렸다. 그러자 중간에 앉은 남학생이 이어서 말했다.

"교수님, 방금 문식이가 문자 쳤는데 발표 다음 주에 한 대요."

완은 아무런 소식을 알 수 없는 한 발표자에 대해 물었다. 학생들은 서로의 얼굴을 번갈아 봤다. 한쪽에서 저희끼리 "그 새끼 군대 간대" 하자 "어제 소맥 존나 마시더라" 하며 수군거렸다. 완은 학생들의 발표 부분에 대해 강의를 시작했다. 강의실과 면한 야외 농구 코트에서는 응원하는 소리, 박수 소리가 고스란히 들려왔다.

수업 삼십 분이 지났는데도 가방을 책상에 올려두고 노트조차 꺼내지 않은 학생들이 대다수였다. 지각생들은 앞문을 통해 계속해서 들어왔다. 인원의 절반은 졸고, 졸지 않는 인원 중 절반은 휴대폰을 만지거나 잡담을 하고, 절반은 다른 과목의 숙제를 베꼈다. 앞줄의 몇 명만 딴생각에 잠겨 수업을 듣는 척하는 상황이었다.

완은 누구를 향해 떠들고 있는지 회의가 들었다. 이번 '교양 글쓰기' 강좌는 학생 수가 50명이었는데, 완이 받는 강사료는 시간당 2만 5천원이었다. 완은 시침이 한 바퀴 돌 때마다 50명의 학생들이 강단에 선 자신을 향해 적선하듯 500원짜리 동전을 일제히 던지는 환영에 사로잡히곤 했다.

수업 한 시간이 지나자 앞문이 벌컥 열렸다. 지각한 여학생 두 명은 약속이나 한 듯 한 손에 커피를 들고 한쪽 어깨에는 명품 브랜드의 가방을 메고 들어왔다. 그리고 짧은 치마 아래로 하이힐을 또각거리며 자리를 찾아 앉았다. 완은 한 단락을 마무리 짓고 쉬는 시간을 가졌다.

쉬는 시간은 십 분을 줬지만 이십 분이 넘어서까지 학생들은 앞문으로 들어왔다. 뒷문이 있으나 학생 수가 많아지자 그곳까지 책상이 들어차서 사용할 수 없는 상태였다. 게다가 경첩이 뒤틀렸는지 여닫을 때면 소음이 커서 말을 하다가도 번번이 진행이 끊겼다. 벌컥 열리는 것과 동시에 귀청을 날카롭게 찌르는 그 소음을 들을 때마다 완은 곤두서는 신경을 억눌러야 했다.

휴식 후 삼십 분이 지나자 분위기가 겨우 잡혔다. 그런데 지각한 여학생 두 명이 자리에서 일어나더니 앞문으로 나갔다. 빨간 하이힐과 검은 하이힐이 시끄럽게 또각거렸다. 이십 분쯤 지나서 다시 앞문이 벌컥 열리며 그들이 들어왔다. 시선이 쏠리자 여학생 둘은 고개를 숙이고 하이힐을 빠르게 또각거리며 자리에 가서 앉았다. 완의 앞을 지나가는데 향수와 섞인 독한 담배 냄새가 코를 찔렀다. 자리로 돌아간 여학생 둘은 아예 몸을 뒤로 돌려 수다를 떨기 시작했다.

"거기 수업에 집중해주세요."

완이 지적을 하는 중에도 그 둘은 말을 멈출 생각이 없어 보였다. 완은 목청을 높여 다시 한 번 말했다. 수업은 십 분도 남지 않은 상태였다. 강단 한쪽에 돌려줘야 할 엉터리 리포트가 놓여 있었다.

"잠깐! 거기 떠드는 학생, 미안하지만 밖으로 나가주세요."

"헐, 뭐야?"

하는 수군거림이 들려왔다.

"수업에 방해가 돼서 더는 안 되겠어요. 거기 두 명 밖으로 나가주세요. 나갈 때까지 수업 못 끝냅니다."

두 여학생은 얼굴을 마주 보고는 인상을 찌푸리며 가방을 어깨에 멨다. 교재도 없고 노트도 없고 필기구도 없는 책상 위에 달랑 놓인 휴대폰을 챙기며 내뱉는 욕설이 들렸다. 완은 손에 쥐고 있던 보드 마카 펜을 내려놓으며 물었다.

"거기, 방금 뭐라고 했어요?"

"헐, 아무 말도 안 했거든요."

빨간 하이힐이 고개를 쳐들며 대꾸했다. 완의 얼굴로 뜨거운 열기가 확 몰려들었다.

“아무 말도 안 하긴, 방금 중얼거렸잖아요?”

“그냥 혼잣말이거든요. 혼잣말도 샘 허락받고 해야 되나요?”

“그러니까 혼잣말로 뭐라고 했어?”

“야, 나가자! 그냥 에프 맞고 나중에 지우면 돼.”

빨간 하이힐은 눈을 흘기고는 신경질적으로 문을 열고 나가버렸다. 완은 교재를 내려놓고는 뒤따라 뛰어나가 복도를 걸어가는 그녀의 어깨를 잡아채어 돌려세웠다.

“뭐라고 했는지 대답 안 해!”

빨간 하이힐은 한쪽 입꼬리를 추켜올리며 어이없다는 표정을 지었다. 완은 그녀의 멱살을 한 손으로 움켜쥐었다.

“절라 재섭서, 시간강사 주제에, 라고 했어, 안 했어!”

뒤따라온 검은 하이힐이 옆에 섰다. 완은 검은 하이힐의 멱살도 잡아당겼다.

“너 옆에서 들었어, 못 들었어?”

“아니, 지금 뭐 하는 짓이에요! 미친 거 아냐?”

검은 하이힐이 앙칼지게 소리치며 완의 손을 떼어내려고 몸부림을 쳤다. 완은 옷이 찢어지든 말든 손아귀에 힘을 풀지 않았다. 빨간 하이힐이 염색한 머리를 쓸어 넘기며 완을 노려보더니 가방을 힘껏 바닥에 패대기쳤다.

"아, 씨발, 기분 개드러워! 증말 어이 짱 없네!"

완은 양손으로 빨간 하이힐과 검은 하이힐의 멱살을 움켜쥐고는 말했다.

"뭐? 씨발, 개드러워? 그래, 나 시급 이만 오천 원짜리다. 그러는 넌 대체 얼마짜리야?"

빨간 하이힐이 염색한 머리를 쓸어 넘기고 목을 꼿꼿이 세우더니 완을 똑바로 보며 조용히 씹어뱉듯이 말했다.

"내가 얼마면 네가 낼 수나 있어?"

완은 부들부들 떨며 그녀의 멱살을 힘껏 올려붙였다.

"니가 학생이냐, 이년아!"

그새 몰려나온 남학생 서너 명이 들러붙어 완과 하이힐 사이를 떼어 말렸다.

"교수님, 왜 이러세요? 제발 진정하세요!"

한쪽에서는 여학생들이 휴대전화를 치켜들며 "야, 이거 빨리 찍어!" 하고 외쳤다. 옆 강의실에서 수업을 하던 최 선생이 뛰어나와 완을 뜯어말렸다. 그러나 완은 양손에 쥔 멱살을 놓지 않았다. 소란스러움에 달려 나온 조교들까지 가

세해서 벌 떼처럼 한 무더기로 뒤엉켰다. 완이 얼마나 억세게 틀어쥐었는지 뜯어말릴수록 두 여학생의 옷은 무섭게 찢겨 나갔다.

"이 개무식한 년들아, 네깟 것들이 감히 어디서!"

완의 와이셔츠 단추도 모조리 터져 나가서 가슴팍과 푸른 핏대가 선 목덜미가 고스란히 보였다. 끝내 최 선생과 조교들과 남학생 네다섯이 완의 앞뒤로 들러붙어 양팔과 허리와 다리를 움켜쥐었다.

"이거 안 놔! 이 좆도 무식한 새끼들아!"

완이 힘껏 몸부림치자 한데 뒤엉킨 무리가 그대로 함께 복도 바닥에 넘어졌다. 완은 바닥에 누워서도 복도가 쩌렁쩌렁 울리도록 악을 썼다. 누군가 완력으로 그의 입을 세게 틀어막았다. 완은 그 손을 물어뜯고는 절규했다.

"에이, 씨발, 이 개좆……."

듣다 못한 누군가의 주먹이 완의 얼굴로 사정없이 날아들었다. 완은 숨이 콱 막히며 목이 홱 돌아갔다. 쏟아지는 발길질을 고스란히 받아내며 완은 지금쯤 시침이 다시 한 바퀴를 돌았을 것이라 추측했다. 학생들이 자신을 향해 오백 원짜리 동전을 던질 타이밍이었다. 몸을 새우처럼 둥글게 말며 완은 이 수난이 동전 깡통을 두 손으로 공손히 받들지 못하고 오히려 발로 차버려 어린 적선자들의 분노를 자극한 결과라고 생각했다.

33

완은 그렇게 강단에서 내려오고 말았다. 경찰서에 끌려가지 않고 일이 마무리된 것만 해도 다행이었다. 다음 학기 강의 배정에 대한 기대를 갖는 것조차 우스운 꼴이 되어버렸다. 가방끈에 대해 환멸이 들었고 하도 되풀이해서 지껄이느라 나달거리는 강의 노트는 쳐다보기도 싫었다. 휴대전화기는 박살이 난 지 오래였다. 마지막 통화자는 차 교수였다. 그는 한동안 침묵을 지키더니 짧게 통보를 하고는 전화를 끊었다.

"긴 말 않겠네. 자넨 아웃일세."

수연은 완에게 아무 말도 하지 않았다. 어쩌면 완이 수연에게 그동안의 일에 대해 아무 말을 하지 않았기 때문일 수도 있었다. 다만 수연은 완의 상황이 몹시 좋지 않다는 것을 짐작할 뿐이었다. 수연은 완 스스로 상황을 정리하고 극복하기를 기다렸다. 더욱이 그녀는 그즈음 회사의 주요 프로젝트를 맡아서 아침 일찍 출근해서 저녁 늦게 귀가했다.

완은 작은방에서 움직이지 않았다. 그는 어느덧 쓸모없고 버림받은 사람이 되어 있었다. 간혹 거울 안에서 덥수룩한 머리에 수척한 얼굴을 하고 수염이 무성한 자신을 마주할 때마다 "허깨비 같다"고 중얼거렸다.

대낮부터 술에 취해서 거리를 배회하다가 완은 황 선배에게 전화를 걸었다. 공중전화 부스 밖으로 함박눈이 송이송이 떨어지는 날이었다. 완은 그동안의 얘기를 간추릴 재간이 없어서 뒤죽박죽 떠오르는 대로 지껄였다. 강의 중에 벌어진 난동과 없던 일로 되어버린 임용과 공들여 쓴 책 두 권을 막 찍어낸 뒤로 펜을 놓았다고 자조했다. 그리고 수연과는 각방을 쓴다고 주절거렸다. 선배는 완이 아무렇게나 말하도록 끝까지 내버려둔 뒤 원인과 결과를 따지지 않고 짧게 말했다.

"좋은 경험 했네."

"좋은 경험은 아니었어요, 형."

완의 목소리는 전에 비해 한층 낮아지고 비음이 많이 섞여 있었다. 성량이 줄어들고 성대가 상했는지 쉰 소리가 났다.

"원래 좋은 경험이란 게 원하는 걸 얻지 못했을 때 얻어지는 거야. 그런 건 돈 주고도 못 사는 거야."

"형, 그러지 마세요. 농담 아니에요. 저 완전히 망했어요."

완은 울먹거리다가 기어이 눈물을 터뜨렸다. 눈물은 코를 통해서도 흘러나왔다. 이젠 작가로서 써놓은 글을 잃어버리고, 강사로서의 자격을 저버리고, 남편으로서도 별다른 기대를 품을 수 없는 상태였다. 완은 자신이 그동안 공들여 쌓은 것들을 송두리째 무너뜨린 기분이었다.

"야, 오늘 살 게 있어서 근처 쇼핑센터에 갔거든. 그런데 그 건물을 부숴버렸더라. 폭삭 무너졌더라고. 이거, 어떡하지, 하고 잠깐 난감했어."

완이 훌쩍대는 소리를 듣다가 선배는 입을 열었다.

"전에는 몰랐는데 그 건물 뒤에 아담하고 예쁜 공원이 보이더라. 사야 할 건 잊고 괜히 좋아서 한참이나 걷다 왔어."

그야말로 선배는 뜻도 모를 선문답을 계속했다.

"듣고 있냐? 보니깐 무너져 내리는 것과 무너지며 활짝 열리는 건 한 끗 차이더라."

선배는 뭐가 좋은지 웃기까지 했다. 완은 팔뚝으로 눈물과 콧물을 닦으면서 말했다.

"형, 저 앞이 하나도 안 보여요. 형, 저 완전히 길을 잃었어요."

"한마디만 하고 끊는다. 너 그거 아냐? 길을 잃어야 세상이 보인다."

전화는 뚝 끊어졌다. 완은 멍하니 수화기를 들고 서서 내리는 눈을 봤다. 하얗게 덮여가는 거리를 보며 완은 중얼거렸다.

"에이 씨, 이게 뭐 위로라고……."

스스로를 유폐한 몇 달 동안 완의 의식을 지배한 것은 바로 유밍이었다. 지난 5년 동안 잠복해 있던 그녀와의 기억들은 사망 소식을 계기로 한꺼번에 터져 나왔다. 유밍은 이 지상에서 죽고 없으나 아직 완의 안에서는 살아 있었다. 투명해서 형태도 보이지 않고 기척도 느낄 수 없었지만 확실한 것은 투명하게 살아 있다는 점이었다.

완은 한국에 돌아온 순간, 유밍을 태평양 건너편에 묻고 왔다고 믿었다. 눈앞에 없으므로 이 현실에는 부재한 일이라고 스스로에게 주문을 걸었다. 그러나 눈을 감으면 유밍은 생생했다. 그 큰 눈과 말랑말랑한 코, 말을 하기 직전 미묘하게 떨리는 붉은 입술, 듣기 좋은 목소리, 혀끝에 닿는 땀 맛, 손끝으로 느껴지는 살결의 감촉, 안을 때마다 목덜미에서 나는 냄새까지…….

작별 인사조차 하지 않고 도망쳐서 육체적으로는 떨어졌으나 그녀와의 감정까지 분리된 것은 아니었다. 돌아보니 매듭이 묶이지 않은 그 감정은 공간이 바뀌고 시간이 흐르는 동안 마구 올이 풀어 헤쳐진 채 자라서 완을 휘어 감았다. 논리적으로는 그녀의 교통사고가 자신과는 아무런 상관이 없다고 판단됐지만, 그녀의 죽음에 가장 밀접한 관련을 맺은 사람은 다름 아닌 자신이라는 결론에 이르자 괴로움을 견딜 수 없었다.

덮어버리려 애쓴 만큼 유밍에 대한 죄책감은 깊었다. 그것은 처음 사망 소식을 들었을 때와는 다른 차원이었다. 쥐고 있던 것을 손에서 잃어버리자 비로소 한 사람이 보였다. 유밍은 지금도 완의 몸 어딘가에서 서럽게 울고 있었다. 그리고 완이 오기만을 여전히 기다리는 사람이었다. 난마처럼 뒤얽힌 그 매듭을 정리하지 않고는 앞으로 어떤 일도 시작할 수 없을 듯했다.

어떡해서든 완은 유밍의 장례를 치러야 한다고 생각했다. 장례를 치러야 할 대상은 유밍이기도 하지만, 그녀와의 기억이고 그녀가 세상을 떠난 후 해결 못 한 상태로 남겨놓은 것들이었다. 무엇보다 숨이 끊기던 순간까지 자신과의 약속을 기억하던 그녀의 기도를 장례 지내야 했다.

대수롭지 않게 여기던 그 약속은 그녀의 안타까운 죽음과 맞물리자 새삼 완에게 절실한 무게로 다가왔다. 약속을 지키는 일이 그녀와의 관계에 대한 책임이자 완 자신의 일부인 과거에 대해 책임을 지는 것이었다. 약속을 이행하는 것만이 그녀와 자신의 관계가 동물적인 관계가 아니라 인간적인 관계였다는 유일한 기준이었다. 그리고 완의 어깨를 짓누르는 이 무거운 짐을 내려놓는 해결책이었다.

해가 바뀌자 완은 모든 것을 접고 떠나기로 결정했다. 수연은 프로젝트를 성공하여 승진을 하고 회사에서의 입지를 더욱 탄탄히 굳히는 눈치였다. 완이 네팔행 배낭을 꾸려놓고 여행 계획을 말하자 그녀는 아무 말 없이 여행 경비를 내주었다. 수연은 완이 어디로 떠난다는 사실보다 일단 유폐된 상태를 벗어나려는 시도에 동의했다.

네팔로 떠나는 날, 수연은 자신의 차로 완을 공항버스 타는 곳까지 바래다주었다. 운전을 하는 수연의 얼굴은 무심하면서도 쓸쓸해 보였다. 완은 수연이 작년부터 우울증을 심하게 앓았다는 것을 알고 있었다. 남편을 곁에 두고도 그토록 우울하다면 지난 5년간 수연의 결혼생활은 무심한 것이 아니라 무의미하다는 편이 맞았다. 의미 있는 삶이란 대개 의미 있는 관계를 가질 때 형성되는데, 완은 수연과 무의미한 관계를 맺음으로써 수연의 인생을 무의미한 것으로 만들었다는 자각이 들었다.

완은 수연에게 진정한 애정이 있는지 자신이 없었다. 결혼 후 완은, 유밍으로부터의 도피 욕망과 서울 생활에 대한 불안이 그녀를 선택하는 데 영향을 미쳤다는 것을 알았다. 완이 서울에서 안착하기에 충분할 만큼 수연은 경제적 능력과 문화적 동경심을 가지고 있었다. 그 두 가지가 수연의 단점은 가리고 장점은 더욱 돋보이게 만들었을 것이다.

수연이 원하는 컴퍼니언십을 지지하는 척했지만 완은 그 생활이 자신에게 어울리지 않는다는 것도 알았다. 어울리지 않음에도 자신이 원하는 관계를 수연에게 요구하기 어려웠기 때문에 완은 상실감에 시달렸다. 함께 지내다가 헤어질 경우 생기는 일시적 상실감이 아니라 함께 지내면서 지속적으로 받는 상실감이었다. 그래서 수연이 원하는 동지애적인 관계를 맺을 수도 없고, 자신이 원하는 관계를 형성하지도 못하는 미온적인 날들이 이어졌다.

결혼 이후 완은 변하지 않았고 수연도 변하지 않았다. 진정한 애정이 없는 한 상대가 원하는 사람이 되기는 어려웠다. 둘은 서로 변화를 요구하지 않는 것으로 관계의 발전을 포기하고 각자 소리 없이 앓았다. 때로 완은 수연의 인생에서 그만 빠져줘야 하는 건 아닐까, 고민하기도 했다. 그러나 유밍을 떠난 죄책감 탓인지 수연과의 관계를 끝내야 함에도 절대 끝내면 안 된다고 다짐했다.

수연은 완의 역량을 남들보다 먼저 알아본 만큼 완이 섬약하다는 사실을 누구보다 일찍 알았다. 연애 시절 완이 자신과 깊은 관계를 원하지만, 관계가 깨질 경우의 상처가 두려워서 고백을 기피한 점도 알고 있었다. 완의 그런 용기 없음을 수연은 순수하게 해석했고, 그가 원하지만 머뭇거리는 말들을 자신이 먼저 얘기하면 그가 고민하는 시간이 줄어들 것이라 여겼다. 그리고 자신이 남들보다 더 가진 것을 덜어주면 완은 자신감을 얻고 담대히 재능을 꽃피우리라 믿었다. 그러나 그것이 자만이었다는 사실을 수연은 결혼 후 머지않아 깨달았다. 뭔가를 원하지만 동시에 기피하는 완의 이중성격은 수연의 노력만으로 쉽게 변하는 것이 아니었다.

수연은 완을 곁에 두었으나 전보다 더 외로웠다. 동반자로서의 친밀감이나 따뜻한 위로를 받고 싶어도 완은 수연이 원하는 것을 주지 못했다. 완은 태생적으로 그런 것을 줄 수 없는 사람이었다. 완은 적극적으로 주는 것보다 머뭇거리며 받는 것에 익숙했다. 상대의 성장 가능성에만 방점을 둔 나머지 가장 진중하게 고려했어야 할 결혼 관계에 대해 고민하지 않은 탓이 컸다. 그러나 완이 그럴 수 없다는 것을 깨달았음에도 수연은 자신의 판단과 결정이 틀렸음을 인정하려 들지 않았다.

그래서 수연은 관계의 문제에 대한 답안을 자꾸만 외부에서 찾으려고 했다. 완이 머지않아 주목받는 작품을 발표하거나, 대학에서 안정적인 자리를 잡거나, 앞으로 아기를 가지게 되면 달라질 것이라고……. 본질적 문제의 해결보다 이런 외부 요인이 해결되면 관계가 개선되리라는 기대에 무속인을 찾기도 했던 것이다.

완이 탄 공항버스가 출발할 때까지 자동차의 운전석에 앉아 있던 수연의 얼굴은 담담했다. 완은 수연의 그런 담담함이 무엇을 의미하는지 잘 알고 있었다. 당장 어떤 결정을 유예할 때, 유예 후에 무서울 정도로 냉정한 판단을 내리기 전에 그녀는 그런 표정을 지었다. 그 결정을 위해서 완뿐만 아니라 수연 또한 떨어져 생각할 시간이 필요한 상황이었다.

버스가 출발할 때 완이 손을 들어 보이자 그녀는 고개를 끄덕였다. 문득 완은 수연이 우는 모습을 단 한 번도 보지 못했다는 것을 깨달았다. 그녀에게 눈물이 없을 리가 없었다.

공항에서 완은 탑승 직전 황 선배에게 전화를 걸었다. 선배는 완의 마음을 아는지 모르는지 호탕하게 웃었다.

"야, 너 인생 한번 좋다. 해외여행도 다니고!"

"형, 이게 뭐 여행인지 피신인지 회피인지 도피인지 도망인지 도주인지 떡인지 똥인지 된장인지 뭐가 뭔지 하나도 모르겠어요."

"그러니까 그게 한마디로 여행이지 뭐냐?"

황 선배는 넉살 좋게 껄껄거렸다.

"잘 갔다 와라. 여행이란 게 원래 자신이 이미 거쳤던 자리를 되짚는 거야. 자기가 옛날에 흘려놓았던 냄새를 따라가는 거라고. 실컷 킁킁거리다가 오렴."

그 말은 위로가 되는 듯했다.

라스트 카니발

34

마체르모를 떠나서 네 시간쯤 걸었을 때, 완은 얼굴에서 발라클라바를 벗겨냈다. 그것은 이미 습설과 콧물에 흠뻑 젖어서 얼음이 서걱거렸다. 당장 몸을 쓰러뜨릴 듯한 눈보라 어디선가 사납게 휘두르는 채찍 소리가 났다. 강풍에 실린 눈발이 완의 뺨을 날카롭게 할퀴고 지나갔다. 고도 4,700미터 지점에서 눈은 전후좌우에서 휘몰아치고 땅에서도 솟구쳤다.

완은 멈춰 서서 숨을 헐떡거렸다. 가슴을 들먹일 때마다 벌어진 입으로 눈발이 한 움큼씩 빨려 들어갔다. 4,500미터 지점을 지날 때 공기 중 산소량이 57퍼센트에 불과한 장애 영역에 들어섰다는 표지 문구가 떠올랐다. 날아온 눈송이가 무성한 수염 위로 하얗게 들러붙었다. 동상에 걸린 코에서 흘러내리던 콧물은 인중 부근에서 얼어붙었다. 숨을 쉴 때마다 목구멍 뒤를 고드름 끝으로 긁는 듯한 아픔도, 냉기가 폐를 찌르고 들어오는 통증도 더는 느껴지지 않았다.

'푸르바, 이 자식, 잡히면 죽여버릴 거야!'

완은 머릿속으로만 그렇게 외쳤다. 헐떡대느라 말을 입밖에 내기 힘들었다. 푸르바의 뒷모습을 마지막으로 본 건 한 시간 전이었다. 바람이 거세지고 눈발이 촘촘해지면서 산길은 삽시간에 지워졌다. 배낭을 짊어진 어깨는 아무런 감각이 없었다. 허벅지까지 눈밭에 파묻힌 터라 넘어지면 일어설 엄두가 나지 않았다.

왼쪽으로 고개를 돌리자 설면 가운데로 거뭇거뭇하게 물이 흐르는 게 보였다. 듬성듬성 자란 히말라야 소나무는 뿌리부터 우듬지까지 통째로 결빙된 채 서 있었다. 지도에서 본 대로 완은 그곳이 빙하 호수라는 것을 직감했다. 물은 얼었다가 녹고 다시 얼어터지는 일을 반복하면서 군데군데 사람의 키만큼 융기해 있었다. 마치 한 무리의 등산객들이 그대로 눈을 뒤집어쓰고 냉동된 듯 보였다. 세 개의 호수를 지나면 산장이 나온다고 들었지만 이 호수가 몇 번째 호수인지 가늠이 되지 않았다.

완은 살얼음이 낀 고글마저 벗어버렸다. 얼어붙은 눈썹은 몇 시간 전부터 깜빡일 때마다 풀을 발라놓은 것처럼 끈적거렸다. 실눈을 치켜뜨자 주변이 온통 뿌옇게 보였다. 이때, 바닥에서 하늘로 치솟은 눈보라가 성난 파도처럼 무자비하게 완을 후려쳤다. 완의 몸이 휘청거리며 손에서 발라클라바와 고글이 떨어졌다.

완은 고개를 숙이며 눈을 질끈 감았다. 그리고 손으로 양쪽 귀를 틀어막았다. 물속에 잠긴 듯 먹먹하다가 손을 떼자 폭풍설이 몰아치는 소리가 들렸다. 괴성을 지르는 거대한 괴물의 입속에 들어간 기분이었다. 라바르마 산장에서 아침을 먹고 떠난 후 완은 일곱 시간 가까이 이 소음에 귀를 먹은 지 오래였다.

그 자리에서 꿈쩍도 못 한 채 완은 솔루 쿰부의 눈길을 헤맨 지가 며칠째인지를 헤아렸다. 완은 한참 만에 열흘이 지났다는 사실을 간신히 기억해냈다. 매일 손가락으로 꼽던 일을 떠올리는 데 왜 그리 시간이 걸렸을까 본인조차 의아했다. 완은 이런 자신이 왠지 우스워서 입술을 일그러뜨리며 히죽 웃었다. 검게 타버린 입술을 가로질러 턱수염에 매달린 굵은 콧물이 눈 위로 떨어졌다.

거대하고 하얀 장막이 눈앞을 가로막고 있었다. 완은 정신을 차리려고 진저리를 치며 두 팔을 휘두르고 고함을 내질렀다. 마치 주먹싸움에서 당해낼 수 없는 상대를 향해 헛손질을 하며 안간힘을 쓰는 모양새였다. 그리고 크게 휘청거리다가 배낭을 멘 채 눈밭에 모로 쓰러졌다. 뺨에 와 닿는 눈의 감촉은 의외로 포근했다. 이 안락한 기분과 쏟아지는 잠의 유혹을 뿌리칠 만한 기운이 없었다.

얼마 지나지 않아 완은 자신을 부르는 소리를 들었다. 도대체 폭풍설이 몰아치는 4,700미터의 산중에서 자기를 알아보는 이가 누구인지 궁금했다. 완은 눈꺼풀에 힘을 주어 간신히 눈을 떴다. 귀청을 찢는 듯한 바람 소리가 더는 들리지 않았다. 습기를 잔뜩 먹어 후추처럼 맵게 쏟아지던 분설도 그친 상태였다. 장막이 사라진 주위는 다만 고요하고 환했다.

가까이 들리는 목소리는 따뜻하고 상냥했다. 그 음성엔

자신을 오래 기다렸다는 애틋함이 묻어났다. 완은 그녀가 누구인지 비로소 알 듯했다. 부르트고 찢어진 완의 입가에 살며시 미소가 잡혔다. 완은 눈을 게슴츠레 뜨고 소리 나는 쪽으로 얼굴을 돌렸다.

발걸음은 완이 누운 곳으로 사뿐사뿐 걸어왔다. 발목까지 내려오는 드레스를 입고 검은 머리를 어깨 너머로 찰랑거리며 다가오는 여인을 완은 바라보았다. 마치 5년 전 그녀를 마지막으로 보던 날로 돌아간 기분이었다. 전에 비해 몰라보게 야위었지만 완은 그녀를 금방 알아보았다. 여인은 한 발 한 발 다가와 누워 있는 완 앞에 한쪽 무릎을 꿇고 앉았다.

"완, 이제 왔니?"

완은 여인에게서 온기와 향기를 느꼈다. 그리고 입꼬리를 올려 웃으며 대답했다.

"늦어서 미안. 오래 기다렸지?"

여인은 완의 뺨을 쓰다듬고는 "얼굴이 많이 상했네" 하며 걱정스레 말했다. 그리고 손을 내밀었다. 완은 그 작고 부드러운 손을 잡고 일어났다. 놀랍게도 콧물이 흐르거나 기침이 터지지 않았다. 기분 나쁘게 들쑤시던 어깨와 무릎관절도 멀쩡했다. 아열대기후에 들어온 것처럼 공기는 온화하고 습기가 적당했다.

"유밍, 너 정말 많이 변했구나. 못 알아보겠어."

둘은 자주 산책하던 학교 앞 빅토리아 공원을 걷고 있었다. 잔디를 깎은 지 얼마 되지 않아서 발아래 밟히는 촉감이 촘촘하고 탄력이 넘쳤다. 그렇게 넓고 푸른 들판이 완만한 언덕을 이루며 펼쳐져 있어서 눈이 시원했다. 완과 유밍은 기분 좋은 보폭으로 걸었다.

"변했을 거야, 서른 살이잖아. 마지막으로 봤을 때는 스물다섯 살이었고."

아, 그렇지, 하며 완은 고개를 끄덕였다. 완은 나이를 먹었지만 기억 속의 그녀는 항상 스물네다섯 살의 모습 그대로였다. 그때에 비해 유밍은 몹시 수척했다. 사각형의 얼굴은 갸름해지고 피부는 창백해서 통통했던 흔적은 찾아볼 수 없었다. 그럼에도 서른 살의 유밍은 성숙미가 느껴졌다.

"유밍은 전보다 훨씬 예뻐졌네."

완의 말에 그녀는 살며시 웃으며 고개를 약간 숙였다. 완은 장난스러운 얼굴로 물었다.

"나는 어때?"

유밍은 걸음을 멈추고 완의 얼굴에 조용히 시력을 맞췄다. 그리고 두 손으로 완의 얼굴을 어루만졌다. 엄지로 완의 양쪽 눈썹을 맵시 있게 쓱 훑고 검지로 광대뼈를 둥글게 그렸다. 콧대도 조용히 매만져보고 턱도 가만히 쓰다듬었다.

"논문을 쓰다가 머리가 아프면 너와 히말라야를 오르는 상상을 했어. 이렇게 수염이 덥수룩해도 멋있어. 얼굴이 새카맣게 타고 살갗이 다 벗겨졌네."

완은 유밍의 손목을 잡고는 물었다.

"이젠 괜찮니?"

"응, 지금은 괜찮아. 차에 치었을 때는 너무 아파서 비명도 못 질렀어."

어느덧 둘은 시드니 애시필드의 횡단보도 앞에 서 있었다. 눈을 뜰 수 없을 정도로 작열하는 햇빛이 사방에 쏟아졌다. 둘은 달궈진 포장도로에서 피를 흘리며 모로 누운 한 여인을 내려다보았다. 여인의 손에서 굴러 나온 작은 소포 상자가 보였다. 중국 사찰의 연등행사에 보내질 여인의 소원은 자신을 버리고 도망간 남자와 히말라야에 가는 것이었다. 소포는 부쳐지지 않았지만 목숨이 끊어지던 순간 그녀의 간절한 마음은 부처님께 닿았을 것이다. 유밍은 더는 못 보겠는지 고개를 돌리고는 완의 품에 안겼다. 완은 그녀를 가만히 끌어안고 등을 토닥토닥했다.

"정말 미안해, 유밍……. 너무 늦었지? 너한테 오는 길이 이렇게 험할 줄은 몰랐어."

"온다는 약속 지켜줘서 고마워. 결국 이렇게 만났잖아. 시간이 좀 걸렸지만."

파란색이던 횡단보도의 신호등이 빨간색으로 바뀌자 언어학부 건물의 강의실이 눈앞에 나타났다. 두 사람 앞에서 학생들이 소리를 지르며 모두 의자 위로 뛰어올라서고 있었다. 강단 앞에 선 분석언어학 교수 데보라의 모습도 보이고 라자의 얼굴도 보였다. 잔뜩 흥분한 들쥐가 사방으로 뛰어다니는 것을 보고 둘은 환하게 웃었다. 유밍이 한층 높은 톤으로 말했다.

"그거 알아? 데보라가 리서치 마감을 앞두고 너를 넣을 그룹을 찾을 때, 내가 막 손을 들려고 했거든. 그때 저 쥐가 나타났어."

"손을 빨리 들지 그랬어. 그땐 죽을 맛이었어. 간혹 꿈자리에 나타날 정도야. 오죽하면 저 쥐의 이름을 아직도 기억하겠니? 오, 가여운 폴! 여전히 강의실 주변을 맴돌까?"

유밍은 '폴'이라는 이름을 듣자 옛날처럼 크게 웃었다. 완은 폴처럼 될까 봐 노심초사하던 때를 떠올리며 몸서리를 쳤다. 유밍은 웃음 끝에 조용히 말했다.

"너는 선택받게 되어 있었어. 시간이 좀 걸린 것뿐이지."

"당시엔 그렇게 되리라고 짐작조차 못 했어."

완은 선택받기까지 소요되는 시간이 늘 문제라고 생각했다. 자신이 지향하는 자리나 위치로 이동하려면 선택하기보다는 선택받아야 하는데, 그날 이후로도 상대의 의중을 알 수 없는 그 막연한 시간을 버티는 일이 매번 곤혹스러웠다. 결과를 미리 알면 기다림을 즐겁게 채우겠지만, 문제는 결과를 모른다는 데 있고, 결과를 모르기 때문에 선택받지 못한 다음을 고민 속에서 대비해야 했다. 인생 전체를 놓고 보면 마디와 마디 사이의 구간이 바로 그런 기다림으로 채워진 듯했다.

"왜냐하면 너를 처음 본 순간 나는 네가 마음에 들었거든. 믿어져?"

완은 곧바로 고개를 저었다.

"완, 너 입학하기 전부터 부처님께 빌었거든. 멋진 남자가 나타나게 해달라고. 신입생 환영회 때, 너를 보고 부처님이 보낸 사람이라고 직감했지."

완은 "어이쿠, 그 부처님도 참!" 하고는 고개를 도리도리 저으며 앞서 걸어갔다. 걸음은 쿼드랭글 빌딩이 보이는 도서관 앞으로 이어졌다. 고색창연한 붉은 벽돌 건물의 첨탑 위로 교기가 펄럭거렸다. 해가 저물면서 그곳에서 웅장한 파이프오르간 소리가 흘러나왔다. 블루검트리 너머로 시드니의 하늘 한쪽이 붉게 물들고 습기를 머금은 따뜻한 바람이 불어왔다.

"완, 여기서 샌드위치 먹다가 나 만난 거 기억해? 그거 우연이 아니었어. 심심하면 너 공부하는 모습 봤거든. 네가 도서관 밖으로 나가는 걸 보고 그 앞을 지나갔던 거야. 네가 인사할 때…… 가슴이 얼마나 쿵쾅거리던지."

완은 처음 듣는 이야기였다. 그 시절에 누군가 자신에게 관심을 가졌으리라고는 상상하기 힘들었다. 완은 심각한 얼굴로 다니는 아웃사이더였다. 유밍도 낯선 이국 생활이 외롭고 힘들어서 누군가와의 소통이 절실했을 것이다. 그녀는 감회가 색다른지 톤을 높여서 말했다.

"네가 '누나' 하고 불렀을 때, 심장이 멎는 줄 알았어. 이젠 됐구나, 하는 생각이 들었거든. 저 파이프오르간 소리가 천상에서 울리는 음악 같았어."

"나도 네가 그룹에 넣어준다고 했을 때 하늘에서 보내준 천사 같았어."

둘은 마주 보고 웃었다. 완은 혼잣말로 "뛰어봤자 유밍의 손바닥 안이었어!" 하고는 너털웃음을 지었다. 서울에서 크게 한 번 엎어진 것도 마치 유밍의 손금 위에서 벌어진 일인 듯하고, 그 일로 히말라야까지 와서 푸르바를 만나고 폭설 속에서 길을 잃은 것도 그녀의 장악력에 의해 벌어진 듯했다. 오늘 이런 재회의 순간에 닿기 위해 그런 일련의 사건들이 한 방향으로 계단처럼 이어진 듯 여겨졌다.

결국 두 사람은 완의 스튜디오 안으로 들어왔다. 랭귀지 스쿨부터 3년 가까이 거주하던 방을 보자 완의 입에서 신음이 새어 나왔다. 그곳은 생각보다 훨씬 낡고 좁고 지저분했다. 더욱이 기억하고 싶지 않은 그날의 풍경이 고스란히 보존되어 있었다. 완은 고열에 들떠 침대에 누워 있고 유밍은 곁에 앉아 만다린 껍질을 까고 있었다. 언뜻언뜻 비치는 완의 눈에는 그녀를 향한 두려움과 경멸의 빛이 가득했다.

완은 열흘 뒤 공원에서 만나자는 약속을 하고는 유밍을 내보냈다. 곧 반지를 받는다는 말에 스물다섯 살의 유밍이 기뻐하며 뛰어나가는 뒷모습이 보였다. 침대에서 일어난 완은 우두커니 서서 주위를 둘러보았다. 비쩍 마른 체구에 턱 선이 날카롭고, 봉두난발에 눈빛이 예민하게 번쩍거려 신경질적으로 보였다. 그리고 붙박이장을 열더니 미친 듯이 옷을 끄집어냈다. 서둘러 도망치느라 책장의 자료들을 종이박스에 마구 쓸어 담다가 둘이 찍은 사진을 찢어버리는 모습도 보였다.

자신의 교통사고 현장에서도 비교적 태연했던 유밍은 이 장면에서 갑자기 숨을 거칠게 몰아쉬고 가슴을 격하게 들먹였다.

"괜찮아? 유밍, 괜찮아?"

완이 묻자 그녀는 괜찮다는 듯 손을 들었지만 끝내 두 손으로 얼굴을 감싸더니 눈물을 터뜨렸다. 그리고 자리에 무너지듯 주저앉아 흐느꼈다. 완도 자신이 한 짓을 보자 괴로워서 털썩 무릎을 꿇었다.

"미안해, 유밍. 정말 미안해."

유밍은 눈물이 번진 얼굴을 들어 울음을 삼키며 말했다.

"너는 나를 사랑하지 않았지? 한 번도 말하지 않았잖아. 나는 끝내 그 말을 듣지 못하고 이렇게 되고 말았어. 어떻게 넌 그렇게 가서 소식도 끊어버리고…….”

완은 유밍의 집착이 두려웠다. 유밍이 이별 인사를 받아들이기는커녕 무슨 짓을 벌일지 끔찍했다. 완은 그런 방식으로 유밍을 떠나서는 안 됐지만, 그 외의 다른 방식을 고려할 수 없을 정도로 몸과 마음이 지쳐 있었다.

“미안해. 그렇게 도망친 게 내내 부끄러웠어. 큰 죄를 진 듯해서 속으로 시름시름 앓았어. 네가 생각나면 자꾸 덮어버리고 도망쳤는데……. 도망칠 수 있는 데까지 도망쳤는데……. 결국 이렇게 네 앞에 오는 길이었어.”

완이 차분하게 말하자 유밍의 울음은 잦아들었다.

“완, 지난 5년간 정작 힘들었던 건 논문을 쓸 때가 아니라 네가 보고 싶을 때였어. 히말라야에 가자는 그 막연한 약속밖에 의지할 게 없었어. 그게 꿈인 줄 알면서도 내내 기다렸어. 논문을 쓴 건 너를 기다리며 잘할 수 있는 게 그것밖에 없었어.”

완은 유밍을 가만히 끌어안았다. 그녀가 도서관에서 밤늦게 공부하는 모습이 보였다. 냉혈한으로 정평이 난 티펜탈러 교수는 다시 써야 할 부분을 붉은 펜으로 마킹했는데, 마킹은 페이지마다 끝없이 계속되었다. 어두운 캠퍼스를 걸어서 귀가하다가 그녀는 빅토리아 공원의 벤치에 우두커니 앉아 있곤 했다. 그녀는 늘 혼자였고 간혹 펜을 쥔 채 책상에 얼굴을 묻고 울었다. 그녀는 눈에 띄게 여위어갔다.

"알아. 그 시간이 어땠을지."

"이걸 끝내면 네가 문을 열고 들어와 꼭 안아주는 상상 외에는 아무것도 할 수 없었어. 완, 나는 어디에도 속해 있지 않다고 생각했어. 부모님에 속해 있지도 않고 중국에 속해 있지도 않고 이 대학에 속해 있지도 않아. 나는 유일하게 속해 있던 너로부터 버려졌다는 슬픔과 분노를 견디기 힘들었어. 하소연할 곳도 없었어."

완은 유밍의 손을 잡으며 말했다. 그녀의 손은 점점 온기를 잃고 있었다.

"정말 미안해. 나도 네가 보고 싶었지만 냉정하게 끊는 것이 너를 위한 거라고 믿었어. 너라도 그랬을 거야."

"아니, 완, 그렇지 않아. 누군가에게 너는 세상 많은 사람 중에 한 명일 뿐이지만, 내게는 네가 세상 전부였어."

완은 그녀를 끌어안은 채 키스를 했다. 완의 입술에 닿은 유밍의 입술은 쇠붙이처럼 차가웠다. 완의 혀에 닿은 유밍의 치아와 혀도 얼음 같았다. 그 차가운 것을 완은 간절하게 애무했다. 마지막일지도 몰랐다. 긴 키스가 끝나자 유밍은 완의 뺨을 두 손으로 어루만지며 입술을 뗐다.

"완, 알아? 넌 나의 기쁨이었어, 누구도 대신할 수 없는 기쁨."

완은 고개를 끄덕이며 고맙다고 했다. 유밍은 큰 눈에 완을 다 담을 듯 바라보며 말을 이었다.

"그리고 넌 나의 슬픔이었어. 많은 슬픔 중의 가장 큰 슬픔."

완은 고개를 끄덕이며 용서를 구했다.

"유밍, 나를 용서해줘. 너를 가엾게 여겼던 것."

"아니, 그건 용서하지 않을래."

유밍은 마주 서서 완의 두 손을 잡았다. 다시 설원이었다. 흰 설탕 같은 분설이 바람을 타고 몸을 일으켜 밀려왔다. 완은 유밍과 헤어질 때가 됐음을 직감했다. 완이 물었다.

"근데 왜 나여야만 했니? 대단치도 않고, 잘생기지도 않고, 친절하지도 않은……."

유밍은 완의 얼굴을 가만히 들여다보았다. 그녀의 긴 머리카락이 바람에 흩날렸다. 유밍의 눈 안에 완이 들어 있었다.

"그런 건 중요하지 않아. 너를 알고 처음으로 나는 전부터 내가 되고 싶은 사람이 된 듯했어. 그리고 왜 살아야 하는지 매일 묻지 않게 됐어. 너는 내가 아는 누구보다 가장 강력한 내 편이었어."

완은 목이 아파오면서 콧부리가 빠근해지는 통증을 느꼈다. 그리고 유밍을 다시 와락 끌어안았다. 야윈 허리 뒤로 팔을 둘러서 몸이 으스러져라 끌어안았다. 완은 목에서 울컥, 하고 치밀어 오르듯 한마디를 토해냈다. 그것은 몇만 겹의 지층 밑바닥에서 뜨겁게 고여 있다가 억누르고 억누른 압력을 견디다 못해 분출된 용암 같았다.

"사랑해."

이 한마디를 고백하는 데 왜 그리 오랜 시간이 걸렸는지 완은 스스로도 이해할 수 없었다. 왜 계절이 스무 번 이상 바뀌고, 삶과 죽음의 자리가 바뀌고, 바다를 몇 번 건너고, 이국의 설산에 올라와서야 간신히 꺼낼 수 있는지 알 수 없었다. 유밍은 울음에 잠긴 음성으로 말했다.

"완, 그게 내겐 전부였어. 사랑은 다만 사랑으로 충분하잖아. 그것이 계속될 수 없다는 것도 이제 알아. 그 충분함을 확인한 것만으로도 나는 충분해."

완은 품에서 반지를 꺼내 그녀의 손가락에 끼웠다. 그러나 유밍의 손가락은 그림자와 같아서 그것은 끼워지지 않았다. 유밍은 완의 품에서 떨어져 나가 뒤로 미끄러지며 멀어졌다. 완은 유밍을 부르며 따라갔지만, 다리가 눈밭에 푹푹 빠졌다. 소실점으로 사라지는 유밍의 목소리만 쟁쟁하게 들렸다.

"이제 그만 산을 내려가."

우주는 모든 것을 기억한다

35

완이 깨어났을 때, 처음 눈에 들어온 사람은 푸르바였다. 까무잡잡한 얼굴의 푸르바가 하얀 이를 드러내며 히죽히죽 웃고 있었다. 완은 녀석의 얼굴을 향해 힘없이 말했다.

"푸르바…… 너 이 개자식."

녀석은 그 말을 들었는지 안 들었는지 완의 몸을 부축하여 앉혀주었다. 그리고 아무렇지도 않게 말했다.

"너, 이틀 동안 잤어. 너 계속 잠꼬대를 했어."

"잠꼬대?"

"유밍이라는 이름을 계속 불렀어."

"유밍? 다른 말은 안 했어?"

"너 정말 기억 안 나? 한번은 깨어나서 막 울면서 자랑했잖아."

잠꼬대를 기억하기는 쉽지 않은 일이어서 완은 고개를 가로저었다. 그러나 유밍을 만난 일만은 확실히 기억했다.

"내가 뭐라고 했어?"

"유밍이 용서했다고, 사랑 어쩌고저쩌고했다니까."

완의 입가에 슬며시 웃음이 돌았다. 푸르바에 대한 분노는 저만치 달아나고 자신이 겪은 일의 증인을 만난 듯 반가웠다.

"너 이 자식, 그 말 안 했으면 나한테 죽을 뻔했어."

푸르바는 장난스럽게 웃으며 양은 그릇 안에 담긴 것을 내밀었다. 완은 눈이 동그랗게 커지며 말을 더듬었다.

"어, 이, 이게 뭐야?"

"뭐긴 뭐야, 쑨달라지!"

"아니, 이거…… 어디서 났어, 응?"

"어디서 나긴, 돈 주고 샀지."

"그러니까 어디서 샀냐고?"

"어디서 사긴, 남체 바자르에서 샀지."

마치 만담을 하듯 완의 물음이 끝나면 푸르바가 빠르고 높은 톤으로 하나 마나 한 대답을 했다. 검은 때가 끼고 찌그러진 양은 그릇 안에는 노란 쑨달라 네 개가 담겨 있었다. 푸르바는 크고 시커먼 손으로 하나를 집어서 껍질을 벗겼다. 완이 중얼거렸다.

"이걸 먹고 싶은 줄 어떻게 알았지? 정말 먹고 싶었어."

"이틀 내내 쑨달라, 쑨달라, 잠꼬대를 하는데 누가 모르겠어."

완은 푸르바가 건넨 조각을 입에 넣고 깨물었다. 상큼한 과즙이 입안에서 터졌다. 묵은 갈증이 건힐 정도로 기가 막히게 달았다.

"그러니까 이거 네가 사 온 거야? 직접 남체까지 가서 사 온 거야?"

녀석은 고개를 저었다. 그리고 손가락을 어딘가로 가리켰다. 문간에서 셰르파 여인이 죽 그릇이 담긴 쟁반을 들고 서 있었다. 머릿수건을 한 그녀는 조용히 푸르바에게 쟁반을 건네며 말했다. 푸르바는 완의 무릎 위에 쟁반을 놓아주며 통역했다.

"쑨달라는 이 죽 먹은 다음에 먹으래. 자, 죽부터 먹어."

완은 그녀를 향해 두 손을 모으고 고개를 숙여 인사했다. 그녀는 고개를 약간 숙이고는 방 밖으로 나갔다. 완이 어떻게 된 거냐는 눈빛을 보내자 푸르바는 그동안의 일을 얘기했다.

마체르모에서 고쿄 산장으로 오는 중에 푸르바는 몸이 너무 아파서 완을 챙길 겨를이 없었고 산장에 도착하자 정신을 잃을 지경이었다고 했다. 산장 주인이 곡식과 설탕이 어디 있느냐고 묻자 푸르바는 뒤에 오는 완의 가방에 있다고 대답하고는 쓰러져 잠이 들었다. 주인은 기다려도 완이 오지 않자 밖으로 나가서 눈밭에 파묻힌 그를 발견했다. 눈이 너무 깊어서 업지도 못하고 야크에 들것을 연결해서 간신히 끌고 왔다는 것이다. 그리고 지난 이틀 동안 산장 주인과 저 여인이 완을 돌봤다고 했다.

완은 하루 동안 죽을 먹고 차를 마시며 선룸의 난롯가에서 쉬니 몸이 점차 회복되었다. 푸르바와 산장 주인은 어디에 있는지 코빼기도 보이지 않았다. 마을 친구들과 어울리며 술을 마시는지 노름을 하는지 알 수 없었다. 어쩌다 얼굴을 보이는 산장 주인은 때 묻은 오리털 재킷을 걸치고 늘 취해 있었다.

완이 찻잔을 비우면 셰르파 여인이 다가와 뜨거운 차를 조용히 채워주고는 사라졌다. 완은 그녀의 나이를 가늠할 수가 없었다. 푸르바에 따르면 여인은 산장에서 허드렛일을 하면서 한국으로 일하러 간 남편을 기다린다고 했다. 남편이 체류 노동자로 떠난 지가 3년째라고 하는데 최근엔 소식이 끊겼다고 덧붙였다.

"개가 짖었어요."

산장에서 나흘째 머물던 날, 완은 네팔 만두 모모와 라라누들 수프를 맛있게 먹고 있었다. 셰르파 여인이 차려준 점심이었다. 몇 걸음 떨어진 테이블에 앉은 여인이 입을 열었다. 완은 포크로 말아 올린 면발을 후루룩 입안으로 밀어 넣고는 여인을 바라보았다.

"뭐라고요? 개, 개가요?"

그녀는 분명히 알아들을 수 있는 영어로 차분하게 말했다. 완이 탈진하여 정신을 잃고 눈 속에 파묻혀 있을 때 어떻게 발견됐는지에 관한 설명이었다.

"개가 짖었어요. 그것도 끈질기게. 이곳의 개는 웬만해서 짖지 않거든요."

불현듯 완은 조르살레에서 보았던 '순례하는 개'를 떠올렸다. 앙상한 갈비뼈를 드러내고 맑고 큰 눈으로 묵묵히 뒤를 따르던. 그 개가 그곳까지 따라왔다는 건 믿을 수 없는 일이었다. 그 개가 아닐지도 모르지만 완은 다른 개를 떠올릴 수 없었다.

"개가 짖지 않았으면 찾기 힘들었을 거예요. 혹은 눈이 녹은 후에 찾거나. 산장 주인이 야크를 데리고 오는 동안 제가 당신을 돌봤어요."

완은 포크와 스푼을 내려놓고 입술을 훔치고는 두 손을 모아 고개를 숙이며 "단니바드"라고 인사했다.

"목이 많이 말랐나 봐요. 입안에 눈이 가득 들어 있었어요."

푸르바에게서 듣지 못한 이야기였다. 주정뱅이 산장 주인에게서도 들을 수 없는 말이었다. 여인은 자리에서 일어나 다가오더니 완의 테이블 위에 뭔가를 올려놓았다.

"그리고 손에 이것을 꽉 쥐고 있었어요."

그것을 보자 완의 얼굴이 뜨겁게 달아올랐다. 테이블에 놓인 것은 한 돈짜리 실금반지였다. 히말라야로 떠나기로 작정한 후 서울에서 구입하여 지갑에 늘 넣고 다니던 것이었다. 마침 푸르바가 어슬렁거리며 식당에 나타났다.

"어이, 완, 뭐 해? 고쿄 피크에 가야지!"

완은 얼른 반지를 바지 주머니에 넣었다.

"언제까지 요양만 할 거야? 저 위에 올라가서 기분 좋게 챙도 한잔하고 그래야 여기 온 보람이 있지."

눈 속에서 사경을 헤맨 터라 아직 완은 밖으로 나가는 일이 두려웠다. 꼭 지금 올라가야 하느냐고 묻자 푸르바는 다리를 떨며 대답했다.

"무슨 소리야? 고쿄 피크가 뭐 대단한 곳이라고. 그저 언덕에 불과해."

"어, 언덕이야?"

"이름만 근사하지 실제로는 그저 그런 언덕이야. 산책 삼아서 가는 거야. 짐도 전부 여기에 놓고 뜨거운 차와 과자 한 봉지 챙겨서 소풍 가는 거야."

"소풍?"

"이렇게 산장에만 갇혀 있으면 심심하잖아. 바로 저기라니까?"

선룸에서 푸르바가 손가락을 들어 가리킨 곳은 그리 높지 않은 언덕이었다. 푸르바는 양팔을 한껏 벌리며 말했다.

"저 위에 올라가면 히말라야 자이언트 봉들이 한눈에 다

보여!"

"한눈에?"

그 말을 듣고 따라왔다가 죽을 뻔했으면서도 완은 한눈에 볼 수 있다는 문장에 마음이 끌렸다. 솔루 쿰부 서부에서 일반인이 오를 수 있는 최고봉이었다. 가장 높은 곳에 오르자는 유밍의 외침이 떠오르자 몸에 힘이 돌았다.

"완, 너는 정말 행운아야. 날씨가 나빠지면 오르고 싶어도 오를 수 없어."

그건 거짓말이 아니었다. 축복처럼 눈이 오지 않았고 바람도 강하지 않았다. 따뜻한 햇살이 쏟아져 화창했다. 창밖으로 보이는 고쿄의 세 번째 호수가 푸른 거울처럼 그 빛을 반사했다. 푸르바가 여인에게 셰르파어로 말하자 여인은 웃으면서 차가 담긴 보온병과 네팔 크래커 그리고 챙 한 병을 내주었다.

눈이 녹은 질척한 길을 한 시간 반 넘게 걸었을 때, 완은 푸르바에게 왠지 속은 느낌이었다. 오르기 시작하자 돌아갈 수가 없었다. 푸르바가 손끝으로 가리킨 언덕은 아무리 걸어도 닿지 않았다. 의외로 산길은 경사가 급했다. 등산화 바닥에 진흙과 야크 똥이 들러붙어 걸음이 무거웠다. 완과 푸르바는 5,000미터의 공기를 헐떡거리며 들이마셨다. 눈으로 짐작한 계산과 다리로 실제 걷는 시간은 매번 차이가 컸다.

두 시간 반쯤 오르자 타르초와 돌무덤이 쌓인 공간이 나타났다. 오색 깃발의 타르초가 일제히 한 방향으로 찢어질 듯 펄럭거렸다. 푸르바는 걷기를 멈추고 적당한 곳을 찾아서 주저앉더니 가방에서 보온병을 꺼냈다. 그리고 차를 따라서 완에게 내밀며 환하게 웃었다.

"고쿄 피크에 온 것을 축하해!"

선글라스를 벗으니 눈을 뜰 수 없을 정도로 눈부신 세상이 펼쳐졌다. 구름 한 점 없이 온통 푸르스름한 대기뿐이었다. 5,360미터의 풍경을 보며 완은 뜨거운 차를 마셨다. 앞에는 설산 준봉이 파노라마처럼 펼쳐져 있었다.

푸르바가 손끝으로 먼 곳을 가리키며 봉우리를 하나씩 소개했다. 완은 마치 처음 만나는 귀빈을 대하듯 그 봉우리들과 일일이 눈을 맞추며 인사했다. 푸모리(Pumori), 창체(Changtse), 초모랑마(Chomolungma), 눕체(Nuptse), 로체(Lhotse), 로체 샤르(Lhotse Shar), 마칼루(Makalu), 아마다블람(Ama Dablam) 등 칠팔천 미터급 산군은 어깨를 겹치고 도열

한 자이언트 중창단 같았다. 그들은 뿌연 설연(雪煙)을 입김처럼 뿜어내며 각기 다른 표정으로 웅장한 화음을 만드는 것처럼 보였다.

문득 완은 무지개가 뜬다면 좋겠다고 생각했다. 그래서 이 봉우리의 끝에서 저 봉우리의 끝까지 거대한 일곱 색깔의 무지개를 상상하여 그려 넣었다. 그리고 옆자리에 더운 차 한 잔과 챙 한 잔과 크래커와 반지를 보기 좋게 늘어놓았다. 유밍의 몫이었다. 완은 그렇게 유밍과 곁에 앉아 있다고 가정하고 설산들과 오래 눈을 맞추었다.

봉우리를 호명할 때 푸르바의 목소리는 시를 읊는 듯 리드미컬했다. 눈 덮인 산군의 정수리는 '새하얀 지구의 등뼈'라는 별칭이 걸맞았다. 완은 그 봉우리들의 이름이 듣기 좋아서 푸르바에게 몇 번이나 다시 말해달라고 부탁했다. 등뼈의 마디마디를 엄지로 꾹꾹 누르듯 푸르바는 몇 번이고 다시 말했다. 그녀를 위한 일종의 제문(祭文)이었다.

챙을 몇 잔 마신 탓인지 완은 그 장엄한 고산준봉 앞에서 자신이 없어지는 환각이 들었다. 천천히 지워지고 사라져서 자신 밖의 누군가가 하늘 위로 떠올라 이 광경을 지켜보는 듯했다. 완은 눈꺼풀도 깜빡이지 않은 채 그 높고 눈부시고 거대한 것들을 가슴에 담았다.

내려가기 전 완은 타르초 주변의 굴러떨어진 큰 돌을 주워 제자리에 쌓고는 유밍의 안녕을 바라는 기도를 했다. 오색의 타르초가 바람과 한 몸이 되어 펄럭거렸다. 타르초에 적힌 경전의 만트라를 바람이 읽는 소리는 아득했다. 완은 높은 곳에서 드리는 자신의 기도가 바람을 타고 하늘에 닿기를 바랐다.

고쿄 피크 중턱쯤 내려왔을 때, 바람이 제법 세지며 눈이 쏟아졌다. 투명했던 하늘이 삽시간에 잿빛으로 바뀌더니 사방이 뿌옇게 흐려졌다. 눈발은 5,000미터의 광풍과 뒤섞여 허공을 휩쓸고 다녔다. 야크 한 마리가 뜨거운 콧김을 뿜어내며 완의 옆을 비껴서 눈보라 속으로 느릿느릿 걸어갔다. 고개를 돌려 초모랑마 쪽을 바라보면 칠팔천 미터급의 봉우리들은 마치 안개 낀 새벽 바다의 섬처럼 보였다.

"푸르바, 저 아래 산장은 고도가 얼마였지?"

"4,750미터."

완은 고쿄 피크의 고도 5,360에서 4,750을 빼고는 낮은 신음을 냈다. 짧은 시간에 고도를 600미터가량 올린 셈이었다. 맑은 날씨에 가벼운 산책이 아니었다. 왠지 녀석에게 또 말려든 기분이었다. 폭설을 만나니 푸르바가 자신을 버리고 사라진 아찔한 일이 떠오르며 울컥, 화가 치밀었다. 그날 안면 보호대를 잃어버린 탓에 뺨이 꽁꽁 얼어붙고 콧대가 얼얼했다. 완은 눈보라 속에서 하산하며 푸르바에게 한국말로 크게 외쳤다.

"넌 개새끼야!"

따라 하라고 한 적도 없는데 마치 외국어 수업을 받듯 푸르바도 그 말을 큰 소리로 따라 했다.

"넌 캐새캬!"

"하지만 널 용서하마."

"하치만 널 용서함아!"

완은 푸르바의 얼굴을 향해 눈발 속에서 소리쳤다.

"앞으로 잘 살아라. 허튼 개수작 그만하고. 다음에 또 사람 버리고 도망가다 걸리면 죽는다!"

말이 너무 길었는지 푸르바는 잠시 망설이더니 크게 외쳤다.

"아프로 잘 싸라, 캐새캬!"

36

고쿄 피크에서 내려온 이후로도 폭설은 이어졌다. 산장 창밖으로 아무것도 보이지 않았다. 8,000미터 봉우리들 사이에서 광풍이 몰아칠 때마다 눈이 우르르 몰려와 창문과 대문을 거칠게 두드렸다. 잠시 녹아서 푸른 거울 같던 산장 앞의 호수는 하얗게 얼어붙었다. 완은 난롯가에 앉아 길고 긴 편지를 썼다. 완은 그렇게 이틀을 더 고쿄에서 보냈다.

고쿄에서 일주일째 되던 날 아침, 완은 배낭을 꾸렸다. 산장을 나서기 전 완은 셰르파 여인에게 짧은 감사의 글을 남겼다. 그리고 반지를 동봉하여 그녀가 자주 읽는 경전의 책갈피에 끼워놓았다.

산장 주인과 셰르파 여인은 문 앞까지 따라 나왔다. 산장 주인은 별다른 말 없이 완의 어깨를 두어 번 두드렸다. 만나서 반가웠다, 묵는 동안 불편한 건 없었느냐, 다음에 또 보자는 등의 말은 없었다. 푸르바가 산장 주인에게 떠드는 동안 완은 두 손을 가슴 앞에 모으고 여인에게 고개를 숙였다. 여인도 두 손을 모으고 짧게 말했다.

"네, 이젠 그만 산을 내려가세요."

완과 푸르바는 올라왔던 길을 고스란히 되짚어 내려갔다. 완은 세 개의 호수를 차례차례 지나갔다. 완은 쓰러진 지점으로 추정되는 두 번째 호수를 지날 때 오래 눈길을 주었다. 사람 키만 한 돌탑이 주위에 어지럽게 쌓여 있었다. 폭풍설 속에서 히말라야 소나무로 착각한 것은 높은 돌탑이었다. 곧 눈이 맑은 개 한 마리가 그 돌탑 사이로 꼬리를 흔들며 나타날 것 같았다.

차도텐에 도착할 무렵 푸르바는 걸음을 멈추고 손가락으로 눈밭 건너편을 가리켰다. 라마승 상와 도르지가 남긴 발자국을 보겠냐고 물어서 완은 고개를 저었다. 지난번에는 푸르바를 쫓아가느라 정신없이 지나친 곳이었다. 이른바 '알게 되는 길'에서 온전한 정신이 아니었다는 건 아이러니였다. 완이 알게 된 건 이 길이 끝날 무렵 눈밭에 쓰러졌다는 사실이었다.

눈사태 다발 지역인 팡가는 며칠간의 폭설로 장관이었다. 바람이 깎아놓은 설사면(雪斜面)이 칼날처럼 날카로웠다. 그 산허리로 누군가 먼저 지나간 발자국이 곧 길이었다. 벼랑 위에 찍어놓은 점선 같은 길에서 발 하나를 잘못 디디면 그대로 추락이었다. 푸르바는 산사태가 날 만한 곳을 예민하게 알아차렸다.

"저기를 봐! 이른 아침에 눈사태가 난 지역이야."

쏟아져 내린 눈더미가 면도 거품처럼 몽글몽글 뭉쳐서 발자국을 덮은 흔적이 곳곳에 보였다. 푸르바는 완이 가까이 오기를 기다렸다가 귓가에 속삭였다.

"여기서부터 저기까지는 무조건 빨리 통과해야 해. 딴생각 말고."

"그런데 왜 그렇게 속삭여? 딴생각하지 말라니?"

"산이 들으면 안 돼. 머리는 끄고 발만 켜라고. 안 그러면……."

푸르바가 가리킨 낭떠러지 아래는 어지러울 만큼 하얗게 빛나서 까마득했다. 완은 삶과 죽음이 이렇게 한 발자국에 달려 있다는 사실이 믿기지 않았다. 눈은 무릎까지 올라와서 걸음마다 다리를 높이 쳐들어야 했다. 완은 벼랑 쪽으로는 눈도 주지 않고 신경을 곤두세워 한 걸음 한 걸음에 충실했다. 땀방울이 이마에서 흘러내렸다.

루클라 공항에 첫발을 디딜 때부터 완은 눈을 만났다. 처음 눈을 밟을 때는 등산화 아래에서 사각사각 밟히는 소리가 좋았다. 폭설 중에는 마치 밀가루 반죽 위를 걸어가는 기분이었다. 폭설이 멈춘 틈에는 발밑에서 설탕처럼 뽀드득거렸다. 눈보라 중에 쓰러졌을 때는 솜처럼 푸근했다. 그런데 이런 벼랑길을 세 시간 이상 걷자 의식의 경계가 모호해지면서 눈 밟는 소리가 발밑이 아니라 머릿속에서 들렸다.

마체르모 산장을 지나서 언덕을 넘을 무렵, 동양인 남자 한 명이 눈밭을 걷는 게 보였다. 목적지를 가진 보행이 아니라 고개를 숙인 채 큰 원을 그리며 하릴없이 걷고 있었다. 한국 사람으로 짐작되는 복장이었다. 완이 다가가 어디를 가느냐고 묻자 그는 힘없이 대답했다.

"고쿄로 갑니다."

셰르파는 어디 있느냐는 물음에 그는 고개를 가로저었다. 혼자 왔느냐고 물으니 그는 고개를 끄덕였다. 대학 졸업 전후인 듯한 이십대 후반 청년의 얼굴은 피로와 수심으로 가득했다. 무슨 걱정이 그리도 많은지 알 수가 없었다. 완은 청년에게 말했다.

"이대로 혼자 가는 건 위험해요. 갑자기 눈이 쏟아지면 쉽게 길을 잃어요. 산장에서 가이드를 구하는 게 나을 거예요."

청년은 완의 말을 듣는 둥 마는 둥 그저 고개를 숙이고 큰 원을 그리며 걸음을 내디뎠다.

"눈이 오면 좀 기다리죠, 뭐."

"며칠 더 올지도 몰라요."

"그럼 며칠 더 기다리죠, 뭐."

셰르파를 구하겠다는 말은 끝내 하지 않았다. 완이 떠날 조짐을 보이자 청년이 물었다. 자외선 차단 크림을 바르지 않았는지 까맣게 탄 얼굴에서 물기 어린 눈만 빛났다. 재킷, 모자, 선글라스와 쥐고 있는 워킹 스틱은 어딘가 구색이 맞지 않고 엉성해서 산을 아는 사람 같지 않았다.

"그런데 고쿄까지는 몇 시간이나 걸리죠?"

초행임이 분명했다. 완은 마체르모에서 고쿄로 가는 중에 정신을 잃었으므로 몇 시간이 걸렸는지 선뜻 말할 수가 없었다. 고쿄에서 마체르모로 내려오는 데 소요된 시간을 감안하여 대답했다.

"상황에 따라 다르지만 네 시간 정도면 도착할 거예요."

그는 고개를 끄덕이며 걸음을 옮겼다. 별로 얘기를 하고 싶은 기색이 아니었다. 완은 배낭에서 비상식량으로 아껴 둔 초콜릿을 꺼냈다. 산을 내려가는 그보다 올라가는 청년에게 더 필요한 것이었다.

"자, 이거 받아요."

완이 팔을 뻗어 초콜릿을 건네자 청년은 걸음을 멈추고 완을 보더니 망설였다. 바람을 타고 일어난 눈가루가 그와 완 사이에서 폴폴거리며 흩날렸다. 청년은 눈밭을 세 발자국 건너와 그것을 받아 들었다. 완은 다케야마 씨가 주고 간 머플러를 목에서 풀어서 건넸다. 가까이서 보니 청년의 코는 형편없이 망가져 있었다.

"잘 때 얼굴에 덮고 자면 냉기를 막을 수 있어요."

청년은 팔을 뻗어 그것을 받아 들었다. 사양하면 얘기가 길어지고 귀찮아질 것 같아서 받아 든 눈치였다. 완은 악수 대신 손을 들어 인사를 하고는 발길을 옮겼다. 눈이 그칠 때까지 며칠 기다려본다고 했지만 청년은 움직일 게 뻔했다. 완은 강의실에서도 저런 부류의 학생들을 잘 알고 있었다. 수긍보다는 거부에 익숙하고 그 거부가 다른 고민을 만들어낼 줄 뻔히 알면서도 습관적으로 거부하여 고민에 빠지는 유형이었다.

푸르바는 완이 얘기하는 동안 멀리 떨어져서 배낭을 내려놓고 오줌을 쌌다. 완이 다가가서 "저 친구 가이드도 없이 고쿄에 간대" 하고 말하자 푸르바가 물었다.

"코리안이지?"

"어, 어떻게 알았어? 귀신이네!"

"가이드 없이 아무것도 모르고 저렇게 힘든 길을 혼자 가려는 놈들은 코리안밖에 없어."

특히 셰르파들도 꺼릴 만큼 크레바스가 깔린 촐라패스(Chola Pass)를 가이드 없이 통과하려는 트레커들은 대부분 한국 청년들이라고 했다.

*

라바르마 산장에 도착했을 때 완의 등산화는 흠뻑 젖어 있었다. 고쿄 도착 직전 정신을 잃었을 때, 스패츠와 아이젠 등의 장비를 분실한 탓이었다. 등산화 안으로 밀려들어온 눈으로 양말은 차갑게 젖어 있었다. 완은 얼어붙고 냄새나는 발가락을 힘주어 주물렀다.

다음 날 아침을 먹고 나자 푸르바는 비닐봉지 네 개를 가져왔다. 그리고 완에게 두 개를 건네며 자신처럼 하라고 했다. 푸르바는 양말 위에 비닐봉지를 신고는 벗겨지지 않게 묶었다. 완은 푸르바를 따라 하며 물었다.

"이게 효과가 있어?"

"그럼, 이게 그 유명한 네팔 워터 푸르프 삭스야."

'네팔식 방수 양말'을 신고 걷자 발이 신발 안에서 따로 놀았지만 대안이 없었다. 눈이 등산화 안으로 들어오든 말든 둘은 내리막길에서 정신없이 속력을 냈다. 다행히 고도를 낮출수록 길은 편했다.

하산 중에 푸르바는 전해야 할 물건이 있다며 포르체 텡가의 사원에 들어갔다. 젊은 라마승은 푸르바에게 물건을 건네받으며 얘기를 듣더니 고개를 끄덕였다. 푸르바는 완에게 다가와 "텐진 빠모, 텐진 빠모!"라고 귓속말을 하고는 어서 따라가라며 완의 등을 떠밀었다. '텐진 빠모'가 무슨 말인지도 모르고 완은 배낭을 멘 채 무작정 승려를 따라갔다. 완이 들어간 방에는 놀랍게도 늙은 서양 여승이 앉아 있었다.

젊은 라마승은 완을 보며 "이분이 텐진 빠모입니다"라고 소개했다. 완은 두 손을 모으고 공손하게 고개를 숙여 인사했다. 젊은 라마승이 텐진 빠모에게 설명하자 파란 눈의 그녀는 완에게 자리를 권했다. 방의 분위기로 짐작건대 사원의 높은 신분임에는 분명했다. 내어준 차를 두 모금 마셨을 때, 빠모는 입을 열었다.

“용서하세요. 누구라도 무엇이든지 우선 용서하는 법을 익히세요.”

빠모의 음성은 차분하고 단순했다. 느닷없는 말에 완은 누구를 용서할까 곰곰이 헤아렸다. 완이 용서할 사람은 아무도 없었다. 습관처럼 유밍과 수연이 떠올랐지만 그들은 부족한 자신을 끌어안아준 고마운 여인들이었다. 차 교수 또한 자신을 이끌어주기 위해 애쓴 사람이었다. 완이 기껏 용서해야 할 인물로 떠올린 것은 강의실 복도에서 멱살을 붙잡은 여대생뿐이었다. 완은 자신이 관대해서가 아니라 누군가를 증오하거나 용서할 만큼 타인을 깊이 사랑하지 않은 탓이 크다는 것을 그때 알았다. 그렇다면 완이 용서할 사람은 자신밖에 없었다.

“시간을 정지하면 모든 문제는 사라져요. 당신은 이곳에서 시간을 정지시키고 어떤 부분은 뒤로 되감았을 거예요. 따라서 이젠 문제가 없어요.”

빠모의 말은 얼른 이해되지 않았다. 어떻게 시간을 정지시킨단 말인가. 다만 이젠 문제가 없다는 말은 큰 위안이 되었다. 완은 고개를 약간 숙이고 찻잔을 두 손으로 감싸고는 그녀의 말을 경청했다.

"이 우주는 말로 설명하기에는 너무 광대해요. 그러나 아무리 광대해도 모든 것은 다른 모든 것과 연결되어 있어요. 그 누구도 이 연결에서 제외되어 있지 않죠. 우리 모두가 우주의 구성원이기 때문에 우주에는 우연적인 일이 벌어지지 않아요. 한 사람을 만나고 헤어지는 것도 우연이 아니에요."

완은 순간 몸이 후끈 달아올랐다. 푸르바가 젊은 라마승에게 무슨 말을 하고 라마승이 빠모에게 무슨 말을 전했는지 모르지만 빠모의 말은 완의 민감한 어딘가를 건드렸다. 빠모는 완의 속내를 마치 환히 들여다보는 것 같았다.

"지난 일을 후회할 때도 있겠지만 과거의 어느 시점에서 당신은 다른 선택을 할 수 없었을 거예요. 어느 곳에나 존재하는 것은 누구에게도 존재할 수 있어요. 따라서 당신이 저곳과 이곳에서 겪은 일은 다른 곳 누구에게도 벌어질 수 있는 일이에요."

완은 고개를 들어 텐진 빠모의 금빛 눈썹과 푸른 눈을 바라보았다. 빠모는 완과 눈을 맞추며 말했다.

"이걸 기억해야 해요. 선택을 하면 책임을 져야 해요. 책임에서 도망치려 할 때 불행에 빠지고 말죠. 이 우주는 잊는다는 것을 몰라요. 당신이 매 순간 선택할 때마다 우주는 지켜볼 거예요. 앞으로는 지옥보다는 천국을 택하세요. 당신이 만든 물결이 결국 당신에게 돌아올 거예요."

무슨 말인가를 하려고 완이 머뭇거리자 빠모는 테이블에 놓인 작은 바즈라를 집어서 건넸다. 완은 카트만두의 첫 방문지였던 스와얌부나트에서 본 바즈라를 떠올렸다. 그 무엇에 의해서도 파괴되지 않지만 그 무엇이라도 파괴할 수 있는 것, 세속의 욕망과 번뇌의 씨앗을 없애주는 지혜의 상징.

완은 자리에서 일어나 합장을 하고 고개를 숙인 뒤 그것을 두 손으로 받았다. 묵중한 바즈라를 쥐자 어딘가 비어 있던 곳이 덜컥 채워지는 듯했다. 어느덧 젊은 라마승이 완의 옆으로 조용히 다가와 길을 안내했다. 작은 찻잔을 비우는 시간이었지만 흩어져 있던 것들이 잘 정리되어 구획되고 안착하는 기분이었다.

사원 밖으로 나오자 푸르바가 배낭을 둘러메며 다가왔다.

"텐진 빠모 어땠어? 좋은 말씀 해줬어? 너 그거 알아? 내가 몇 년 동안 절집 심부름하고 처음 부탁한 거야."

완은 아무 말 없이 푸르바를 덥석 끌어안았다. 이야기를 듣고 보니, 그녀는 영국 출신으로 계를 받아 텐진 빠모가 된 서양 최초의 여성이었다. 이십대에 인도에서 스승을 만나 티베트의 수도원에서 서원한 뒤 히말라야 13,000피트의 동굴에서 혼자 12년간 수행하며 깨달음을 얻었다고 했다. 놀랍게도 텐진 빠모의 말은 단 한마디도 잊히지 않고 완의 기억에 고스란히 남았다.

"그런데 어떻게 텐진 빠모를 만나게 할 생각을 다 했어?"

"내가 눈치 백단이야. 너처럼 고민 많은 놈은 난생처음 봤거든. 이걸로 내가 차도텐에서 너 못 챙기고 도망간 빚 갚았다!"

완과 푸르바는 서로 손을 들어 허공에서 한 번 부딪치고는 걸음을 옮겼다. 아무런 명령을 내리지 않아도 발은 뇌가 달린 듯 알아서 움직였다. 미끄러운 곳은 피하고 움푹 꺼진 곳은 살펴 딛고 의심스러운 곳은 돌아갔다.

오르기는 어려우나 내려오는 건 순간이었다. 완과 푸르바는 속도를 최대한 높였다. 오후 5시가 되자 날이 저물었다. 낮 동안 녹은 눈이 얼어붙자 산길은 그대로 빙판이 되었다. 완은 푸르바와 엉덩방아를 찧으며 뒹굴면서도 속도를 줄이지 않았다. 땀으로 몸이 흠뻑 젖는 동안 완은 자신 안에 쳐진 모든 칸막이들이 속속 넘어지고 떨어져 나가서 훤히 열리고 트이는 기분이 들었다.

이윽고 어둠 속에서 남체 마을의 불빛이 보이자 완의 가슴이 뭉클했다. 저녁밥을 짓기 위해 피워 올린 연기가 매캐하게 코끝에 닿았다. 사람의 마을임을 알려주는 그 불빛은 그립고 따뜻하고 정겨웠다.

남체를 떠난 뒤 거의 보름 만에 완은 '아마다블람 로지'로 돌아왔다. 처음 남체에 발을 들였을 때와 완은 확연히 달랐다. 네팔 입국 후 감지 못한 머리카락은 손가락이 안 들어갈 정도로 엉겨 붙었고 수염이 얼굴을 뒤덮었다. 얼음이 박힌 코와 입술, 광대뼈가 검붉게 변하고 노출된 피부는 벗겨져 있었다. 고도 5,000미터의 폭풍설과 영하 40도의 혹한을 통과하면서 완은 한결 강해지고 여유로웠다.

아마다블람 산장은 변함이 없었다. 장녀 꾸마리도 그대로였고 막내 니마도 그대로였다. 식당에는 한 명의 트레커가 주위를 두리번거리며 저녁을 먹고 있었다. 완은 저녁 메뉴로 전에 맛있게 먹었던 '돼지고기 달밧'을 주문했다. 뭔가를 이룬 성취감 덕인지, 이곳 문화에 적응된 탓인지 기다리는 한 시간이 전혀 불편하지 않았다.

니마는 똑같은 그릇에 달밧을 차려 왔다. 양은 더 많아지고 서비스 음식을 내주고 후식으로 커피까지 대접받았지만 완은 전처럼 그렇게 행복하지 않았다. 설산을 오르기 전 들끓던 망설임과 두려움을 누르며 먹었던 그 맛이 아니었다. 모양과 향은 비슷했지만 강렬하게 고민했던 순간의 맛과는 거리가 멀었다. 완은 '눈물 젖은 빵의 맛'을 평생 기억하는 사람들이 이해되었다.

저녁을 먹고 나자 꾸마리가 차를 가져왔다. 니마는 트럼프 게임을 하자고 졸랐다. 배드민턴 설욕전을 벌여야 할 레이가 보이지 않았다.

"그런데 레이는 어디 갔어?"

"인도에."

"인도는 왜?"

"학생들 데리고 배드민턴 선수권 대회에 참석하러 갔어. 언니는 중학교 배드민턴 코치거든."

니마의 대답에 완은 손바닥으로 이마를 쳤다. 장녀 꾸마리가 조용히 웃었다.

잠자리에 들기 전 완은 뜨거운 물을 주문하여 발을 닦았다. 종일 혹사당한 발을 담그자 감전된 듯 온몸에 전류가 흘렀다. 그 짜릿함에 눈가가 찡그려졌지만 한편으론 좋아서 입가에 웃음이 잡혔다. 뜨거운 물을 만들기 쉽지 않은 히말라야에서는 일종의 사치였다. 침대에 누워서는 한 번도 깨지 않고 아침까지 죽음과도 같은 잠을 잤다.

처음부터 다시 걸어오라

37

조르살레를 지나 팍딩에 이르자 다두코시(Thadokoshi) 강의 현수교에 걸린 색색의 타르초가 미풍에 나부꼈다. 푸르바가 사는 첩룽 마을 직전의 나치팡(Nachipang)을 지날 때 주민들은 창밖으로 얼굴을 내밀고 인사를 했다. 푸르바는 큰 소리로 대답하며 이쪽저쪽을 향해 손을 흔들었다. 아이들이 눈을 뭉쳐 던지자 푸르바도 맞받아 던지며 장난을 받아줬다. 중년 남성들은 푸르바를 만나면 멈춰 서서 몇 분씩 이야기를 나눴다. 할머니들은 집 밖에 나와 앉아 햇볕을 쬐며 손에 든 마니차를 돌렸다.

첩룽 마을에 들어서자 길 양편에 늘어선 가옥에서 주민들이 모두 밖으로 나와서 환호성을 질렀다. 억양이나 표정으로 보아 "드디어 푸르바가 돌아왔다!"라고 외치는 듯했다. 보통 환대가 아니었다. 푸르바는 한 사람 한 사람씩 인사를 나누었다. 가장 많이 들리는 단어는 '카 끄싱접숭'이었다. 주민들은 그 말을 꼭 입에 올렸다. 완은 푸르바에게 물었다.

"'카 끄싱접숭'이 무슨 말이야? 환영한다는 뜻이야?"

그 말에 녀석은 히죽거렸다.

"폭설이란 뜻이야."

머리가 하얗게 센 마을 이장이 완에게 악수를 청하며 영어로 말했다. 이런 폭설은 언제 마지막으로 봤는지 기억조차 나지 않는다며 고개부터 설레설레 저었다. 40년 만의 대폭설로 인도와 네팔 국경지대에서는 100대가 넘는 버스가 멈춰 서고 카트만두에도 62년 만에 처음 눈이 왔다고 했다. 푸르바의 아내가 매일 사원에 올라가 기도를 하고 산을 내려오는 사람들에게 푸르바를 만났는지, 그가 건강한지, 어디쯤 가고 있는지를 물어봤다고 덧붙였다. 이장은 푸르바와 완이 살아 돌아와서 기쁘다며 두 손을 여러 번 모았다.

옹기종기 모여 선 아주머니들도 "푸르바 댁은 이제 걱정 없이 편히 자겠네!"라고 말하며 활짝 웃었다. 인사가 끝났는데도 어른들과 아이들은 뒤를 졸졸 따라오며 푸르바와 완에게 말을 걸었다. 마침 다음 날은 셰르파의 축제일이어서 명절을 코앞에 둔 귀가였다.

푸르바가 집에 도착했을 때, 그의 아내는 큰 솥을 마당으로 가지고 나와서 눈으로 설거지를 하고 있었다. 완이 옆에 있는 탓에 쑥스러운지 그녀는 쪼그려 앉아서 솥을 닦으며 남편을 쳐다보곤 슬며시 웃었다. 매일 사원에 가서 기도를 하고 푸르바의 안부를 물었다는 그녀가 던진 말은 지극히 짧았다.

"하림페오나?"

"라쎄이."

푸르바는 짧게 대답하고 완을 데리고 집 안으로 들어갔다. 마을 이장의 사연을 듣고 부부의 상봉이 상당히 극적일 거라고 기대했는데, 폭설 속 18일 만의 대면은 싱거웠다. 완은 '라쎄이'가 '예스'라는 것을 알고 있었다. 그래서 '하림페오나'가 '당신이 사무치게 보고 싶었어요!'라는 뜻이냐고 묻자 푸르바는 '이제 왔어요?'라는 말이라고 했다. 잠깐 마실 나갔다 돌아온 남편을 대하듯 평범한 물음이었다.

푸르바의 아내는 점심을 차렸다. 달걀과 야채를 넣고 볶은 밥과 감자 요리와 뜨거운 수프가 테이블에 올랐다. 후식으로 야크 버터를 넣고 끓인 수테 차와 튀김 과자가 나왔다. 푸르바의 중학생 딸과 초등학생 아들이 한쪽에 서서 아버지와 낯선 손님이 식사하는 모습을 물끄러미 바라보았다. 완은 푸르바의 딸과 아들에게 학용품을 사라며 용돈을 쥐어주었다. 두 아이는 손을 빼며 몇 번을 망설이더니 끝내 그것을 받아 들고는 자기네 방이 있는 2층으로 달음질쳤다.

푸르바는 완보다 두 살이 어렸으나 벌써 이층집을 갖고 있었고 아이가 둘이었다. 매일 정성 어린 기도를 해주는 아내와 친밀한 이웃도 있었다. 학교에서 공부한 시간은 완에 비해 턱없이 짧았지만 살아가는 일의 중요한 것들은 훨씬 많이 알았다. 도시에서 성장한 완은 산중의 푸르바의 삶이 자신의 것보다 윤택하고 행복하다는 사실에 여러 생각이 들었다. 완이 푸르바보다 더 많이 가진 건 고민뿐이었다.

점심을 먹은 뒤 푸르바는 하룻밤 자고 갈 것을 권했으나 완은 사양했다. 그가 완에게 서비스를 제공할 시간은 이틀이 남았으나 이 정도면 충분했다. 완은 그에게 편히 쉬는 시간을 줘야 했다. 이제는 완도 산을 내려가야 할 시간이었다.
"아니야, 그만 내려가야지. 루클라로 바로 갈게."
"루클라야 여기서 몇 발짝이면 닿는 곳이지."
푸르바가 말도 안 되는 농담을 해서 완은 가볍게 웃었다. 푸르바의 시간 계산은 늘 엉터리였다. 완은 여러 번 속은 뒤에야 푸르바가 한두 시간을 늘 줄인다는 것을 눈치챘다. 시간뿐만 아니라 코스 설명도 마찬가지였다. 별거 아니라는 표정으로 산 하나만 넘으면 목적지라고 해서 기운을 내어 걸으면 그 산 사이에 몇 개의 언덕이 나타나곤 했다. 그러나 그 엉터리 말솜씨 덕에 완은 물러서거나 주저앉지 않고 높이 닿았다가 내려올 수 있었다.
문득 완은 푸르바와의 동행이 오래전부터 예정된 것이 아닐까, 하는 생각이 들었다. 경로의 처음부터 마지막까지를 푸르바가 준비하고 계획한 듯한 기분이 들었다. 애초의 목적지였던 베이스캠프에서 고쿄 피크로 루트를 변경한 것도, 폭설 속에서 쉬지 않고 트레킹을 감행한 것도, 그리고 먼저 사라져서 기어이 완을 쓰러지게 만들고 그 환각 속에서 유밍을 만나게 한 것도, 돌아오는 길에 텐진 빠모의 이야기를 듣게 한 것도 모두 푸르바가 의도하고 구성한 것처럼 여겨졌다.

“가이드를 잘해줘서 고마워. 근데 도대체 넌 누구야?”

완이 진담과 농담을 섞어서 그의 눈을 똑바로 보며 묻자 푸르바가 천진난만하게 대답했다.

“나는 푸르바야.”

완은 그에게 펜을 쥐어주고는 수첩에 이름을 제대로 적어보라고 했다. 푸르바는 초등학교 1학년생처럼 펜을 꾹꾹 눌러서 수첩 한가운데 삐뚤빼뚤하게 쓰고는 완에게 돌려줬다.

Phurba Karma Sherpa

완은 그의 미들네임을 보고는 웃음을 터뜨렸다. 그리고 팔을 뻗어 푸르바의 어깨를 끌어안았다.

완이 배낭을 메고 마당에 나서자 푸르바의 가족들이 한 줄로 늘어서서 환송을 했다. 춥고 거친 고산지대에서 살림을 도맡아 하는 푸르바 아내의 손은 검게 터져 있었다. 그녀가 완의 목에 가따를 걸어주었다. 노란색의 비단천은 목에 닿자 촉감이 부드러웠다. 이것을 받으면 전생과 금생의 업장(業障)이 소멸된다고 했다. 완은 두 손을 모으고 푸르바의 아내에게 고개를 숙였다. 쌓인 눈이 햇빛을 반사하여 사방이 눈부시게 반짝거렸다. 처마 끝의 고드름이 녹아서 떨어지는 소리가 실로폰 연주처럼 들렸다.

"아빠, 저기 좀 보세요!"

푸르바의 열 살짜리 아들이 손가락으로 완의 뒤편을 가리키며 소리쳤다. 루클라 쪽이었다. 고개를 돌리니 그곳에 거짓말처럼 무지개가 떠 있었다. 푸르바의 가족과 완은 일제히 환호성을 질렀다. 대략 고도 6,000미터의 상공에 걸린 무지개는 하늘을 캔버스 삼아 그린 듯 거대하고 선명했다. 감격스러운 건 말발굽 모양이 아니라 둥근 원의 형태였다. 어느덧 아들을 목말 태운 푸르바가 물었다.

"저 무지개 끝이 어딘 줄 알아?"

놀란 나머지 완은 굳은 얼굴로 푸르바를 바라보았다. 그리고 애써 차분하게 물었다.

"어디야? 너 알고 있어?"

"물론 아니까 물어봤지."

완은 대답을 기다리며 푸르바의 검은 눈동자에 시력을 맞췄다. 정말 알다가도 모를 인물이었다.

"네가 떠나온 곳이야. 너를 기다리는 사람이 있는 곳."

완은 천천히 고개를 끄덕이며 물었다.

"이렇게 헤어지면, 거기까지는 누가 안내하지?"

"안내는 필요 없어. 네가 왔던 길을 처음부터 되짚어가면 되니까."

푸르바가 완의 등을 떠밀었다. 그와의 마지막 순간이었다. 완은 푸르바에게 두 손을 모아 "나마스떼!" 하고 인사를 한 뒤 가족에게 손을 흔들었다. 그리고 무지개를 향해 발걸음을 뗐다. 더는 과거도 미래도 완을 괴롭히지 않고 그저 담담한 눈앞의 길만이 보일 뿐이었다. 한참을 걷다가 돌아보니 가족은 사라지고 완이 내려온 설산의 봉우리들이 보였다. 평생 추위에 떨 일을 저곳에서 다 떤 기분이었다. 지옥 문턱을 넘었다가 간신히 빠져나온 듯해서 완은 주어진 삶이 큰 선물처럼 여겨졌다.

그 순간 완의 머릿속에 떠오른 사람은 수연이었다. 완은 돌아가면 가장 먼저 하고 싶은 일 세 가지를 꼽았다. 첫 번째로 하고 싶은 건 수연과 저녁을 먹는 것이었다. 된장찌개와 생선 반 토막, 나물 두 가지면 만족할 식단이었다. 두 번째는 수연과 저녁을 먹고 과일을 먹는 일이었다. 귤 하나와

사과 반 조각이면 충분했다. 마지막으로는 수연과 저녁을 먹고 과일을 먹은 후 따뜻한 침대에서 깊은 잠을 자는 일이었다.

*

완이 루클라 공항에 도착했을 때, 공항은 폭설과 기상 악화로 비행기 운항이 마비된 상태였다. 초등학교 운동장만 한 이착륙장에는 무릎 높이의 눈이 쌓여 있었다. 사무실 앞은 문의와 불만을 토로하는 트레커들로 북적거렸다. 책임자는 언제 운항이 재개될지 당장에는 알 수가 없다는 대답만 되풀이했다. 완은 그러한 지연이 전혀 불안하거나 초조하지 않았다. 쿰부 트레킹이 가르쳐준 교훈이었다. 완은 높은 언덕에 위치한 호텔의 3층 방을 얻었다. 루클라가 한눈에 내려다보이는 곳이었다.

쉬는 것 외에는 할 일이 없었다. 일찍 잠자리에 들면 머릿속에 청명한 하늘이 들어찼다. 티끌 한 점 없는 하늘 아래로 소슬한 바람이 불어오고 불어갔다. 간혹 눈을 뜨면 히말라야 8,000미터 봉우리의 위용이 담긴 벽걸이 달력이 보였다. 완은 자신이 떠나온 날들과 돌아갈 날들을 가늠해보았다. 그리고 돌아가면 무엇을 하며 살아갈까를 궁리했다.

비행기가 날아오기만을 기다리던 사흘째 새벽, 완은 미명 속에서 눈을 떴다. 창밖으로 시리게 뜬 히말라야의 별 하나가 성냥불을 긋듯 긴 빛의 꼬리를 남기며 설산으로 떨어졌다. 순간 완은 신이 자신에게 내린 초라한 재능 한 가지를 새삼 기억해냈다. 그것은 기록할 수 있는 능력이었다.

완은 홀연히 침대에서 일어났다. 완은 유밍과 만난 이후의 일을 그 어디에도 기록으로 남기지 않았다. 그것은 오직 기억될 뿐이었다. 유밍은 완의 안에 있을 뿐 이젠 세상 어디에도 없는 사람이었다. 완은 눈보라 속에서 경험한 환상을 믿었다. 물론 완은 그 환상을 처음부터 끝까지 세세히 기억하지 못하지만 자신의 고백만은 온전히 기억했다. 그것을 기록할 수 있는 사람은 이 세상에 자신밖에 없었다.

완은 걸음을 옮겨 벽에 걸린 설산 달력을 떼어냈다. 그리고 달력을 책상 위에 뒤집어놓고 펜을 들어 첫 문장을 시작했다. 첫 문장이 완성되자 펜촉은 탄력 있게 종이 위를 미끄러져 나갔다. 지하 탄광의 광부처럼 완은 헤드램프를 스탠드 삼아서 큰 달력의 여백을 글자로 촘촘히 메워나갔다.

종이가 말리는 곳에 바즈라를 문진 삼아 올려놓았다.

글을 쓰며 완은 텐진 빠모의 말 몇 마디를 이해했다. 시간을 정지시키면 모든 문제에서 잠시 해방된다는 건 사실이었다. 히말라야에서 보낸 스무 날은 현실의 시간을 멈춘 행위였다. 시드니와 서울에서 자신이 벌여놓은 문제에서 벗어나 투명하고 높은 경지들과 만났던 다른 차원의 시간이었다.

그 새벽부터 다음 날 새벽까지 완은 꼬박 달력의 열두 페이지를 메웠다. 산장에서 쓴 편지들은 그대로 일부가 되었다. 고도 2,804미터의 습작이었다. 우주는 모든 것을 기억한다는 것, 자신이 이곳에서 겪은 일은 다른 곳 누구에게도 벌어질 수 있다는 사실은 어떤 자신감을 주었다. 완은 그것을 대리로 기록하는 자의 역할을 이제는 수긍할 듯했다.

제목을 미처 정하지 못했음을 떠올린 그는 호텔의 테라스로 나가서 공항 앞의 큰 산을 바라보았다. 아침이 밝아오고 있었고 기분 좋게 배가 고팠다. 지난 며칠간 정적으로 가득했던 루클라의 하늘에 미세한 균열을 일으키며 날아오는 비행기의 엔진 소리가 들렸다. 투숙객 중 누군가가 크게 외쳤다.

"비행기가 떴다!"

공항으로 몰려드는 트레커들이 보였다. 지나왔던 길을 처음부터 되짚어갈 시간이었다. 완은 멀리 겹을 이룬 설산과 푸르게 밝아오는 하늘과 눈 덮인 들판을 바라보았다. 마치 20일간의 깊은 꿈에서 깨어난 듯 눈앞의 풍경이 새로웠다. 심호흡을 할 때마다 순도 높은 공기는 맑고 시렸다. 자신을 품어준 숭고한 산, 자신을 다독여 한계를 인정하게 만든 이곳의 마지막 목소리에 귀를 기울이며 눈을 감았다.

그러자 쿰부 히말라야의 눈보라 속에서 만난 수억만 송이의 눈꽃들이 눈앞을 가득 메웠다. 그 눈꽃들은 저마다의 형상으로 제각각의 방향을 가지고 몸을 움직였다. 때로는 서로 부딪쳐서 파동을 일으키며 솟구치고 때로는 일렁이며 뒤섞이고 회오리쳤다. 수억만 송이의 체온과 수억만 송이의 시간이 점멸하는 그 속에서 완은 자신 또한 불어왔다 불어 가는 한 점의 눈송이에 불과하다는 것을 발견했다.

이제 유밍과의 마지막 카니발, 그 20일간의 축제를 복원해야 했다. 그 작업이 한 송이 눈보다 미미한 우주의 티끌에 지나지 않더라도 돌아가서 그가 해야 할 일이었다. 이전의 것을 해결하면 나중의 것도 해결될 것이었다. 방으로 돌아온 완은 손에 따뜻한 입김을 불어넣어 펜을 그러쥐었다. 그리고 설산으로부터 귀 기울여 들은 말을 달력 첫 장의 맨 위에 또박또박 적었다. 완은 배낭을 메고 달력을 둥글게 말아 쥐고는 산장 밖으로 뛰어나갔다.

작가의 말

—첫 장편은 연애소설이기를!

장편 계획에 대해 질문을 받을 때마다 즉흥적으로 꺼낸 이 답변은 다소 낭만적인 데가 없지 않았다. 많은 이들이 연애를 꿈꾸지만, 실상 연애는 쉽지 않은 일이고 그것을 장편으로 쓰는 일은 더욱 쉽지 않은 작업이다. 로망은 달콤했으나 이를 실현시키기까지 쓴맛을 제대로 봤다.

—아무런 희망 없이 쓴다.

집필 중 일기장에 가장 자주 쓴 말이다. 생계를 위해서, 자존심을 위해서 혹은 인정받기 위해서 어떤 기대를 갖고 쓰는 게 아니라 작가이기 때문에 아무런 희망 없이 쓸 수밖에 없었다. 희망 없이 누군가를 흠모하는 '외사랑'처럼 그렇게 지난 4년을 견뎠다. 유치원 시절부터 갈고닦은 혼자 앓는 연애의 탄탄한 내공 덕을 봤다.

— 나는 울고 싶지만 신은 내게 쓰라고 명하네.

바슬라프 니진스키의 고백도 곧잘 웅얼거렸다. 글씨를 쓰는 일보다 더 많이 한 것은 스스로를 용서한 일이다. 욕망에 시달리는 내가 보이고 책임을 회피하는 내가 보였다. 자판에서 손을 떼는 시간이 길어지고 이상하게 숙연해졌다. 퇴고를 할 때는 한 손으로 염주를 굴렸다.

— 왜 몰랐을까? 관계가 상처를 먹고 성장한다는 사실을.

몇 해 전, 쿰부 히말라야의 대폭설 기간에 나는 그곳을 걸었다. 산을 둥글게 감고 이어진 그 나선의 길은 실상 바람과 눈보라의 길이었다. 걷는 중에 수평의 도시인 시드니와 수직의 공간인 서울이 떠올랐다. 지나온 길과 지나갈 길이 서로 맞닿으며 비틀리는 그곳에서 두 장소의 기억은 중첩되거나 엇갈리고 분산되거나 일그러지며 내 안으로 말려들었다.

—인간이 가진 최고의 덕성은 왜 고통의 순간에 발현될까?

다행스럽게도 그곳의 추위와 시련은 나를 전보다 조금은 선하게 만들었다. 그리고 눈보라 너머로 어떤 희미한 이야기가 보였다. 희미한 것을 선명하게 만드는 작업을 나는 중요한 과제로 받아들였다. 하늘은 중요한 일을 맡기기 전에 반드시 그 사람의 생각과 의지를 시험하므로 나도 이번에 시험 대상자에 속했을 것이다.

—두 손이 모아지는 지점에 바로 가슴이 있다는 것.

장편의 아우트라인은 부악문원에서, 머리는 토지문화관에서, 몸통은 미국 아이오와 레지던시에서, 정신적 환기는 중국의 서안과 하문에서, 꼬리는 군포 중앙도서관 창작실에서 이루어졌다. 활력을 불어넣어준 한국문학번역원에 감사하고, 퇴고 공간 마련을 도와준 상연에게도 고마움을 전한다. 심진경 평론가는 글의 부족한 점을 짚어주었고 박상우 선배는 때로 내가 좋아하는 노래를 불러주었다. 매화를 선물로 주신 구본창 사진작가와 제목의 영감을 주신 김수복 시인 앞에 두 손을 모은다.

—당신의 이름을 부르는 일.

많은 분들께 누를 끼친 만큼 덕을 봤다. 나 혼자 쓴 것이 아니라 그들이 함께 써주었기 때문에 이만큼의 모양이 나온 셈이다. 가능하다면, 내 마지막 장편 또한 연애소설이기를 바란다. 희망 없이 사랑하고, 희망 없이 쓴다면 가능하지 않을까. 그리고 이제는 제법 내공이 쌓였다. 희망 없이 당신의 이름을 부르는 일에.

2015년 4월

수리산 아래에서 해이수

눈의 경전

초판 1쇄 인쇄일 2015년 4월 1일 초판 1쇄 발행일 2015년 4월 15일

지은이 | 해이수 펴낸이 | 강병철 주간 | 정은영 편집 | 유석천, 이수경
마케팅 | 이대호, 최형연, 한승훈, 전연교 홍보 | 김상혁 제작 | 이재욱

펴낸곳 자음과모음
출판등록 1997년 10월 30일 제313-1997-129호
주소 121-840 서울시 마포구 서교동 396-33번지
전화 편집부 02) 324-2347 경영지원부 02) 325-6047
팩스 편집부 02) 324-2348 경영지원부 02) 2648-1311
이메일 munhak@jamobook.com
독자카페 cafe.naver.com/cafejamo

ISBN 978-89-5707-846-4 (03810)

이 도서의 국립중앙도서관 출판예정도서목록(CIP)은 서지정보유통지원시스템 홈페이지(http://seoji.nl.go.kr)와 국가자료공동목록시스템(http://www.nl.go.kr/kolisnet)에서 이용하실 수 있습니다.(CIP제어번호: CIP2015008763)

• 2013 아르코 문학창작기금 수상작가의 작품입니다.